Tendre inconnu

*

Pour l'amour d'un chirurgien

MEREDITH WEBBER

Tendre inconnu

COLLECTION BLANCHE

éditions Harlequin

Cet ouvrage a été publié en langue anglaise
sous le titre :
THE HEART SURGEON'S SECRET CHILD

Traduction française de
CÉCILE LOMBARD

HARLEQUIN®

est une marque déposée du Groupe Harlequin
et Blanche® est une marque déposée d'Harlequin S.A.

Photo de couverture
Couple : © JIM CORNFIELD / CORBIS

83-85, boulevard Vincent-Auriol, 75013 PARIS — Tél. : 01 42 16 63 63
Service Lectrices — Tél. : 01 45 82 47 47
ISBN 978-2-2808-5036-0 — ISSN 0223-5056

Prologue

— C'est une lettre d'amour, tu ne peux pas le nier !

Elle le dévisageait, ses yeux vert bronze étincelant de colère. Son visage pâle, contracté, et toute son attitude criaient sa souffrance et sa révolte.

— Tu es marié, et tu as trompé ta femme avec moi ! Ah, les hommes !

— Mais c'était terminé avec…

Sans attendre qu'il finisse sa phrase, Lauren se tourna pour prendre un, puis deux, puis trois bébés dans ses bras.

Dehors, la tempête semblait redoubler de violence.

— Pas pour elle, si j'en crois les cœurs roses qui décorent l'enveloppe, répliqua-t-elle sèchement. Sans parler du « Je t'aime » en français dont même le dernier des crétins australiens connaît la signification. Et le nom, « Thérèse Fournier », je doute que ce soit ta sœur !

Elle lui faisait face de nouveau, vibrante de rage.

Jean-Luc se contenta de les envelopper, elle et les bébés, dans une couverture élimée. Elle représentait une protection dérisoire contre la pluie battante, mais il ne disposait de rien d'autre. Il devait aussi tenter de la calmer, de lui expliquer, même s'il savait déjà que ce serait un échec. Elle fit un mouvement brusque pour se libérer des doigts qui s'attardaient sur son bras.

— J'aurais dû m'en douter, dit-elle en se hâtant vers la sortie avec son précieux fardeau. J'aurais dû savoir qu'un homme aussi beau, aussi cultivé et raffiné ne pouvait pas s'intéresser à une idiote naïve comme moi ! Sauf pour le sexe, bien sûr !

— Tu n'as rien compris ! Mais ce n'est pas le moment...

Elle était trop ulcérée, trop blessée, pour l'écouter.

— Au contraire, c'est tout à fait le moment. Le typhon est là, nous allons tous être balayés et il sera peut-être trop tard après. Ouvre la porte. Je vais emmener ces petits jusqu'à la chapelle. Inutile de leur infliger notre dispute, ils sont déjà suffisamment effrayés par le bruit de la tempête.

Il s'exécuta puis, arc-bouté pour lutter contre le vent, l'un de ses bras entourant les épaules de Lauren, ils sortirent dans le vent, évitant les débris de toutes sortes qui voltigeaient autour d'eux, unissant leurs forces pour parcourir la vingtaine de mètres les séparant de la petite église.

Lorsqu'ils furent à l'abri, Lauren se débarrassa de la couverture trempée et emporta les bébés jusqu'à l'autel, derrière lequel ils en avaient déjà installé cinq autres, avec une réserve d'eau, de lait en poudre, de biberons et de biscuits secs. C'était le père Joe qui leur avait suggéré ce refuge. Selon lui, l'édifice en brique résisterait mieux au typhon que la grande bâtisse de l'orphelinat. Cependant, comme la petite chapelle ne suffirait pas à contenir les enfants plus âgés et les membres de l'équipe, Jean-Luc, aidé par les sœurs, avait bâti une sorte de forteresse dans le bâtiment principal à l'aide de lits, de tables et de matelas, où ils se réfugieraient jusqu'à ce que les vents violents et la mer furieuse se soient apaisés.

— Lauren…

Il répugnait à la laisser seule avec les bébés, mais surtout à la quitter alors qu'elle était en colère et meurtrie.

— Vas-y, maintenant !

— Mais…

Lorsqu'elle se tourna vers lui, la tristesse de son expression lui brisa le cœur.

— C'est aussi ma faute, dit-elle sur un ton amer. Je t'ai fait confiance. Mais comment ne pas t'aimer, ne pas croire que c'était réciproque ? J'ai été stupide. A présent, va-t-en vite, on a besoin de toi là-bas !

S'agenouillant derrière l'autel, elle disparut à sa vue.

L'indécision le figea sur place. Il avait tant envie de rester, de lui expliquer que Thérèse et lui étaient séparés depuis des mois, d'offrir sa protection à cette femme dont, contre toute attente, il était tombé amoureux ! Or, il devait retourner d'urgence à l'orphelinat pour protéger les autres enfants. S'il perdait encore un temps précieux à hésiter, il lui deviendrait peut-être impossible de le faire.

— Nous en parlerons plus tard, dit-il en se précipitant vers la porte, désespéré de devoir la quitter.

— Oh non, nous n'en parlerons plus.

Les mots, froids et sinistres, venaient de derrière l'autel. A ce moment-là, Jean-Luc ne se doutait pas alors à quel point ils se révèleraient prophétiques.

Trois jours plus tard, dans le lit d'hôpital où il gisait avec une jambe brisée et de multiples contusions, il apprit que le raz de marée qui avait emporté l'orphelinat, le charriant jusqu'au pied des collines au-delà du village, avait réduit la chapelle à un amas de briques et de décombres.

Lauren était morte…

1.

Sur le bref trajet qui le ramenait de l'hôpital à son logement provisoire, Jean-Luc inspira à pleins poumons. Un immense parc s'étendait de l'autre côté de la route. Difficile de croire qu'il se trouvait dans une grande cité ! Hormis ce secteur, il n'en connaissait pas grand-chose, bien que l'avion qui l'avait amené soit passé au-dessus du port et du fameux Opéra. Il savait aussi que les banlieues du bord de mer, Bondi et Coogee — quels drôles de noms ! — étaient proches.

Sydney ! Dix ans plus tôt, une jeune femme de vingt et un ans lui parlait avec ferveur et enthousiasme de sa ville natale. Le souvenir lui en était revenu lorsqu'il avait eu à choisir entre celle-ci et Cincinnati, toutes deux lui offrant la chance de travailler avec une équipe de cardiologie pédiatrique de premier ordre.

A présent, l'ombre de Lauren l'accompagnait. Peut-être son fantôme s'était-il attardé trop longtemps dans son esprit, affectant ses relations avec les autres femmes…

Zut ! Pourquoi ces pensées sentimentales ? Sans doute ce long voyage l'avait-il fatigué plus que prévu. Ses fiançailles avec Justine avaient été rompues parce qu'elle ne supportait pas qu'il se consacre à son travail. Quant à son union avec Thérèse, elle avait pris fin bien avant son départ pour l'Inde.

S'il avait choisi Sydney pour ce stage, c'était parce qu'Alex Attwood, rencontré lors d'une conférence, l'avait impressionné. Travailler dans son équipe serait à la fois un plaisir et un privilège.

Repoussant le souvenir de Lauren au fond de sa mémoire, il revint au présent. Son premier jour dans le service avait été fascinant. Il lui faudrait prendre des notes pour se rappeler toutes les idées d'avant-garde et les innovations subtiles qu'il voulait rapporter avec lui, à Marseille.

Depuis sa guérison, il s'était jeté à corps perdu dans le travail. Après la mort de Lauren et sa blessure à la jambe, c'était la seule raison de vivre qu'il lui restait. A la longue, cet acharnement avait été gratifiant, puisqu'il s'était vu offrir la direction de sa propre unité de cardiologie pédiatrique dans le nouvel hôpital de Marseille !

Il inspira une autre grande bouffée d'air pur, se remémorant sa ville, et surtout le village de Cassis où il était né. Ah, sentir l'air marin… Hélas ! Les plages devaient être trop loin.

Il devenait gâteux, pour penser à de telles futilités.

— Aaaah !

Un hurlement perçant le tira de sa rêverie. Devant lui, un petit bus scolaire s'éloignait tandis que, dans l'allée piétonnière d'en face, un adolescent disparaissait sur son skate-board.

Le cri s'étant transformé en gémissement de détresse, Jean-Luc traversa rapidement la route et découvrit un enfant recroquevillé sur lui-même.

Pas difficile de reconstituer l'accident après avoir vu le bus de l'école et l'adolescent sur son skate-board qui s'enfuyait à toute vitesse sans souci de sa petite victime.

Arrivé près de lui, Jean-Luc s'accroupit.

— Je suis médecin, annonça-t-il en soulevant le bord souple du chapeau de l'enfant pour voir son visage. Tu me dis où tu as mal ?

Lorsque la petite tête se tourna vers lui, il reconnut les yeux bridés caractéristiques du syndrome de Down. Une bouffée de colère l'envahit à la pensée de l'adolescent qui l'avait renversé. Cependant, le plus urgent était de s'occuper du petit garçon.

— Il t'a roulé dessus, ou il t'a juste fait tomber ?

En guise de réponse, il obtint un hochement de tête qui pouvait signifier n'importe quoi. Il avait posé trop de questions à la fois. L'enfant s'assit et se frotta le visage du dos de la main pour essuyer les larmes qui striaient ses joues.

— J'ai eu peur. Et ma main me fait mal, dit-il en la lui montrant.

En effet, il s'était blessé. Le sang perlait des écorchures maculées de terre. Son genou et sa jambe gauches aussi étaient écorchés.

Jean-Luc observa les alentours. Si le bus s'était arrêté pour le faire descendre ici, quelqu'un aurait dû l'attendre. Or, tout était désert, les portes des maisons fermées.

Que se passait-il dans la tête des gens pour qu'ils laissent un enfant vulnérable tout seul dehors ?

— Tu habites par ici ?

Après un nouveau signe de tête, l'enfant désigna, de sa main valide, la maison juste en face d'eux.

— Au numéro trente, dit-il avec fierté. Numéro trente, Kensington Terrace.

Il avait raison d'être fier. Pour un si jeune garçon atteint de difficultés de développement, connaître son adresse était un exploit.

— Et si je te portais jusque-là ? Ta maman est chez toi ?

Il fit un signe affirmatif.

— Maman, ou mamie, ou Russ ou Bill. Il y a toujours quelqu'un.

Dans ce cas, pourquoi personne n'était-il là ? Tout ce beau monde devait être d'une insouciance frôlant la négligence pour ne pas avoir guetté l'arrivée du bus.

Jean-Luc souleva l'enfant. Au moment où il se redressait, un aboiement furieux se fit entendre de l'autre côté de la rue, puis un coup d'avertisseur accompagné d'un crissement de freins et d'un cri affolé :

— Lucy !

Un labrador doré bondit dans l'allée, les babines retroussées, un grondement sourd au fond de la gorge.

— Lucy ! s'écria l'enfant, confirmant que le chien était bien le sien.

Avant que Jean-Luc décide quoi faire — l'animal allait-il le mordre au premier mouvement ? —, une femme aux jambes interminables traversa la route en courant, provoquant encore coups de Klaxon et grincements de freins. Ses longs cheveux d'un brun roux formaient un halo autour de sa tête lorsqu'elle se planta devant lui, ses yeux verts jetant des éclairs.

— Lâchez-le ! Qui vous a permis de toucher à mon fils ?

Le chien, entendant là une permission d'aller de l'avant, se mit à tourner autour de lui en aboyant comme un fou. La situation prenait des allures de farce.

Toutefois, Jean-Luc n'eut pas envie de rire lorsqu'il regarda la jeune femme qui tendait les mains pour prendre son fils.

Impossible ! Son esprit lui jouait un tour.

— Il est médecin, maman, dit le petit garçon. C'est un grand qui m'a fait tomber !

— Lucy, assis ! ordonna-t-elle avant d'arracher littéralement l'enfant des bras de Jean-Luc.

Le chien obéit, tout en gardant les yeux dardés sur lui.

— Oh, Joe, tu es blessé ? Tu le connais, ce grand ? Le chauffeur n'a rien vu ?

Trop occupée à inspecter son fils, elle ne prêtait aucune attention à Jean-Luc. Cela valait sans doute mieux, car il la fixait, frappé de stupeur, convaincu de voir un fantôme ressuscité.

Nul doute, c'était Lauren — sa voix un peu rauque, son visage, ses taches de rousseur, ses longues jambes —, mais le fait de la voir vivante le stupéfiait plus encore que l'extraordinaire coïncidence qui les avait réunis.

Le miracle, c'était qu'elle soit en vie !

— Tu t'es fait mal à la main ! Et ailleurs ? Tu vas bien ?

Rassurée par la réponse du petit garçon, elle le serra contre sa poitrine, prenant enfin conscience de la présence d'une autre personne.

— Je regrette, dit-elle avec un sourire d'excuse. J'ai mal réagi. Merci d'être venu à son secours. Le bus devait être en avance ; je rentrais juste de promener Lucy. Avez-vous assisté à la scène et vu qui l'a heurté ?

Il la dévisageait toujours. Impensable qu'elle l'ait oublié ! Avait-il à ce point changé, ou était-il si insignifiant ?

— Vous ne vous souvenez pas de moi ?

Elle fronça les sourcils, l'étudiant de ses beaux yeux verts. Nul doute, cependant, que l'essentiel de son attention soit toujours focalisé sur l'enfant, et qu'elle soit impatiente de le faire rentrer pour vérifier qu'il n'avait pas de blessures plus graves.

— Je devrais ? demanda-t-elle avec un sourire poli. Oh… Joe a dit que vous êtes médecin. Donc, vous travaillez à l'hôpital, bien sûr !

Un autre sourire, encore plus poli et convenu.

— Pardonnez-moi. J'ai eu un accident qui a affecté ma mémoire, surtout celle des visages.

Un troisième sourire, assez sincère cette fois, alluma des étincelles dans les yeux qui avaient jadis brillé d'amour pour lui.

— Du moins, cela me sert d'excuse ! Je suis Lauren Henderson, et voici Joe. Merci encore, poursuivit-elle en lui tendant la main.

Jean-Luc la prit et se présenta en l'observant avec attention. Un éclair de conscience et un peu de gêne n'étaient-ils pas passés dans son regard, à l'énoncé de son nom ? Toutefois, loin de s'exclamer « Jean-Luc ! » avec enthousiasme ou de s'émerveiller de l'ironie du destin, elle se contenta de lui serrer la main brièvement.

Il aurait dû lui en dire plus, lui rappeler son séjour en Inde, mais comme le petit garçon se plaignait de sa main blessée, mieux valait prendre congé. Il la vit courir vers la maison, la tête penchée pour parler à son fils, suivie par le chien — répondant bizarrement au nom de Lucy alors que c'était un mâle — qui se retournait de temps à autre pour le surveiller. La porte s'ouvrit puis ils disparurent à l'intérieur.

Etait-ce un fantôme ? Peut-être, entraîné par ses pensées, avait-il rêvé toute l'aventure…

L'avait-elle vraiment déjà rencontré ? se demanda Lauren. Sûrement pas. Comment aurait-elle pu oublier un homme aussi sensationnel ? Grand, brun et beau, avec des yeux… étaient-ils bleu foncé ou noirs ?… sous des sourcils noirs. Des cheveux noirs aussi, coupés court, un peu grisonnants aux tempes ; un artifice, sans doute ! Peut-être les avait-il teints en gris pour se donner l'air distingué ? Dans ce cas, c'était réussi. S'ajoutaient à cela une peau mate et bronzée, quelques fines balafres, d'autres plus marquées à certains endroits, sur un visage bien structuré dans lequel un nez droit faisait un trait d'union entre les yeux et des lèvres bien dessinées.

Des lèvres qu'on avait envie d'embrasser !

Elle assit Joe sur la table de la cuisine. Pourquoi de telles pensées ?

Parce que son corps avait réagi au contact des doigts de l'inconnu ? Parce que sa peau avait frémi quand il lui avait serré la main ?

Bien sûr que non ! Elle avait été choquée de voir Joe dans les bras d'un étranger, puis d'apprendre qu'il était blessé. C'était un frisson d'appréhension.

Qu'elle n'avait ressenti qu'à son contact…

Elle prit une serviette propre pour nettoyer les écorchures de son fils tout en se renseignant sur l'accident, bien qu'il lui soit difficile d'écouter ses explications plutôt que de penser à l'homme venu à son secours.

Un inconnu. Un homme banal.

Non ! Aucune femme, même sans imagination, ne le qualifierait de banal.

Ni d'insignifiant. Pourtant, elle ne se souvenait pas l'avoir déjà vu.

— Il a dit qu'il était médecin ?

Elle s'efforça de retrouver dans sa mémoire la trace d'une rencontre.

— Qui ?

— Le monsieur qui t'a aidé.

— Oui.

— A l'hôpital ?

— Je sais pas. Je peux sortir jouer, maman ?

— Tu vas goûter d'abord.

Pourquoi le questionnait-elle au sujet d'un inconnu qu'elle ne reverrait sans doute jamais ? Elle le reposa par terre et l'envoya se laver les mains.

Cet homme était à pied, songea-t-elle, et la plupart des maisons du quartier appartenaient à l'hôpital.

Elle secoua la tête. Quelle idiote ! Comme s'il pouvait regarder une femme comme elle ! La plupart de ceux avec qui elle sortait s'intéressaient à elle jusqu'au jour où, voyant Joe, ils prenaient conscience qu'il faisait partie du lot. Alors, ils disparaissaient, et elle n'en entendait jamais plus parler.

Ayant posé sur la table un verre de lait, une assiette de fromage, des fruits et des bâtonnets de légumes, puis installé son fils devant, elle lui ébouriffa les cheveux et se pencha pour lui embrasser le sommet du crâne.

Elle préférait Joe à mille hommes sensationnels bien que, de temps à autre, elle se surprenne à s'interroger sur celui qui l'avait conçu. Avait-elle frémi à son contact ?

Le lendemain matin, Jean-Luc se tenait devant la fenêtre de sa chambre, dans l'appartement qu'il allait occuper au cours des six prochains mois. A deux portes de celui où vivait le fantôme de Lauren, sauf qu'elle n'était pas un fantôme. Elle était réelle. Même son nom l'était.

Incroyable ! Elle était vivante… De plus, ils s'étaient retrouvés nez à nez ! Pas si étonnant, puisqu'elle était dans le milieu médical et que, d'après ce qu'on lui avait dit, la plupart des logements du quartier hébergeaient le personnel du St. James, le « Jimmie », comme on l'appelait familièrement.

Quelle idée de divaguer sur le surnom d'un hôpital ! Mieux valait se demander pourquoi Lauren l'obsédait. Il avait pourtant vu des photos de la chapelle effondrée. Comment avait-elle pu survivre sous ces décombres ?

S'agissait-il de l'accident qu'elle avait mentionné ? Souffrait-elle d'amnésie ?

Aucune importance, de toute façon, surtout pour elle, qui ne se souvenait pas de lui.

Pourquoi ne pas en rester là ?

Il venait de passer une nuit agitée, avec des rêves hantés par des bribes de souvenirs du temps où ils étaient ensemble, et c'était fort regrettable.

Il se sentait… Non, pas en colère. Plutôt mis à l'écart.

— Tu viens ?

La vieille bâtisse qu'il habitait était divisée en deux appartements, et Grace Sutherland, le second chirurgien en stage dans l'équipe d'Alex Attwood, occupait l'autre. Comme presque tous les matins, elle frappait à sa porte et faisait le trajet avec lui.

En chemin, elle lui parla de Theo, le nouveau perfusionniste cardio-vasculaire grec. Jean-Luc et elle, arrivés depuis une semaine, n'avaient rencontré leurs collègues que deux jours auparavant. Un intérêt personnel si soudain était-il possible ? se demanda-t-il.

Décidément, il ne comprendrait jamais rien à la gent féminine, et il n'essayait même plus, d'ailleurs. Après son mariage raté, puis la rupture de ses fiançailles avec Justine, il avait découvert l'existence de femmes qui ne souhaitaient ni être comprises ni avoir une relation stable. Celles-là étaient heureuses d'avoir une aventure sans pour autant s'estimer liées.

Et si, parfois, il lui arrivait d'éprouver un manque dans sa vie, il lui suffisait de retourner travailler, de voir ses petits patients, pour se sentir de nouveau comblé et épanoui. Leur innocence et leur confiance lui permettaient d'oublier les échecs de sa vie affective, voire son habituel cynisme, et renouvelaient sa détermination à leur fournir à tous la meilleure chance de survie possible.

« Rien que le fait d'être avec eux me procure une joie indescriptible », avait dit un jour Lauren en évoquant les enfants de l'orphelinat.

Ces mots avaient résonné souvent dans sa mémoire, même s'il la pensait partie très loin. Il y trouvait du réconfort et une confirmation de son propre engagement.

Or, elle n'était pas partie très loin !

Absorbé dans ses pensées, il avait dû ralentir l'allure, car il marchait seul dans l'allée piétonnière. Grace l'avait devancé, avec son pas énergique de sportive.

Elle s'arrêta au feu pour l'attendre.

— Qu'est-ce qui te rend si rêveur ? As-tu laissé une belle femme en France ?

— Pas du tout. Hormis, bien sûr, ma mère et ma grand-mère, deux tantes et une horde de cousines.

— J'ai du mal à croire ça. Tu es bien trop séduisant pour que les femmes ne se battent pas pour toi ! Quel est ton problème ?

Il sourit. Le mot « subtilité » ne faisait pas partie du vocabulaire de sa collègue. Ses questions étaient abruptes et souvent intrusives.

— Et si les femmes ne m'intéressaient pas ?

Eclatant de rire, elle lui prit le bras pour traverser.

— Les salles de consultation et de réunion sont au-dessus du bloc opératoire et des soins intensifs pédiatriques, n'oublie pas, dit-elle à l'entrée.

— Je m'en souviens, mais je vais d'abord m'arrêter à l'étage du dessous pour voir les enfants. J'ai le temps.

C'était toujours par cela qu'il commençait en arrivant à l'hôpital. Un besoin de se recentrer et, surtout, de se rappeler pourquoi il avait choisi ce métier. Pour que ces petits représentants de l'humanité aient une chance d'avoir une vie normale, utile et heureuse.

— Occupe-toi donc de tes bébés. Moi, je monte, dit-elle sur un ton où il décela une légère moquerie.

Qu'elle pense ce qu'elle voulait, après tout…

Lorsqu'il arriva dans le service, l'infirmière qui surveillait les moniteurs lui apprit que tous les enfants étaient dans un état stable. Il passa les voir l'un après l'autre et s'efforça de retenir des noms, Mollie, Jake, Tom, en les traduisant par leur équivalent français pour mieux se les approprier. Au fur et à mesure, il rassura les parents assis près des petits lits et se présenta à ceux qu'il n'avait pas encore rencontrés.

Alors qu'il quittait l'une des chambres à un lit où un enfant se remettait de la réparation d'un défaut septal, une voix, si familière qu'il en frissonna, lui parvint.

De l'autre côté de la grande salle, une femme de haute taille, portant uniforme et coiffe d'infirmière, guidait un couple en détresse vers une sortie.

— Il est si petit… Comment peut-il survivre ?

— C'est la meilleure équipe d'Australie qui a opéré Jake. L'intervention était en effet traumatisante pour un bébé si petit, mais croyez-moi, ils étaient tous compétents pour résoudre ses problèmes cardiaques. A présent, nous devons nous occuper, ensemble, de son rétablissement.

Encore une coïncidence ! Impossible ! Certes, sa mère disait bien « Jamais deux sans trois »… Un : Lauren était vivante. Deux : elle habitait à deux pas de chez lui… Et trois : elle travaillait dans le même service.

Cette dernière ironie du sort l'ayant ébranlé, Jean-Luc alla s'asseoir un instant dans la petite salle de repos. Si elle travaillait avec lui, pourrait-il garder le silence sur leur passé commun ?

Comme elle avait un enfant, il supposait qu'elle était mariée, bien qu'elle se soit présentée sous son nom de jeune fille.

Mariée ?

Il ne devrait pas en souffrir, après dix ans…

C'était sans doute la raison pour laquelle elle l'avait oublié. Inutile par conséquent de lui rappeler quoi que ce soit.

Pourtant, cette idée le mettait très mal à l'aise. Ainsi, il se sentait dépité, contrarié qu'elle l'ait… trahi !

Lauren guida Brian et Shelley Appleton vers l'une des petites salles tranquilles réservées aux parents. Elle leur proposa du thé ou du café, mais Brian, trop tendu pour s'asseoir, balaya d'un geste sa proposition.

— Il n'aura probablement pas besoin d'une seconde opération, reprit-elle d'un ton apaisant. Si vous vous êtes renseignés sur le sujet, vous savez que certains enfants qui souffrent d'une coarctation de l'aorte doivent être réopérés quand ils sont plus grands. Or, dans le cas de Jake, les chirurgiens ont supprimé la partie rétrécie et suturé l'artère, qui aura une taille normale pour un adulte.

— Il n'empêche qu'il devra être suivi sans cesse par des spécialistes, et courra toujours un risque d'endocardite infectieuse… ou d'infection aux staphylocoques dorés.

— Brian, je t'en prie !

Shelley s'était affalée dans un fauteuil, et sa voix exprimait surtout son épuisement.

— Voulez-vous boire quelque chose, Shelley ? Je peux aussi aller vous chercher un sandwich…

— Nous nous nourrissons de sandwichs depuis un mois ! marmonna Brian.

Lauren réprima un soupir. Jake était à l'hôpital depuis sa naissance, et ses parents devaient certes en avoir assez. Mais Shelley avait besoin de manger, et sans doute aussi de changer de décor.

— Ecoutez…, dit-elle en posant une main sur le bras du jeune père. Je comprends vos craintes, mais ne soyez pas trop négatif. Vous êtes à bout de nerfs tous les deux. Pourquoi ne pas aller faire un tour dehors ? Faites une promenade dans le parc, prenez-y le petit déjeuner avec un vrai café, respirez l'air pur. Jake a eu la chance de naître dans un hôpital où on a pu le soigner facilement. En outre, l'intervention a parfaitement réussi. En trois ans, je n'ai jamais vu un bébé aussi en forme après son opération. Alors maintenant, pensez un peu à vous deux pour changer.

Comme il la regardait bouche bée, elle se demanda s'il avait compris un mot de son discours. Puis il sourit et son visage rajeunit de dix ans.

— Un petit câlin, ce ne serait pas de refus… Shell ?

Sa femme sourit aussi.

— D'accord, allons faire un tour, répondit-elle en se levant. Mais je ne promets rien en ce qui concerne les câlins. Lauren, vous surveillerez Jake ?

— Comme si c'était mon fils, répondit-elle.

Inutile de préciser qu'elle aurait dû être rentrée chez elle depuis des heures. Mais elle resterait pour l'enfant, même s'il n'avait pas besoin d'elle.

Lorsque le couple eut disparu dans l'ascenseur, elle retourna dans la chambre que Jake partageait avec deux autres bébés récemment opérés.

— Tu as fini ton service, lui rappela Jasmine Wells, qui l'avait remplacée.

— J'ai promis aux Appleton de veiller sur leur fils pendant qu'ils sortaient faire un tour.

— Ce bébé dort comme un loir. Si tu n'es pas là, ils n'en sauront rien. Cela dit, si tu restes, je pourrai m'occuper des plannings pour la semaine prochaine. Tu es d'accord pour faire les nuits du week-end, ou tu as rendez-vous avec Theo ?

Lauren sourit.

— Pas de rendez-vous galants, c'est ma devise. Je te rappelle que Theo essaie juste de me convaincre d'aller faire des études de perfusionniste aux Etats-Unis, et je dois admettre que je suis tentée. Cependant, ce serait un tel changement, un déracinement pour Joe. L'école, les loisirs qu'il aime…

— Il s'adapterait, tu le sais bien, assura Jasmine. En fait, il adorerait ça. Pense à Disneyland ! Et à tous ces beaux médecins américains qu'on voit à la télévision !

— Va donc faire les plannings, répliqua Lauren en agitant la main comme pour la chasser.

Surtout, ne pas avouer à quel point elle avait envie de partir étudier, et aussi de changer de vie.

Elle soupira et s'efforça de se débarrasser du vague sentiment de dépression qu'elle éprouvait depuis quelque temps. Jasmine avait annoncé ses fiançailles quinze jours plus tôt, et Becky, la secrétaire du service, venait de fixer la date de son mariage. L'an dernier, trois couples s'étaient formés, et voilà que l'amour, ce diablotin espiègle, recommençait à envoyer ses flèches.

Heureusement, elle-même n'était pas atteinte.

Ses doigts frémirent lorsqu'elle repensa à l'homme qui lui avait serré la main la veille.

Elle soupira, agacée.

Il était sans doute marié, avec de beaux enfants. Et même dans le cas contraire, pourquoi s'intéresserait-il à elle ? De plus, il y avait Joe.

Vraiment, mieux valait avoir été épargnée.

Si l'idée de partir étudier aux Etats-Unis lui troublait l'esprit, qu'en serait-il si elle tombait amoureuse ?

Elle eut un sourire rêveur en contemplant Jake endormi. Elle aimerait bien se rappeler ce qu'était l'amour…

Sa rêverie s'interrompit net lorsqu'elle s'aperçut que Jake avait un problème. Une enflure sur la main gauche, où était fixé le cathéter, signalait une veine collabée. Elle appuya sur la sonnette, sûre qu'un médecin viendrait d'urgence, et se mit à débrancher les fils reliant le bébé au moniteur.

Elle remplacerait la machine chargée de vérifier s'il respirait toujours pendant qu'elle le conduirait jusqu'à la salle de cathétérisme.

2.

En quittant le service, Jean-Luc, qui méditait sur les coïncidences et la trahison, faillit heurter un petit lit poussé hors d'une chambre par une infirmière. Pas n'importe laquelle !

— Mon Dieu, c'est vous qui avez secouru Joe ! Que faites-vous là ?

— Je suis l'un des chirurgiens en stage chez Alex Attwood. Votre mémoire n'est pas si mauvaise, dites-moi ! ajouta-t-il d'un ton ironique.

Ignorant la pique, elle sourit.

— Grâce au ciel, j'ai justement besoin de quelqu'un comme vous ! Vous semblez avoir le chic pour vous trouver au bon endroit au bon moment. Jake a une veine collabée, je l'emmène à la salle de cathétérisme. J'ai réclamé un médecin, mais puisque vous êtes là…

Elle fit rouler le lit dans la petite pièce et continua de parler tout en reconnectant les fils au moniteur.

— Il fallait que ça arrive juste au moment où j'ai pu convaincre ses parents d'aller faire un tour dehors pour la première fois depuis sa naissance !

Bien que sachant qu'une veine collabée ne présentait

pas de risque mortel, Jean-Luc se lava les mains en hâte. Puis il se pencha sur le bébé, évaluant sa taille, et vit la cicatrice récente sur sa poitrine.

— Mettez-moi au courant.

Tout en sortant un nouveau cathéter de son emballage, elle répondit aussitôt à cet ordre lancé sèchement.

— Jake Appleton, coarctation de l'aorte. Suivi par Phil, qui a essayé la prostaglandine pour garder l'artère ouverte, des médicaments pour le cœur, des diurétiques, mais son état ne s'améliorait pas. Comme l'angioplastie pour élargir l'aorte n'a pas donné de résultat, il s'est décidé à l'opérer pour supprimer la section rétrécie. Jake allait bien jusque-là.

Elle recula d'un pas et observa le médecin penché sur le bébé, en train de soulever ses membres d'une main douce et ferme à la recherche d'une veine viable. Chacun de ses gestes lui assurait qu'au-delà d'une parfaite connaissance de son métier, il avait aussi un rapport inné avec les petits patients.

Impossible qu'elle l'ait déjà rencontré. Ces yeux bleus — elle l'avait vérifié — dans ce visage... Il était vraiment inoubliable !

Sans doute l'avait-elle vu lors de la tournée du service qu'Alex lui avait fait faire pour le présenter. Deux chirurgiens étaient arrivés pour six mois, un venant de France, ce devait être lui d'après son accent, et l'autre d'Afrique du Sud. Tous deux amélioreraient certaines de leurs compétences en même temps qu'ils feraient profiter les équipes d'Alex et de Phil de leurs autres connaissances.

— Des problèmes ?

Phil Park était là, mais le nouveau médecin avait déjà remis un cathéter en place et rebranchait la perfusion.

— Une veine collabée, expliqua-t-elle. Je voyais le liquide sortir sous la peau. Le Dr…

Elle regarda Jean-Luc, se tourna vers Phil, puis de nouveau vers lui.

— Excusez-moi, j'ai oublié votre nom.

Comme il marmonnait quelque chose entre ses dents, elle supposa qu'il s'adressait à Jake.

— Fournier. Jean-Luc Fournier, intervint Phil. Vous allez sans doute le croiser souvent. Lui et sa collègue sud-africaine, le Dr Sutherland, partagent une maison près de chez vous. Au numéro vingt-six.

Le cathéter était maintenant bien fixé, et Jean-Luc était resté penché au-dessus du bébé pour vérifier que le fluide circulait bien. A l'énoncé de son nom, il releva la tête pour étudier le visage de Lauren. Il espérait y voir de la honte pour ne pas l'avoir reconnu la veille, peut-être de la culpabilité pour ne pas lui avoir fait signe après le typhon… n'importe quoi, mais quelque chose !

Or, le regard qu'il rencontra n'exprimait qu'une attention polie.

Elle se tourna vers Phil.

— Ah, voilà l'explication ! J'ai rencontré le Dr Fournier hier. Il est venu au secours de Joe qui a été renversé en sortant du bus scolaire. Je ne le remercierai jamais assez !

Elle adressa à Jean-Luc son plus beau sourire.

A sa grande surprise, il sentit son corps réagir. Après dix ans, comment était-ce possible ?

Pas question d'y réfléchir dans l'immédiat, car Phil était en train de le remercier.

— Nous avons de la chance de vous avoir ici ; vous

allez nous être utile, conclut-il en lui faisant signe de passer devant pour sortir.

Jean-Luc se tourna vers Lauren, qui débranchait les fils du moniteur pour ramener le bébé aux soins intensifs.

Qui était-elle donc à présent ? Et pourquoi se posait-il la question ?

Elle était mariée, mère d'un enfant, point final !

Ou alors…

Quelque chose de la femme dont il était tombé amoureux subsistait encore en elle.

Troublé, il songea à refaire une visite à ses bébés pour se réconforter, mais on l'attendait en haut.

Les consultations…

Avait-elle été touchée par une flèche, en fin de compte, pour avoir les jambes tremblantes chaque fois que le nouveau chirurgien était dans les parages ? se demanda Lauren.

Elle fit rouler le lit de Jake dans la chambre et relia les fils au moniteur, heureuse que Shelley et Brian n'aient pas assisté à l'incident, concentrant sa pensée sur eux pour oublier le regard bleu qui s'était fixé sur elle presque avec colère.

Non. Elle avait dû se tromper. Pourquoi prendrait-il ombrage du fait qu'elle ne se souvienne pas de l'avoir déjà vu ? Ce ne pouvait être que durant les quelques jours qui précédaient, puisqu'il n'était là que depuis une semaine.

Tout de même… Sa mémoire n'était pas si mauvaise que ça !

C'était une énigme, mais elle avait d'autres chats à fouetter pour l'instant.

Puis Brian et Shelley revinrent et ils la remercièrent de son conseil, car la promenade, assura Brian, leur avait fait le plus grand bien. Il allait rester au chevet de Jake pendant que Shelley dormirait un peu, et elle, Lauren, pouvait rentrer chez elle pour prendre un repos bien mérité.

Impossible… Il y avait des consultations ce matin chez Alex, auxquelles elle devait assister avant de pouvoir partir.

En soupirant, elle se hâta vers les vestiaires pour se rafraîchir et se brosser les cheveux. Se trouvant pâle, elle mit du rouge à lèvres et une touche de blush sur ses joues. Le résultat n'était pas fameux, mais elle avait l'air moins fantomatique. Alex voulait qu'une infirmière assiste à ses consultations préopératoires pour rassurer les parents. Ce n'était pas le moment de ressembler à un spectre…

— Je suis en train d'expliquer à Jean-Luc pourquoi je souhaite la présence d'une infirmière, dit Alex devant la porte de sa salle. Les familles sont réconfortées de savoir qui va s'occuper de leur enfant après l'opération. En outre, l'infirmière, Lauren en l'occurrence, prend connaissance des détails de la procédure. Les parents ne comprennent jamais tout du premier coup, c'est trop pour eux, et ils sont trop stressés pour assimiler la totalité de nos explications. Ainsi l'infirmière peut leur réexpliquer, ou du moins répondre à leurs interrogations, ce qui nous facilite la tâche.

— Ils ont un rôle très important à jouer, ajouta Lauren, et s'ils doivent attendre de voir un médecin pour poser leurs questions, celui-ci est submergé et eux trop angoissés.

Etait-il possible qu'elle ne se souvienne pas de lui ?

Comment réagirait-elle s'il prononçait le mot « Inde » ?

Mieux valait se concentrer sur ce qu'on lui expliquait, au lieu de laisser ses pensées divaguer.

— C'est vraiment une excellente idée, dit-il d'un ton sincère, car il en était convaincu.

— Le café d'abord ! déclara Alex. En le buvant, nous passerons en revue la liste des patients prévus ce matin. Lauren, je sais que pour vous, c'est café au lait, un sucre. Et pour vous, Jean-Luc ?

— Noir, sans sucre, merci.

Alex sortit de la pièce.

— Il va le chercher lui-même ? demanda Jean-Luc, étonné.

— Cela vous surprend ? répondit-elle d'un ton taquin, un sourire aux lèvres.

Trop occupé à analyser la réaction de son corps — ce n'était pas du désir, mais une réelle attirance, toujours vive — pour répondre, il haussa les épaules.

— En fait, il se rend à la réception pour prendre ses dossiers et prie Becky, la secrétaire, de lui apporter le café.

— Ah !

Il sourit à son tour, et Lauren éprouva une sensation bizarre, une chaleur et un pincement au creux de l'estomac. Comment le sourire d'un inconnu pouvait-il lui faire cet effet ?

Jasmine avait une théorie selon laquelle les émotions et les réactions inhabituelles étaient lentes et paresseuses, comme les muscles inemployés. C'est pourquoi elle la pressait de sortir, de s'amuser un peu, et aussi d'avoir des relations sexuelles.

« C'est bon pour ton équilibre et pour ta peau, ça lui donne de l'éclat », ajoutait-elle, resplendissante elle-même.

Or, ce n'était pas valable dans ce cas précis, car la réaction de son corps n'était ni molle ni lente, pas plus que la chair de poule qui hérissait la peau de ses bras…

Jean-Luc vit ses joues se colorer.

Se souvenait-elle de lui, enfin ? Dans ce cas, pourquoi le cacher ?

Si elle était mariée au père de Joe, elle n'avait sans doute pas envie de voir réapparaître un ancien amant.

Pourtant, ce n'était pas exactement ce qui émanait d'elle. Il percevait de l'angoisse, oui, comme s'il l'inquiétait d'une certaine façon, mais pas en tant qu'ancien amant.

Ils étaient seuls tous les deux, c'était le moment…

— Vous ne vous souvenez vraiment pas de moi ?

Elle fronça les sourcils, sincèrement confuse.

— Nous sommes-nous rencontrés avant la journée d'hier ?

— Je ne parle pas d'une rencontre récente, marmonna-t-il tout en regrettant de ne pouvoir contenir sa colère.

— Etes-vous déjà venu en Australie ? Pour ma part, je suis sûre de n'être jamais allée en France.

— Pas en France. En Inde, dit-il d'un ton brusque.

Trop brusque, car il dut lui prendre le bras en la voyant vaciller. Elle se redressa un peu, se mettant hors de portée, et son regard empli d'appréhension et de prière mêlées croisa le sien.

— Nous nous sommes connus à Ste Catherine ? murmura-t-elle.

Cette fois, il lut du désespoir dans ses yeux.

Pourquoi ? Le souvenir qu'elle en avait était-il si terrifiant ? Bien sûr ! Lui-même ne se remémorait cette période qu'à travers un brouillard confus, estompé par la souffrance, et elle avait été enterrée vive…

— Est-ce que…

Il s'interrompit car Alex revenait.

— Le café arrive, et le premier patient sera là dans un quart d'heure. Voyons ces dossiers.

— Alex, je…, commença Lauren avant de secouer la tête. Oui, les dossiers. Allons-y, ajouta-t-elle en entrant dans la salle de consultation à la suite du chirurgien.

Après un coup d'œil à Jean-Luc, elle se laissa tomber sur une chaise.

Il s'installa sur le siège voisin, conscient de sa tension et des efforts qu'elle faisait pour se détendre, respirant à fond, tenant ses mains serrées pour les empêcher de trembler.

Autrefois, elle avait tremblé dans ses bras, mais de plaisir. A présent, c'était de la souffrance ou de la peur, ou autre chose qu'il ne comprenait pas.

Il s'en voulut de l'avoir bouleversée à ce point au début d'une journée de travail. Mais pourquoi l'était-elle autant ?

— Désolé, Alex. Je ne peux plus invoquer le décalage horaire ; j'étais simplement distrait. Pourriez-vous me répéter le nom de l'enfant ?

Il se força à mettre ses souvenirs de côté pour l'écouter avec attention. Après tout, il s'agissait de ses futurs malades. Une intervention n'était que le début d'une relation entre le petit patient et son chirurgien cardiaque, les visites de contrôles pouvant se poursuivre des années.

— Cain Cardella. Sténose aortique. La valvuloplastie

par ballonnet réalisée à l'hôpital régional n'ayant rien donné, nous avons effectué une opération à cœur ouvert pour réparer la valve. Il y a eu des complications avec la coronaire, mais Cain s'en est bien remis ; il revient maintenant pour un check-up après un an.

Il lui tendit le dossier. Jean-Luc l'ouvrit et se mit à lire. Les « complications » qu'Alex venait d'évoquer sur un ton si banal avaient été assez sérieuses, puisqu'on avait dû déplacer l'artère coronaire gauche.

— L'intervention a été longue, expliqua Alex en notant sa surprise. Très difficile. Mais comme vous allez le constater, il se porte plutôt bien.

Lorsque le café arriva, ils le burent tout en continuant à examiner les cas. Alex les exposait l'un après l'autre et Lauren fournissait des renseignements sur les parents.

— Voilà, celui-là sera à vous, dit Alex en prenant le dernier dossier. A moins qu'Annie n'accouche avant terme, je serai encore là. Je suis au courant de votre succès avec le parapluie, le nouvel occluseur septal. Nous ne connaissons pas ce système, et nous aimerions bien voir comment vous l'utilisez et savoir pourquoi vous le préférez. Nous en discuterons en réunion plénière avant l'intervention. Jeremy Willis a quatre ans. Le spécialiste qui le suivait à l'hôpital des enfants avait déjà décidé de procéder à la fermeture. Quand il a appris votre venue, il nous a contactés pour demander si vous pouviez vous en charger.

Tandis qu'il se saisissait du dossier pour se plonger dedans, Lauren en profita pour étudier cet homme qui venait de lui annoncer, de façon soudaine et imprévue, qu'ils s'étaient connus en Inde.

Elle l'avait déjà examiné plus tôt à la dérobée. Ses

réactions à son sourire et à son contact avaient été si vives qu'elle était curieuse de découvrir pourquoi il l'émouvait à ce point.

Les cicatrices qui marquaient ses joues, signes probables d'un accident ayant aussi causé une légère claudication, avaient-elles ajouté à son charme ?

Il était fascinant, et tellement viril !

Theo était lui aussi viril et très beau, mais elle n'avait pas la chair de poule lorsqu'il la frôlait, ni cette sensation à l'estomac quand elle se trouvait à côté de lui.

Etait-il un fragment de souvenir dans la partie manquante de sa mémoire ?

L'avait-il bien connue, ou juste rencontrée en passant ? S'ils avaient eu une relation durable, il en aurait sans doute dit davantage hier.

Avait-il été l'un de ces routards dont elle parlait dans les e-mails qu'elle envoyait chez elle, des jeunes qui s'arrêtaient pour se faire héberger quelques nuits à la mission, échangeant gîte et couvert contre de menues corvées ?

Ou avait-il été plus que cela ?

Son cœur se serra au point de lui causer une douleur physique.

Si elle faisait le calcul, il devait avoir un peu moins de trente ans, dix ans plus tôt, et en aucune manière ce séduisant Français raffiné n'aurait regardé deux fois la jeune femme immature, maigre, au visage constellé de taches de rousseur, qu'elle était alors.

La peur fit place à de l'appréhension, mêlée d'une certaine irritation due à son incapacité à se rappeler.

— Bien, nous sommes prêts ? Puis-je demander à Becky de nous envoyer la famille Cardella ?

La question d'Alex l'interrompit dans ses pensées tourmentées. Rejetant le cauchemar d'un passé qui se dérobait, elle se concentra sur le présent.

— Je vais les chercher, dit-elle avec l'espoir que le fait de bouger l'aiderait à se recentrer.

Ainsi, en revenant, elle pourrait aussi s'installer sur l'un des sièges du fond de la pièce, loin de Jean-Luc et de sa présence troublante.

Jean-Luc la regarda sortir, surpris que sa démarche légèrement dansante lui soit toujours familière, que son corps réagisse encore à ce spectacle au bout de dix ans.

— Une infirmière hors pair...

Il se tourna vers Alex en sursautant et tenta de percevoir le sous-entendu qui pouvait se cacher sous la réflexion banale.

Alex s'était-il aperçu de l'intérêt qu'il portait à Lauren ?

En fait, son visage n'exprimait rien. Il étudiait déjà le dossier Cardella.

Zut ! Il lui fallait se concentrer sur sa tâche. Il tira celui de Jeremy Willis du dessous de la pile et l'ouvrit.

Lorsque Lauren revint avec le petit malade et ses parents, il fut pris dans le tourbillon habituel, écoutant, parlant, posant des questions, apprenant tout ce qu'il pouvait sur le patient, puis sur les suivants.

— Jean-Luc Fournier sera chirurgien principal lors de l'intervention de Jeremy, expliqua Alex à Rosemary Willis deux heures plus tard alors que les consultations touchaient à leur fin. Je serai présent, mais il a l'expérience de ce nouveau moyen de fermeture que nous sommes impatients d'essayer.

Les sourcils froncés, Rosemary regarda Alex, puis Jean-Luc.

— Je ne veux pas d'expérimentations sur mon fils, dit-elle d'une voix calme pour ne pas être entendue du petit garçon, que Lauren avait attiré dans un coin avec un jeu de cubes. Vous devez avoir des moyens connus et fiables de fermer ce trou. Pourquoi essayer un nouveau système ?

— Par le passé, expliqua Alex, dans un cas comme celui de Jeremy, nous suturions le trou, ou nous appliquions un patch prélevé sur une autre partie du corps, ce qui faisait une plaie de plus à cicatriser. Pour en arriver là, nous devions procéder à une opération lourde. Ouvrir la cage thoracique, puis mettre le patient sous circulation extracorporelle, et ensuite ouvrir le cœur. Avec les nouveaux occluseurs, on peut utiliser le cathétérisme cardiaque, une chirurgie beaucoup moins intrusive.

— Il en a déjà eu un, répondit-elle en se tournant vers Jean-Luc. Pourquoi ne pas l'avoir fait à ce moment-là ?

Il lui sourit.

— Votre réflexion est très sensée, dit-il d'une voix douce. Mais assez souvent ces défauts se corrigent tout seuls au cours des trois premières années. En fait, environ quatre-vingts pour cent se ferment spontanément avant le second anniversaire de l'enfant. Reconnaissez qu'il valait mieux laisser une chance à son corps de régler le problème par lui-même qu'intervenir trop tôt.

Le visage de Rosemary exprima la compréhension, mais elle porta son regard sur son fils qui était en train de démolir une tour de cubes avec entrain.

— C'est un tel souci…, murmura-t-elle.

— Je comprends, dit Jean-Luc.

Il contempla un instant le spectacle de Lauren, qui avait pris le petit garçon sur ses genoux et penché la tête vers lui pour lui chuchoter à l'oreille quelque chose d'amusant. Ses cheveux sombres étaient tombés en avant, et l'image évoquait pour lui un vitrail de la cathédrale proche de l'hôpital à Marseille.

A quoi pensait-il ? Il était si vite distrait !

Il se retourna vers Rosemary.

— Mais vous devez comprendre que l'intervention prévue sur Jeremy sera bien plus légère qu'une opération à cœur ouvert. En France, nous utilisons ce parapluie depuis plusieurs années, maintenant. Aux Etats-Unis, on emploie avec succès un autre modèle d'occluseur. Pas question d'expérimenter quoi que ce soit de nouveau sur votre fils.

Au lieu d'approuver aussitôt, Rosemary s'adressa à Alex.

— Vous êtes d'accord pour dire que c'est le mieux ?

— Non seulement je suis d'accord, mais je le recommande. J'aurais moi-même choisi ce système si Jean-Luc n'était pas là, mais comme il a l'habitude de ce genre d'intervention, je suis impatient d'observer comment il procède et d'apprendre de lui.

— Qu'en pensez-vous ?

Cette fois, elle s'adressait à Lauren.

— D'habitude, nous pratiquons le cathétérisme dans le laboratoire. Si nous comptons procéder dans la salle d'opération pour Jeremy, c'est uniquement pour permettre à l'équipe médicale au complet d'y assister. Tout le monde est curieux de voir cette nouvelle méthode.

Rosemary se tourna vers Jean-Luc.

— Etes-vous vraiment si expert ?

— La modestie devrait m'obliger à répondre par la négative, répondit-il en souriant. Cependant, dans ce domaine particulier, oui, je le pense. Je fais un test pour juger des procédures avant de les proposer à des parents : je me demande si j'agirais ainsi avec mon propre enfant. Si je peux dire oui, alors je sais que je suis dans le vrai.

— Oh, vous avez des enfants ? Je suis contente de le savoir !

Elle lui prit la main dans les siennes et la serra.

— Dans ce cas, je vous fais confiance.

Lorsque le petit garçon se tortilla pour descendre de ses genoux, Lauren s'aperçut qu'elle l'avait tenu un peu trop serré en entendant Jean-Luc.

Bien sûr qu'il devait avoir des enfants… Il avait presque quarante ans ; tous les hommes de son âge en avaient.

Pourquoi en être troublée ?

Parce qu'elle le trouvait attirant, ou parce qu'il la connaissait depuis longtemps ?

Impossible d'avoir imaginé que c'était lui qui…

Elle se secoua pour chasser cette absurde pensée. Il était français, raffiné, sensationnel, pas le genre à tomber amoureux d'elle !

Elle se leva et prit le petit garçon par la main.

— Je vous raccompagne, madame Willis. Becky va vous donner un rendez-vous et vous fournir tous les renseignements utiles pour le séjour de Jeremy à l'hôpital.

Elle est en train de fuir, pensa Jean-Luc. Mais de fuir quoi ? se demanda-t-il, furieux contre lui-même. Il devait cesser de penser à elle, sinon son travail s'en ressentirait.

— Passez-vous autant de temps avec chaque patient et

sa famille ? Quand faites-vous le reste de votre travail ? demanda-t-il à Alex.

— Ces consultations sont payantes, à terme. Ces enfants vont subir un terrible traumatisme, et c'est très angoissant pour les parents. Plus ceux-ci savent à quoi s'attendre, mieux ils gèrent cette anxiété, semble-t-il. Au bout du compte, nous gagnons du temps. Certes, ils sont toujours bouleversés après l'opération, mais s'ils ont à peu près bien compris la procédure, ils sont capables d'admettre qu'il faut du temps pour que leur enfant se remette.

Jean-Luc acquiesça de la tête. Bon raisonnement… Pour sa part, il avait surtout travaillé dans de grands hôpitaux, où le temps passé à parler avec les parents était un luxe que l'on ne pouvait pas souvent s'offrir.

— Voilà un système que j'aimerais mettre en place dans mon nouveau service en France. Je trouve bien aussi qu'une infirmière soit présente. Rosemary s'est adressée à Lauren pour être rassurée avant de nous donner son accord, et si Lauren s'occupe de Jeremy avant et après la procédure, il existe déjà un lien qui la facilitera.

— Tous les soignants ont de bonnes relations avec les parents, mais elle semble avoir un talent particulier pour gagner leur confiance. Peut-être parce que son fils a lui-même des problèmes cardiaques… Bien que les gens ne le sachent généralement pas, ils doivent le sentir.

L'esprit de Jean-Luc ne saisit pas la fin de la phrase, car il s'était arrêté sur deux mots. Ainsi, Joe avait des problèmes cardiaques ?

C'était fréquent chez les trisomiques, il ne l'ignorait pas. Pourquoi était-il si bouleversé ? Parce que c'était un fardeau de plus pour Lauren ? Sûrement pas !

3.

Les consultations terminées, Lauren rentra chez elle, l'esprit tout occupé par ce que lui avait révélé le nouveau chirurgien. Il l'avait connue en Inde !

Irritée d'en savoir si peu et d'avoir encore tant à apprendre, elle ne put dormir. Plus tard, elle eut du mal à écouter Joe lui raconter sa journée d'école, puis à l'aider dans ses projets pour la vente de chaussettes réalisée au profit des scouts du quartier, dont il faisait partie. Ils dessinèrent ensemble un plan des maisons où il pouvait se rendre. La plupart étant divisées en deux appartements, il pouvait frapper à pas mal de portes sans trop s'éloigner. Bien sûr, la pensée que Jean-Luc vivait à deux pas ne la quittait pas.

Il fallait qu'elle en sache davantage. Si elle lui parlait, il pourrait sans doute l'aider à débloquer les souvenirs qui résistaient à sa conscience.

Serait-il chez lui ? Il était 20 heures. Aurait-il dîné ? Les Européens dînaient plus tard, lui semblait-il. De toute façon, plus tard qu'elle et son fils de neuf ans. Bien qu'il ait aussi des enfants…

Elle appela sa mère qui habitait l'étage au-dessus, assez loin pour qu'elle puisse avoir une vie indépendante avec

Joe, mais suffisamment près pour pouvoir le prendre en charge quand elle travaillait.

— Je vais juste à côté, maman, il faut que je parle au nouveau chirurgien. Tu peux me garder Joe ?

Habituée à ce que les membres de l'équipe médicale, habitant tous le quartier, se rendent visite à n'importe quelle heure, sa mère accepta de descendre.

Au moment où elle allait partir, Lauren s'aperçut qu'elle portait la tenue décontractée qu'elle avait mise en rentrant de l'hôpital.

Et alors ?

Elle retourna néanmoins dans sa chambre et sortit son jean préféré et un haut vert sombre qui, selon Theo, mettait ses yeux en valeur.

« Idiote ! » Le mot résonna dans sa tête tandis qu'elle se douchait et s'essuyait, résonna encore plus fort quand elle se brossa les cheveux jusqu'à les faire briller, et encore plus pendant qu'elle passait du fond de teint sur ses taches de rousseur, puis du brillant sur ses lèvres.

Pourquoi n'aurait-elle pas le droit de se rendre aussi séduisante que possible ?

Elle l'ignorait. Cependant, l'excitation qui avait suivi sa décision s'était muée en une drôle de sensation dans son estomac. Plus proche de la panique que de l'enthousiasme…

En se dirigeant vers le numéro vingt-six, elle décida qu'elle s'était maquillée pour se donner du courage.

Le maquillage ne rendait pourtant pas ses pas moins hésitants. Les doutes se bousculaient en elle.

Il ne serait peut-être pas chez lui…

Malgré la peur qui se mêlait à présent à sa réticence, elle se força à continuer.

Et s'il ne savait rien de plus ?

Depuis dix ans, à cause d'une amnésie rétrograde causée par un coup à la tête, une partie de sa vie lui était cachée. Bien qu'elle ait retrouvé la plupart de ses souvenirs au fil des ans, la période qui avait précédé sa blessure — six semaines, d'après sa mère — restait hors de portée.

Les médecins ne s'expliquaient pas un laps de temps aussi long. Généralement, la perte de mémoire des faits précédant le choc couvrait vingt-quatre heures, voire le double. Mais six semaines ?

Ils en étaient venus à envisager l'hypothèse d'un traumatisme antérieur à l'effondrement de la chapelle, ce qui n'était pas pour la rassurer.

Et voilà qu'elle s'apprêtait à parler à quelqu'un qui avait vécu ces moments. Voulait-elle vraiment savoir, remplir les blancs ?

Oui et non… Quoi qu'il en soit, il le fallait !

Ses mains tremblaient lorsqu'elle poussa le portillon du numéro vingt-six.

— Bien sûr que tu veux savoir. Tu en as besoin, se répéta-t-elle, contrariée de se sentir si émue. D'ailleurs, il ne pourra peut-être pas te dire grand-chose, s'il n'a fait que passer.

— Ah, je vois que vous n'avez pas perdu l'habitude de parler toute seule !

Elle se retourna. Jean-Luc se tenait derrière elle, des sacs de courses au bout des bras.

— Comment savez-vous ça ? murmura-t-elle, raidie par la peur et une étrange répugnance.

— Hé ! Avancez, vous bloquez le passage !

Une voix de femme ! La beauté blonde, de haute taille, se trouvait juste derrière lui. Lauren ne put que s'écarter pour les laisser passer avec leurs achats.

Elle chercha des yeux les deux beaux enfants qui auraient dû en toute logique les suivre, mais ne vit personne.

— Une visite de bon voisinage ?

Mon Dieu ! Theo était là aussi, jouant avec ses clés de voiture. Comment parler à Jean-Luc en présence de tiers ?

— Entrez, Lauren. Je range mes provisions au réfrigérateur et je fais un café. Je viens justement d'acheter une cafetière, et j'en ai promis un à Theo pour le remercier de nous avoir servi de taxi.

Il posa ses sacs pour chercher sa clé puis, une fois la porte ouverte, s'écarta pour laisser entrer la jeune femme blonde.

Lauren hésita, s'imaginant assise avec Theo à la table de la cuisine pendant que Jean-Luc et son épouse déballeraient leurs courses et prépareraient le café. Pas vraiment le contexte rêvé pour lui demander s'il avait connu son amant.

Son estomac se noua, et la panique l'envahit.

Pouvait-elle poser une telle question, de toute façon ?

Même à un homme susceptible de comprendre et de compatir à son amnésie ?

De plus, il y avait la peur de la réponse !

Pendant neuf ans, Joe avait été à elle et rien qu'à elle, bien qu'elle le partageât avec sa mère et Russ et Bill. Si elle apprenait qui était son père, devrait-elle lui dire qu'il avait un fils ? Et si elle le faisait, et qu'il n'en veuille pas ?

Comment vivre en sachant qu'elle avait aimé un homme qui n'aimait pas son enfant ?

Elle se perdait en conjectures. Tout cela était si angoissant ! Mieux valait tourner les talons et rentrer chez elle, puis aller s'installer à Melbourne, peut-être, ou partir pour les Etats-Unis faire ses études de perfusionniste. En un mot, s'éloigner de Jean-Luc et cesser de se demander ce qu'il savait d'elle.

Quelle que soit sa décision, elle ne pouvait rester au milieu de l'allée toute la soirée ! En soupirant, elle suivit Theo à l'intérieur.

Quelqu'un avait allumé, mais Lauren aurait trouvé son chemin même dans l'obscurité. Les maisons de la rue étaient toutes construites sur le même modèle, ainsi que les appartements, à la seule différence que le numéro trente en possédait trois. Son frère Russ occupait cet étage supplémentaire avec Bill, son ami. On accédait aux différents logements par une entrée commune donnant sur un hall d'où partait l'escalier et où s'ouvrait la porte de l'appartement du rez-de-chaussée.

— J'apprécie vraiment la taille de la cuisine, dit Theo.

Elle regarda Jean-Luc ranger les courses dans le réfrigérateur, fascinée par ses gestes, son profil, ses cheveux, à la recherche d'un détail, n'importe lequel, qui soit susceptible de réveiller ses souvenirs.

Mais rien !

— C'est si grave que ça ? demanda Theo.

— Pardon ?

— Il t'intéresse, on dirait.

— Que vas-tu chercher ?

Malgré le regard noir qu'elle lui jeta, il sourit avec malice, ravi d'avoir trouvé un moyen de la taquiner.

— Et toi, que fais-tu ici ? Tu viens parler boutique avec lui, ou c'est sa charmante épouse qui t'attire ? Où est-elle passée, d'ailleurs ?

— Ce n'est pas son épouse ; elle habite au premier !

La jeune femme entra un instant plus tard.

— Grace, vous n'avez pas été présentée à votre voisine, on dirait. Lauren, voici Grace Sutherland, le second chirurgien en stage, qui vient d'Afrique du Sud. Lauren est infirmière dans notre service et habite à deux maisons d'ici.

Une étrange émotion l'envahit, comme si elle était… soulagée. Impossible !

— Enchantée, répondit Grace. Bien, j'ai rangé mes provisions, alors prenons ce café. Tu nous en as promis du vrai, Jean-Luc !

— Oh, pas pour moi, dit Lauren. J'étais juste passée pour…

Elle n'allait certainement pas dire qu'elle était venue pour parler à Jean-Luc, d'autant que Grace semblait être du genre à demander des détails !

— … Pour voir si vous aviez besoin de quelque chose, ou si je pouvais vous aider à vous installer, poursuivit-elle rapidement. Il faut vraiment que j'y aille.

Elle se leva si vite qu'elle renversa sa chaise. Theo fit un mouvement pour la redresser, mais Jean-Luc fut plus rapide. Au passage, il lui frôla le bras.

— Prenez donc un café avec nous.

Un rien, le contact de deux doigts l'effleurant… et ses sens étaient si enflammés qu'elle dut s'asseoir, les genoux tremblants.

Theo avait-il raison ? Avait-elle envie de lui ?

Elle ne se souvenait même pas de ce que cela signifiait… Sa peau avait-elle frissonné ainsi sous les doigts de son amant, le père de Joe ?

Ou était-ce l'appréhension d'apprendre ce qu'il risquait de lui dire ?

Jean-Luc s'affairait avec la cafetière en métal argenté tout en observant sa visiteuse inattendue. Elle était livide, peut-être malade, de toute évidence stressée.

Avait-elle été si malheureuse depuis dix ans qu'elle ne puisse se rappeler les bons moments ? Car ils en avaient eus, ensemble. Des instants bénis, dans des circonstances tellement inespérées ! Ils appelaient cela leur miracle de Ste Catherine.

Jusqu'au jour de la lettre…

— C'est toujours un tel rituel, en France, la préparation du café ?

La question de Grace le ramena à la réalité. Laissant la cafetière sur le poêle pour la tenir au chaud, il s'activa pour trouver des tasses, du lait, du sucre et des biscuits.

Au moment où il posait l'assiette sur la table, Lauren se leva, avec précaution cette fois.

— Je regrette, je ne peux vraiment pas rester. Un autre soir, peut-être.

Elle se précipita vers la sortie. Le bruit de ses pas résonna sur le sol carrelé, puis ils entendirent la porte d'entrée s'ouvrir et se refermer.

— Qu'est-ce qu'elle a ? s'inquiéta Grace en se tournant vers Theo.

— Elle va très bien, mais elle a subi une blessure assez grave à la tête à l'âge de vingt et un ans. Je ne connais pas toute l'histoire. Je crois qu'elle est restée quelques mois dans le coma… Bien que son cerveau n'ait pas été endommagé, elle souffre toujours de migraines et d'amnésie partielle, et elle a abandonné la médecine, trop stressante, pour devenir infirmière.

Il avait donc deviné. La blessure à la tête, le coma…

Perdu dans le passé, il avait oublié le café, qui déborda sur la plaque chaude.

— Excusez-moi, dit-il.

Il fallait qu'il parle à Lauren pour éclaircir tout cela.

Sans écouter les protestations de Grace, il s'éloigna à grands pas.

Dans le couloir, il hésita. Et si elle était mariée, ou si elle avait un compagnon ? Joe avait mentionné une mère et une grand-mère, Russ était son frère, il s'en souvenait, mais Bill ? Les enfants appelaient quelquefois leur père par leur prénom.

Dans ce cas, quel droit avait-il de faire irruption dans sa vie pour remuer un passé dont elle ne souhaitait peut-être plus entendre parler ?

Pourtant, elle était venue le voir…

Il était sûr que c'était pour évoquer ce passé.

Lui-même voudrait savoir, s'il avait perdu une partie de ses souvenirs…

Il ouvrit la porte d'entrée et sortit. Et s'il retournait demander plus d'explications à Theo ? Non, pas question de favoriser les bavardages au sujet de sa collègue.

Il leva la tête vers la voûte étoilée, ravi que l'obscurité du parc lui permette une belle vue des constellations, bien que celles de l'hémisphère Sud soient inhabituelles pour lui.

Lauren… Autrefois, pendant six petites semaines, elle

avait été une étoile dans sa vie. Ils avaient échangé des promesses, partagé des rêves. A présent, ils étaient étrangers l'un à l'autre. Ne serait-il pas mieux qu'ils le restent ?

Avant de répondre à cette question, il devait en savoir plus sur son mariage et sur son fils.

Un enfant avec des problèmes cardiaques… un fardeau déjà si lourd. Pouvait-il l'alourdir encore ?

Mais à qui demander ?

Il fit le tour du pâté de maisons, passa devant le numéro trente, puis rentra au vingt-six pour trouver son appartement désert. Un mot assez sec l'informait que Grace et Theo étaient partis boire un « vrai café » dans le parc.

Soulagé de se retrouver seul, il ouvrit son ordinateur portable pour rechercher des articles sur l'amnésie. Les détails cliniques ne lui étaient pas inconnus, mais il voulait des avis de psychiatres. Etait-il bénéfique pour les patients d'apprendre des faits oubliés, ou cette connaissance pouvait-elle provoquer davantage de dommages ?

Comme toujours dans le milieu médical, les opinions étaient partagées. La plupart du temps, les gens recouvraient peu à peu la presque totalité de leurs souvenirs. Les parties manquantes concernaient en général le traumatisme lui-même et les événements qui l'avaient immédiatement précédé. Cependant, si Lauren ne se souvenait pas de lui, elle devait avoir un blanc d'au moins six semaines…

Il soupira. Plus il en apprenait, moins il en savait.

Pourtant, elle était venue chez lui, et certainement pas pour lui proposer ses services en tant que voisine.

*
* *

Le lendemain matin, il se posta de nouveau à la fenêtre. Malgré sa réticence, il devait bien s'avouer qu'il était en train de la guetter.

Au cours de la nuit qu'il venait de passer presque sans dormir, il s'était dit que le meilleur moyen d'avoir une conversation privée serait de faire le trajet avec elle, en mettant leur rencontre sur le compte du hasard.

Le petit bus scolaire arriva, et Joe y monta, son chapeau à bord souple enfoncé sur la tête. Puis la porte d'entrée s'ouvrit de nouveau, et un homme grand et brun sortit. Russ ou Bill ?

En l'observant plus attentivement, Jean-Luc s'aperçut que le soleil faisait jouer des reflets roux dans ses cheveux.

Pourquoi ne pas parler au frère de Lauren ? songea-t-il. Ce serait aussi bien, à ce stade en tout cas.

S'il obtenait des renseignements sur sa situation actuelle, il serait plus à même de juger si ses révélations seraient bénéfiques ou non.

Il sortit de chez lui, se hâta vers le portillon, et salua son voisin d'un signe de tête.

L'homme lui tendit la main.

— Vous devez être un des nouveaux chirurgiens ! Je suis Russ Henderson. Ma sœur Lauren est infirmière aux soins intensifs dans votre service.

Après s'être présenté, Jean-Luc lui emboîta le pas en se demandant par où commencer. Il devait en apprendre le plus possible, mais ne voulait pas lui mettre la puce à l'oreille.

— Vous êtes français, paraît-il, dit Russ. Je ne connais pas la France, du moins pas vraiment. Lorsque j'étudiais en Grande-Bretagne, j'ai bien passé quelques week-ends de l'autre côté de la Manche, mais à part les bars, je n'ai pas vu grand-chose !

— Au prix où sont les voyages, et votre continent étant si éloigné des autres, je suis toujours étonné de constater que vous êtes d'aussi grands voyageurs.

Russ se mit à rire.

— Dans ma famille, ma mère nous a toujours encouragés à voyager. J'ai passé un an aux Etats-Unis pour un échange scolaire, et Lauren a séjourné quelques mois au Japon. Après ses études, elle est partie pour l'Inde, car elle voulait travailler avec des gens moins favorisés qu'elle. J'étais en Grande-Bretagne à l'époque, mais j'en suis parti quand...

Il s'arrêta et se tourna vers Jean-Luc.

— Je ne vais pas vous raconter mes histoires de famille... Parlez-moi plutôt de vous. Qu'est-ce qui vous amène en Australie ? Juste l'occasion de faire équipe avec Alexandre le Grand, ou y a-t-il autre chose ?

« Autre chose ? » Les mots résonnèrent dans sa tête.

Il ne pouvait tout de même pas lui dire qu'il était venu sur les traces du fantôme de sa sœur !

— Alexandre le Grand... c'est son surnom ?

— Les gens qui travaillent avec lui le taquinent, mais comme il est très modeste, il a horreur de ça.

— Ça ne m'étonne pas, commenta-t-il poliment tout en cherchant que dire.

« Votre sœur a travaillé en Inde ? Moi aussi. Je l'ai rencontrée là-bas. »

Tout cela était trop intime. Décidément, il aurait fait un bien mauvais espion. C'était stupide d'avoir voulu l'interroger. Il allait s'en tenir à une conversation polie.

— Vous travaillez aussi à l'hôpital ?

A partir de là, tout fut facile. Le frère de Lauren parla de sa passion à s'occuper des patients en soins intensifs, Jean-Luc de ses expériences dans ce domaine en France.

— A bientôt ! Venez donc dîner un soir, dit Russ comme ils se séparaient devant les ascenseurs.

— A bientôt ! répondit Jean-Luc.

Il monta dans le service. Lauren n'y était pas, mais il décida de ne pas s'en soucier. Elle reprendrait contact avec lui, il n'en doutait pas. Elle était partie parce qu'elle n'avait pas voulu évoquer le passé en présence de tiers.

L'anesthésiste, Maggie Park, épouse de Phil, le salua lorsqu'il arriva au comptoir central.

— Réunion dans dix minutes, vous connaissez le chemin ?

Il acquiesça d'un signe de tête. Alex lui avait expliqué la routine lors de sa visite du bloc, en soulignant que la présence de l'équipe entière était souhaitable. Ils allaient donc se rassembler dans la petite salle de conférences, où Alex passerait en revue les interventions prévues pour la journée. Pour commencer, ils procéderaient à une opération assez banale, une PCA, persistance du canal artériel. Il leur faudrait fermer chez le nouveau-né le canal qui permettait au sang de circuler de l'artère pulmonaire à l'aorte.

Absorbé par des considérations sur cette intervention, il se trouva soudain nez à nez avec Lauren qui sortait de l'ascenseur.

— Jean-Luc…, dit-elle si doucement qu'il l'entendit à peine. Je me demandais… Pensez-vous que… Pourrions-nous discuter ?

— Bien sûr.

— En privé ?

Il lui posa la main sur le bras lorsque Maggie les rejoignit.

— Je vous contacterai.

Il espérait que Maggie n'avait rien remarqué, mais le regard qu'elle lui jeta prouvait que ce n'était pas le cas.

— Elle est charmante…, dit-elle, et le ton de sa voix semblait contenir un avertissement.

Pensive, Lauren se dirigea vers les soins intensifs.

Comment entrerait-il en contact avec elle ? Il n'avait pas son numéro de téléphone, et elle n'avait aucune envie de se faire remarquer au sein du service.

Elle chassa ces questions pour se concentrer sur son travail, et s'assit devant un ordinateur pour voir les progrès qu'avaient faits ses petits patients durant la nuit.

Il la contacterait… A la façon dont il avait posé la main sur son bras ainsi qu'à l'expression de ses yeux bleus, elle savait qu'il était sincère. Alors, pourquoi s'inquiéter du moyen qu'il trouverait ?

Mollie Ashbury devait être transférée aux soins spécialisés, signe qu'elle progressait vite. Elle allait la voir d'abord, prendre connaissance des consignes qu'Alex avait dû laisser, et la préparer à quitter leur service.

Non seulement son travail lui permettait de s'évader de ses soucis, mais elle y prenait aussi un réel plaisir.

Et maintenant ? se demanda Jean-Luc. C'était bien beau de lui avoir dit qu'il la contacterait, mais comment ?

L'inviter au restaurant italien de l'autre côté du parc ? Qu'en penserait son mari ?

Non, mieux valait une rencontre privée qui paraîtrait fortuite. La cantine ! Il pourrait prendre place à la même table qu'elle ; ils étaient collègues, après tout.

Il y réfléchissait en regagnant le numéro vingt-six. Après des heures passées au bloc, il se sentait agréablement fatigué et enthousiasmé d'avoir fait partie de l'équipe pendant la PCA, puis durant une seconde intervention, beaucoup plus longue, pour trouver une transposition des grandes artères d'un bébé de six mois amené par avion de l'une des îles du Pacifique. Comme ses parents parlaient français, chose surprenante, il était resté pour atténuer leurs craintes quant à l'avenir de leur enfant.

Une fois chez lui, alors qu'il hésitait entre se préparer un repas ou ressortir pour aller manger au restaurant, on sonna à la porte. Son cœur fit un léger bond dans sa poitrine. Lauren ?

Lorsqu'il ouvrit, il se trouva nez à nez avec Joe qui lui souriait, le chien Lucy à son côté.

— Bonsoir, dit-il en fouillant l'allée du regard pour voir qui l'avait accompagné.

— Bonsoir, je m'appelle Joe. Je suis scout !

Cette entrée en matière avait apparemment été apprise par cœur, et il la répétait avec fierté. Jean-Luc sentit une onde de sympathie pour Lauren qui devait élever un enfant handicapé. A en juger par son assurance, elle se débrouillait très bien.

Il sourit au petit garçon en uniforme de scout, polo bleu à col et empiècements jaunes, écharpe tricotée autour du cou.

Joe lui tendit une feuille de papier sous plastique.

— « Je suis Joe Henderson », lut Jean-Luc à haute voix. « Je vends des chaussettes au profit de mon club de scouts ».

Il allait en acheter, bien entendu, d'autant plus que le fils de Lauren avait un sourire charmant.

— Entre, dit-il.

— J'ai pas le droit, c'est impoli. Ni d'aller plus loin que ces maisons, et seulement avec Lucy.

En entendant son nom, le chien retroussa les babines. Ce qui pouvait être un sourire, mais plus sûrement une mise en garde !

Reprenant sa feuille, Joe la retourna pour montrer un plan dessiné au dos, où quelques bâtisses étaient marquées d'une croix rouge.

— Tous des amis de maman. De l'hôpital. Maman est infirmière pour les enfants.

Sa langue avait peut-être un peu fourché sur certains mots, mais ses yeux bleus rayonnaient d'orgueil et d'amour pour sa mère.

— Oui, je la connais. Et je vais te prendre des chaussettes. Combien puis-je en acheter ?

— Vingt paires ? proposa Joe, plein-espoir.

Innocent, ou bon commerçant ?

— Que veux-tu que je fasse de tout ça ? Je n'ai que deux pieds !

— Bill dit que ça fait de très beaux cadeaux de Noël.

Encore Bill !

— Et qui est Bill ? demanda Jean-Luc, un peu gêné de le questionner.

— Mon ami !

« Bien fait pour toi », se dit-il *in petto*.

— Eh bien, ton ami a raison, dit-il. Je vais en prendre vingt paires.

4.

— C'est maman !

Occupé à noter la commande dans un petit carnet, Jean-Luc n'avait pas entendu. Au second appel, il leva la tête.

— Il est là ! dit-il en faisant un signe de la main.

Lauren s'avança vers eux, visiblement inquiète.

— Il est tard, Joe. Je t'ai demandé de rentrer avant la nuit.

— Mais John m'achète des chaussettes ! protesta le petit garçon.

— Vous n'êtes pas obligé. Je suis sûre qu'on en fait de très jolies en France.

— On n'en a jamais assez !

Il se tourna vers Joe.

— Qu'est-ce que j'écris de plus ?

— Votre nom, votre adresse, et combien de paires vous voulez.

Lauren l'observa, essayant de comprendre pourquoi il lui faisait cet effet, fouillant désespérément sa mémoire.

Peine perdue ! Rien de familier en lui, et si elle avait déjà frémi à son contact, elle n'en gardait aucun souvenir.

Ce n'était cependant pas trop étonnant, si cela remontait à l'époque où elle était amoureuse du père de Joe.

Et si elle lui parlait maintenant ?

Sa mère était descendue ; elle pourrait envoyer Joe dîner à la maison…

L'appréhension faillit la retenir, mais son fils avait le droit de savoir.

— Voilà, c'est rempli, dit Jean-Luc en tendant le formulaire à Joe.

— Chic ! Vingt paires, pour de bon ! Mes copains vont être jaloux !

— Vous n'avez pas besoin de tout ça, protesta Lauren. Qu'allez-vous en faire ?

Elle parlait surtout pour dissiper la sensation de malaise qu'elle éprouvait toujours en sa présence. Hélas ! Le sourire qu'il lui adressa ne fit que l'augmenter.

— Je les offrirai pour Noël. Je me suis laissé dire que les chaussettes faisaient d'excellents cadeaux.

Il se tut pour l'observer, pendant que Joe regagnait la maison, Lucy sur les talons.

Quand ils eurent franchi le portillon, elle se retourna vers lui.

— Vous m'avez connue à l'orphelinat ?

Les yeux bleu sombre plongèrent dans les siens.

— Oui.

Le mot la frappa comme un coup de poing à l'estomac, accroissant la tension dans son corps.

— J'ai reçu un coup à la tête, je… Vous devez me trouver grossière… C'est si dur !

En poussant un soupir, elle tenta d'élaborer un discours plus cohérent.

— Vous y travailliez en tant que bénévole, ou vous étiez un de ces routards qui s'arrêtaient pour quelques jours ?

— Je ne connais pas grand-chose de l'amnésie. Etes-vous certaine de vouloir savoir ? Que ça ne va pas vous bouleverser, vous faire du mal ?

Il semblait hésitant… Non, elle devait se tromper. Pour quelle raison douterait-il ?

Etait-elle sur le point d'apprendre la grande vérité de son passé enfoui, d'entendre le nom du père de Joe ?

— Il faut que je sache, murmura-t-elle.

Il lui posa la main sur le bras.

— Je comprends, dit-il. Mais c'est si impersonnel, ici…

Quel que soit le lieu, ce ne serait pas facile de parler ! Où annonçait-on à une femme qu'on avait été son amant ? Dans un restaurant du parc, devant un café ?

Et comment rendre compte avec des mots du ravissement, de la tendresse, de la passion…

Lui en avait-il parlé, à l'époque ?

Les nerfs tendus à l'extrême, il percevait l'anxiété de Lauren. Impossible d'avoir une conversation dans ces conditions ! Il fallait trouver un endroit où ils seraient tous deux plus sereins.

— En Inde, nous nous promenions souvent sur la plage, dit-il en lui posant une main sur l'avant-bras.

Ce n'était pas une bonne idée. L'attirance qu'il avait éprouvée autrefois était toujours là, plus forte que jamais.

« Imbécile ! » se dit-il.

— Là-bas, vous évoquiez une plage proche de chez vous. Nous partagions l'amour des plages, car je suis né moi aussi dans un village au bord de la mer. Votre plage est loin d'ici ? Pourrait-on y aller, marcher sur le sable tout en discutant ?

Il la sentit se détendre un peu.

— Coogee ? Je vous en ai parlé ? Je devais vous connaître bien, alors !

Son expression ravie était si sincère que l'estomac de Jean-Luc se noua. Serait-elle aussi heureuse d'entendre ce qu'il avait à lui dire, ou n'en serait-elle que plus troublée ?

— En voiture, ce n'est pas loin, reprit-elle. Je passe à la maison demander à maman de garder Joe, et je vous retrouve.

Comme il la suivait du regard, il vit, à la lumière d'un lampadaire, son sourire s'évanouir. Elle aussi avait des doutes, voire des craintes, sur ce qu'elle pourrait apprendre.

En même temps, il réentendit les mots qu'elle avait prononcés. C'était à sa mère, non à Bill, qu'elle allait confier Joe. Mais Bill n'était peut-être pas rentré.

De toute façon, pourquoi s'en souciait-il ?

Parce qu'elle ne lui était pas indifférente, songea-t-il.

La petite voiture arriva peu après à sa hauteur.

— Dites-moi ce que vous vous rappelez, suggéra-t-il quand il eut pris place et bouclé sa ceinture.

Les yeux fixés sur la route et la circulation, elle soupira.

— Rien. Rien du tout. Pas même mon départ de l'Inde, bien que, selon maman et mes amis, j'aie eu droit à des adieux émouvants à l'aéroport.

Comme elle s'arrêtait à un feu rouge, elle se tourna vers lui.

— A mon sens, le plus difficile est de ne pas se rappeler ses émotions. J'imagine que j'étais heureuse et triste à la fois… J'avais appris ce qui s'était passé à Ste Catherine par Internet, sans avoir parlé à aucune des personnes que j'avais connues là-bas. C'est maman qui m'a raconté tout ça. D'après les e-mails que j'avais envoyés à la maison et à mes amis, il semble que j'aie vécu de merveilleux moments. Alors pourquoi suis-je incapable de m'en souvenir ?

— Que disent les experts ? Je suppose que vous avez vu des spécialistes, des neurologues ?

Le feu étant passé au vert, elle redémarra.

— J'en ai vu beaucoup, et les avis divergent. Au début, quand Russ est arrivé d'Angleterre pour me rejoindre à l'hôpital en Inde, je ne me rappelais rien. Je ne savais plus qui j'étais et je ne le reconnaissais pas. Je n'ai pas davantage reconnu maman, plus tard quand je suis rentrée à la maison. Curieusement, je savais toujours faire les gestes quotidiens, comme me brosser les dents, par exemple.

Elle sourit.

— Au début, je croyais que j'étais indienne et que Russ était venu pour m'enlever. Je ne lui ai fait confiance que lorsqu'il a obtenu une copie de mon passeport et qu'il me l'a montrée avec le sien, qui portait le même nom et la même adresse.

— Ainsi, il vous a ramenée ?

— Pas tout de suite. Les médecins me conseillaient d'éviter l'avion. Nous avons séjourné dans un village de vacances près de la mer, loin de Ste Catherine et de la dévastation causée par le typhon. Et un jour, en me promenant sur la plage, j'ai eu une vision. Je me suis revue enfant avec mon frère, alors qu'il venait d'écraser du pied mon château de sable et que je pleurais comme une madeleine. Quand je lui ai demandé si c'était vrai, il m'a prise dans ses bras en dansant comme un fou. A partir de là, mes souvenirs sont revenus par bribes, et j'ai retrouvé la plus grande partie de mon enfance, de mon adolescence et de mes années d'université.

Elle se tut, concentrée sur la route, mais il voyait que son esprit était aussi retourné dans le passé.

— Et l'Inde ?

A la sortie d'un virage, comme ils descendaient une colline, il put enfin contempler la côte ourlée de l'écume des vagues.

— Je n'en sais que ce que j'ai appris par ma famille et mes amis, grâce aux e-mails que je leur avais envoyés avant le typhon.

Donc, elle ne leur avait pas parlé de lui ! Avait-il si peu compté pour elle ?

Il ne put s'empêcher d'en ressentir de l'amertume. Lui qui était si amoureux ! N'avait-elle donc rien éprouvé pour lui ?

— Voilà, c'est Coogee. Je vous avais dit le nom ?

Sa voix tremblait d'anxiété, même si elle faisait tout pour le cacher. Elle gara la voiture et le dévisagea.

— Oui.

A présent, il se demandait pourquoi il avait proposé cette balade. Au loin, la lune se levait sur l'horizon, dessinant un chemin d'argent sur l'océan jusqu'à l'endroit où les vagues léchaient le sable avec un doux bruissement.

Un décor romantique, peu fait pour les relations dévastatrices. Mais le seraient-elles ?

Ils avaient été amants.

— Lauren, êtes-vous sûre de vouloir savoir ? commença-t-il non sans hésitation.

Elle fronça les sourcils, puis sourit.

— Pas du tout, murmura-t-elle. Pour tout dire, je suis terrifiée, mais… il le faut.

Jusqu'où devait-il aller ? se demanda-t-il. Elle savait manifestement où elle avait travaillé. Qu'espérait-elle apprendre de plus ?

Et pourquoi ?

— Si nous allions marcher ? suggéra-t-il.

Sans répondre, elle ouvrit la portière et agita ses pieds pour se débarrasser de ses sandales. Plus posément, il se déchaussa, ôta ses chaussettes et retroussa le bas de son pantalon, tout en réfléchissant. Donner l'information n'était pas le plus difficile. Le problème était de savoir ce qu'ils en feraient après.

Peut-être trouverait-il une solution en parlant.

— Ainsi donc, voici Coogee, dit-il en enfonçant ses pieds nus dans le sable de la promenade. Tu riais — Lauren, ça me semble bizarre de continuer à te vouvoyer — quand je te soutenais qu'une lettre adressée à Jean-Luc Fournier, Cassis, France, me parviendrait toujours. Tu te demandais si une lettre pour Lauren Henderson, Coogee, Australie, arriverait jusqu'à toi.

Elle s'arrêta pour lui faire face. En contemplant son beau visage et son regard profond, il fut transporté sur cette autre plage où ils avaient conversé en marchant et s'étaient embrassés si souvent.

L'envie était si forte de recommencer, de la toucher, de goûter ses lèvres, qu'il en tremblait.

— Avez-vous… as-tu fait l'expérience ?

Il s'approcha d'elle, lui prit les mains.

— Non, Lauren. Moi aussi, j'ai été blessé lors du typhon.

Quand j'ai repris conscience, on m'a annoncé que tu avais été tuée. Je t'ai crue morte !

Elle s'écarta de lui en secouant la tête.

— Dans ce cas, tu as dû me prendre pour un fantôme en me voyant tout à coup dans la rue !

Son analyse était si juste que la tension se relâcha un peu.

— En effet. J'ai été hanté par quelques fantômes, ces dernières semaines.

— Pauvre Jean-Luc…, murmura-t-elle en scrutant son visage de ses immenses yeux sombres, comme si elle tentait de lire dans ses pensées.

Enfin, elle leva la main pour caresser les cicatrices sur ses joues.

— Ces cicatrices… Et tu boites… Tu as été blessé grièvement ?

— Assez pour être rapatrié par avion sanitaire et avoir trois mois de congé. Mais nous ne sommes pas là pour parler de mes blessures.

— Bien sûr que si, puisque c'est inclus dans la période que j'ai oubliée. Souffres-tu encore de ta jambe ? Veux-tu que nous nous asseyions sur le sable au lieu de marcher ?

— Nous n'avons même pas commencé !

Sans l'attendre, il se mit en route, surtout pour s'éloigner d'elle et remettre de l'ordre dans ses pensées.

« Elle t'attire en tant que symbole du passé, voilà tout, lui murmura son côté cynique. Un passé où tu as été heureux. »

Lauren le rattrapa.

— Donc, avant que le typhon nous sépare, nous étions amis ?

Pour se concentrer sur son but, retrouver les éléments manquants de son passé, elle devait oublier la lune sur l'eau, le chuchotis des vagues, l'air salé, bref, tout ce qui rendait le décor romantique.

Et ignorer aussi les sensations que son contact éveillait en elle. Ses jambes tremblaient déjà assez ; pourquoi avait-il fallu qu'elle lui touche la joue ?

En le faisant, elle avait senti son corps renaître, la chaleur irradier dans ses veines.

N'obtenant pas de réponse à sa question, elle se tourna vers lui, et ne vit dans la pénombre que le profil sombre d'un inconnu.

Alors pourquoi son corps réagissait-il aussi fort ?

— Oui, dit-il enfin.

Il avait allongé le pas, et elle dut se hâter pour se maintenir à sa hauteur.

— Oui, tout court ? C'est tout ce que tu as à dire ?

— Que veux-tu de plus, Lauren ? Que je t'avoue que tu n'étais pas n'importe qui pour moi ?

Sa voix était rauque d'émotion.

— Ne peux-tu te contenter de ta nouvelle vie avec un autre homme et un enfant ?

Les mots la frappèrent de plein fouet.

— Il n'y a pas d'autre homme, dit-elle en sentant le rouge lui monter aux joues à l'énoncé de cette formule ridicule et pathétique.

— Mais il y a un enfant, tu ne peux pas le nier !

Il semblait irrité, blessé et… trahi ? Mais non ! Elle se faisait des idées. Cependant, elle n'avait pas été préparée à une telle révélation.

Car cet homme qui était apparu par hasard dans sa vie, ce chirurgien français, était peut-être le père de Joe ?

Qu'avait-il dit exactement ?

Qu'elle n'était pas n'importe qui pour lui. Cela n'impliquait pas qu'ils avaient été amants.

Toutefois, si elle n'était restée que six mois en Inde avant la catastrophe…

Bon sang ! Les choses devenaient de plus en plus difficiles, même si cela expliquerait pourquoi son corps réagissait aussitôt en sa présence.

— Tu ne dis plus rien ? demanda-t-il, en colère, en s'approchant d'elle. Peu t'importe que je vienne de te déclarer que je t'avais aimée ?

— Ce n'est pas ce que tu as dit. Tu as juste affirmé que je n'étais pas n'importe qui pour toi…

— Alors je te le dis maintenant. Je t'ai aimée, Lauren, et lorsqu'on m'a annoncé ta mort, j'ai voulu mourir, moi aussi. Tu m'as tellement manqué !

Il avait prononcé ces mots d'une voix étranglée. Elle lui effleura de nouveau la joue de la main en se penchant vers lui.

— Je regrette que tu aies tant souffert, murmura-t-elle.

Soudain, la seule chose à faire lui sembla être de l'embrasser, comme elle déposait un baiser sur la joue de Joe pour le consoler quand il se faisait mal.

Bien vite, cependant, elle oublia son fils, parce que Jean-Luc, détournant la tête, s'était emparé de ses lèvres et lui rendait son baiser, avidement, attendant une réponse, l'embrassant comme jamais on ne l'avait fait avant.

Lorsqu'il la sentit réagir, il se fit plus exigeant, ne sachant plus s'il s'agissait de la Lauren actuelle ou celle du passé. Une seule chose était sûre : elle était réelle, et le désir, un désir impérieux, brûlait en lui.

Bon sang ! Il devait se maîtriser, s'empêcher de la prendre dans ses bras.

S'écartant d'elle, il alla vers le bord de l'eau, conscient du choc qu'elle avait dû éprouver.

Lauren leva la main, passa ses doigts sur ses lèvres.

Mon Dieu ! Etait-elle vraiment sur la plage de Coogee, et l'avait-il embrassée pour de bon, cet homme qui venait de faire basculer son monde ? Il l'avait aimée. Cela voulait-il dire qu'il avait été son amant ? Etait-il ou non le père de Joe ? Que faire ? Qu'était-elle supposée ressentir ?

Ni chaleur ni tremblement, c'était sûr !

Il fallait qu'elle lui explique, au sujet de Joe !

Le fallait-il ?

Il était français, à Sydney pour peu de temps. Comment Joe réagirait-il quand il s'en irait ?

Et s'il voulait de Joe, ou plutôt… s'il n'en voulait pas ?

Ne sachant plus où elle en était, elle le rejoignit, laissant les vagues lui lécher les pieds.

— Avons-nous été amants ?

Se retournant brusquement, il lui prit les mains.

— Lauren, je ne connais de l'amnésie que le peu que j'ai étudié et ce que j'ai glané dans les livres ou sur Internet récemment. Je me demande si ce que je peux t'apprendre est bon ou mauvais pour toi.

Elle le regarda. Un côté de son visage était dans l'ombre, l'autre éclairé par la pâle lumière argentée de la lune.

— J'ai toujours cru que je voulais tout savoir, murmura-t-elle. Mais je me rends compte maintenant que la connaissance n'est pas le ressenti. Tu peux me donner des informations, mais que signifieront-elles si j'ai oublié ce que j'ai éprouvé, ce que j'ai pensé à l'époque ?

Elle s'éloigna en soupirant, et il la suivit des yeux.

Les bras croisés sur la poitrine, elle fixait le reflet de la lune dans l'eau. Dans la lumière blanche, il vit des larmes couler sur ses joues.

Il était tout à fait conscient de sa souffrance. Il aurait fallu avoir un cœur de pierre pour ne pas vouloir la consoler.

Se dirigeant vers elle, il lui passa un bras autour des épaules puis, avec une tendresse infinie, essuya ses larmes.

— Même si c'est différent dix ans plus tard, Lauren, voilà ce que nous ressentons quand nous nous embrassons.

Il l'enlaça sans la serrer trop fort pour ne pas lui donner l'impression d'être piégée. Puis, penchant la tête, il posa sa bouche sur ses lèvres, sans toutefois retrouver en elle l'ardeur de leur premier baiser.

La serrant plus fort, il l'embrassa avec plus d'exigence, sa langue explorant sa bouche, en se persuadant qu'il essayait juste de réveiller un souvenir chez elle. En dépit de cela, son corps répondait de nouveau avec passion à cette inexplicable mais indéniable attirance qui existait entre eux depuis leur première rencontre.

Elle le repoussa assez vite pour qu'il se sente honteux d'avoir profité d'elle, puis il s'aperçut qu'elle souriait.

— Je suppose que je n'ai pas dû me laisser embrasser facilement, au début !

Malgré sa voix ironique, ses yeux étaient emplis de doute et d'inquiétude.

— C'était bien toi ? ajouta-t-elle. Tu étais mon amant ?

« Une étrange façon de demander confirmation », songea Jean-Luc, mais il y réfléchirait plus tard. Pour l'instant, submergé par l'émotion, incapable de parler et encore moins de s'exprimer en anglais, il ne put que hocher la tête.

Lauren fronça les sourcils.

— Tu étais plus âgé que moi, avec beaucoup plus d'expérience. Qu'as-tu trouvé d'intéressant à une fille naïve comme moi ?

La réponse était facile, il suffisait de dire la vérité.

— J'avais découvert une belle jeune femme, sincère et attentionnée, enthousiasmée par tout ce qu'elle voyait et entendait, volontaire pour n'importe quelle tâche, même ordinaire ou salissante. Qui donnait beaucoup d'elle-même, offrait de l'amour aux orphelins de tant de façons — une caresse, un câlin, une promenade sur la plage ou une histoire avant de s'endormir. Tu étais, et c'est sans doute toujours le cas, très spéciale.

A son expression dubitative, il comprit qu'elle avait du mal à le croire.

— C'est vrai, je t'assure. C'était plutôt moi qui me demandais ce que tu me trouvais.

Visiblement déconcertée, elle l'observa un moment, puis sourit.

— Tu es outrageusement beau, je dirais. Et français, par-dessus le marché ! Pour une jeune fille toute simple de Sydney, tu devais sembler si raffiné !

— Nous étions amis, aussi, pas seulement amants.

Il lui fallait préciser que leur relation était allée au-delà d'un désir physique.

Comment nommer ce qu'il ressentait en ce moment ?

Il ne connaissait pas assez cette nouvelle Lauren pour ressentir autre chose.

— J'en suis heureuse, dit-elle en se mettant à marcher au bord de l'eau, sur le sable mouillé où les vagues lui léchaient les pieds avant de se retirer.

Lauren s'était éloignée de lui pour réfléchir. Il la rejoignit sans s'approcher trop, assez toutefois pour qu'elle soit consciente de sa présence. L'homme à qui elle s'était donnée, qu'elle avait aimé. Comment était-il possible de se trouver près de lui sans savoir ce qu'elle avait éprouvé lorsqu'ils étaient amants ?

Comme il avançait sans la regarder, elle ne voyait que son profil éclairé par la lune. Un nez droit et un menton décidé, les cicatrices à peine visibles qui lui causaient un pincement au cœur.

Pour l'instant, elle ne souhaitait pas ressentir les choses. Il lui fallait garder la tête froide. Peut-être quand elle en saurait plus sur son passé, qu'elle aurait rassemblé suffisamment de pièces du puzzle… Car l'unique pièce qu'elle avait lui indiquait que Jean-Luc était le père de Joe. Aucune envie d'y penser en ce moment !

— En tant qu'ex-collègues et amis, nous pouvons parler de ce qui s'est passé pendant le typhon ?

Comme ils avaient atteint les rochers à l'extrémité de la plage, ils firent demi-tour. Jean-Luc lui passa un bras autour des épaules.

— Nous avions été prévenus que le typhon se dirigeait vers la baie, mais on pensait qu'il passerait dans les terres à plusieurs centaines de kilomètres au sud. Nous avons fermé les volets après avoir rentré tout ce qui risquait de s'envoler. En fait, il a dévié de la trajectoire prévue, et les vagues ont enflé jusqu'à ce qu'on comprenne qu'elles allaient frapper le village. Lorsque la première a atteint le terrain de l'orphelinat, le prêtre a suggéré d'emmener les plus petits dans la chapelle, construite en brique. Il pensait qu'elle résisterait mieux à la force de la tempête.

Il se tut. Lauren, malgré ses efforts, ne se souvenait de rien.

— Tous les deux, nous y avons porté les bébés, nous avions aménagé un abri derrière l'autel. Tu es restée avec eux…

Il inspira profondément et s'écarta d'elle, se remémorant la scène.

— J'étais avec les autres enfants, en train de dresser des barricades, quand le raz de marée est arrivé. J'ai vu la chapelle s'écrouler, et je savais que tu étais sous les décombres.

Percevant dans sa voix la douleur et l'angoisse qu'il revivait, elle s'approcha de lui et l'entoura de ses bras.

— Tu as fait au mieux, et je m'en suis sortie, lui rappela-t-elle.

Russ lui avait appris le sort subi par les bébés.

Il l'enlaça à son tour, et ils restèrent ainsi, cherchant le réconfort dans ce contact étroit.

Cédant à une impulsion, Lauren posa ses lèvres sur les siennes, pour tenter de raviver ses souvenirs, se dit-elle.

Ses prétextes furent vite oubliés lorsque la chaleur irradia dans ses veines, la faisant frissonner, et que la bouche de Jean-Luc se fit plus exigeante.

C'était de la folie ! Elle devait garder la tête froide !

Enfin, il la lâcha, et elle s'éloigna de lui en proie à la plus grande perplexité. Elle n'avait aucun souvenir de cet homme, et pourtant, elle l'embrassait avec… ferveur, c'était bien le mot.

Elle lui fut reconnaissante de rester muet. Puis, en remontant les marches jusqu'à la promenade, elle remarqua sa claudication.

— Ta jambe… Tu as dit que tu avais fait trois mois d'hôpital. C'était grave ?

— Assez, mais le plus gros problème a été l'infection. Il a fallu m'opérer en France pour enlever la partie d'os infectée. La rééducation a été longue, pour réapprendre à marcher.

Elle lui sourit.

— Tu as oublié comment marcher, et moi, j'ai oublié mon amant. Quel couple !

Elle s'efforçait de rester dans un registre léger. Tant mieux, pensa-t-il en montant en voiture. Pourtant, il ne croyait pas que leur fougueux baiser soit lié au passé. Juste une preuve que l'attirance entre eux existait toujours.

L'attirance physique, il le savait, ne suffisait pas pour établir une relation stable, à long terme.

Lauren tournait déjà dans leur rue. Le trajet de retour avait paru beaucoup plus court qu'à l'aller.

Lorsqu'elle s'arrêta devant chez lui, il se tourna vers elle, répugnant à la quitter sans trop bien comprendre pourquoi.

La tête légèrement inclinée sur le côté, elle évitait de le regarder. Ses cheveux sombres formaient un rideau qui lui cachait le visage. Sans réfléchir, il leva la main pour les lui glisser derrière l'oreille.

— Ça t'a fait du bien que nous parlions ?

Son geste n'était-il pas un simple prétexte pour la toucher

encore une fois ? Dans ce cas, pourquoi ? Lauren était devenue une inconnue… Etait-il attiré par elle ou par un rêve ?

Elle sourit, sans réussir à faire disparaître son air soucieux.

— Ça va m'aider, dit-elle en levant les yeux vers lui. Il me faut juste un peu de temps pour assimiler.

Elle était si belle, dans la faible lumière de la voiture ! Une sensation oppressante écrasa la poitrine de Jean-Luc. Une sensation dont il devait se méfier.

5.

Une nuit blanche n'avait rien d'idéal avant une nouvelle journée au bloc avec Alex et son équipe. Malgré tout, Jean-Luc savait qu'il parviendrait à se concentrer sur leur travail commun, grâce à sa faculté de sérier les problèmes.

Du moins le croyait-il, jusqu'à son arrivée à l'hôpital. Il était parti seul, très tôt, pour éviter les questions que n'aurait pas manqué de poser sa voisine du dessus.

En entrant aux soins intensifs, la première personne qu'il croisa fut Lauren.

— De service du matin ? demanda-t-il, très professionnel.

— Non. Comme la petite Brooke Symonds va être opérée, je suis venue réconforter sa mère et m'assurer qu'elle avait pris son petit déjeuner. La journée risque d'être longue.

— Brooke, c'est la transposition des gros vaisseaux ? L'opération d'Alex ?

Elle acquiesça de la tête, puis le conduisit jusqu'à la chambre du bébé.

— Je sais que l'intervention doit avoir lieu le plus tôt possible après la naissance, mais elle est si minuscule pour subir cette chirurgie lourde !

Lorsqu'elle tendit le doigt vers le bébé, celui-ci l'agrippa de sa petite main, Jean-Luc ressentit vivement le manque de ne pas avoir d'enfant à lui. Et il n'en aurait jamais…

— Plus l'opération se fait vite, plus l'enfant a de chances de se développer normalement, reprit-il d'un ton un peu sec pour chasser son émotion. Aucun chirurgien n'aime intervenir sur les nouveau-nés, surtout parce que le muscle cardiaque est très faible et… comment dites-vous en anglais… mou ?

Elle sourit.

— D'après Phil, c'est comme « coudre du camembert bien fait ».

Incapable de parler, il hocha la tête. Comment se concentrer, si son sourire le rendait fou ?

L'arrivée du reste de l'équipe le tira d'embarras. La visite du matin commença puis on prépara Brooke pour l'opération.

Il regarda Lauren qui se tenait au fond de la salle pour soutenir Katie. Pourquoi une telle empathie avec les parents d'enfants malades du cœur ?

Qu'avait-elle éprouvé en apprenant que son fils était trisomique, et atteint d'une cardiopathie, sans doute un défaut septal atrioventriculaire ? Ce défaut avait-il été réparé ?

Theo lui posa une main sur le bras, le distrayant de ses pensées.

— Allons-y ! C'est Aldo Stephens, le chef de clinique d'Alex, qui commence, et j'aimerais que vous soyez prêt. Il est excellent, mais si quelque chose doit aller de travers, c'est sur lui que ça tombe !

Il fit une prière muette pour que le mauvais sort qui

semblait s'acharner sur le beau jeune homme aux allures de rugbyman n'agisse pas aujourd'hui.

— Bonjour, Jean-Luc, je pense que vous connaissez toute l'équipe, dit Aldo en les rejoignant.

Après avoir salué tout le monde, Jean-Luc se mit en retrait derrière le chirurgien pour observer sans le gêner.

Lauren regarda Katie, qui avait refusé d'entrer dans la salle d'attente déjà occupée par deux couples. Pâle, l'air épuisé, l'adolescente venait de subir un choc après l'autre. Elle n'avait pas de famille, pas d'amis, et sans doute pas de compagnon.

— Une promenade dans le parc ? L'air frais nous fera peut-être du bien.

— Pourquoi faites-vous ça pour moi ? demanda Katie, méfiante.

Lauren hésita. Elle parlait rarement d'elle-même ou de Joe, mais elle se trouvait devant une très jeune femme sur le point de craquer.

— Il y a neuf ans, presque dix, j'étais à ta place, dit-elle en passant un bras autour de ses épaules pour la guider vers l'ascenseur. J'ai eu plus de chance. Ma mère et mon frère étaient là pour me soutenir, et Joe, mon fils, qui avait un défaut cardiaque bénin, n'a pas dû subir une grosse opération.

— Et son père ? demanda Katie au moment où l'ascenseur arrivait.

Comme un flot de gens en sortait, Lauren fut dispensée de répondre.

Du moins jusqu'à ce qu'elles soient assises sur un banc à l'ombre, près du petit lac.

— Son père le savait ? Il acceptait l'enfant ?

Que dire ? Voilà une question qu'elle n'avait pas entendue depuis dix ans, à laquelle elle était de répondre, et maintenant, elle pouvait. Une image de Jean-Luc debout dans la chambre de Brooke se présenta à son esprit.

Il semblait… en manque d'affection.

Parce qu'il n'avait pas d'enfants ?

Une idée la frappa soudain : elle ne savait rien de sa situation actuelle ! Peut-être avait-elle embrassé un homme marié ?

— Est-ce qu'il voulait de votre fils ?

Elle chassa ses doutes pour répondre à Katie.

— J'ai eu un accident. Je n'avais aucun souvenir d'avoir été enceinte, ni de mon amant ni de rien.

Elle ne s'en souvenait toujours pas, bien que le passé ne soit plus un grand trou noir. Heureusement, Katie, obsédée par son propre malheur, n'insista pas.

— Mon copain est mort, murmura-t-elle. Avant que je sache que j'étais enceinte. Mais il l'aurait voulue, j'en suis sûre, même si mes parents disent le contraire.

— Savent-ils que Brooke doit être opérée ?

— Ils ne savent même pas qu'elle est née… Ça ne les intéresse pas. Ils m'ont rejetée parce que j'ai refusé de me faire avorter.

— Tu n'as pas envie de leur dire ?

Elle secoua la tête. Ses yeux exprimaient toute la misère du monde, mais Lauren était sûre que l'assistante sociale désignée par l'hôpital ferait son possible pour lui trouver un soutien. Son rôle à elle était de se comporter en amie.

— Et les parents de ton ami ? Tu leur as parlé du bébé ?

— Après sa mort, ils étaient si bouleversés que je n'ai pas osé les ennuyer. Ensuite, mes parents m'ont mise dehors et j'ai quitté le village. Ma mère ne parle pas à celle de Darren, qui n'est pas assez bien pour elle, je suppose, alors que Mme Malone a toujours été très gentille avec moi.

— Peut-être qu'elle aimerait savoir qu'une partie de son fils continue à vivre en Brooke ?

Katie ouvrit de grands yeux, comme si elle n'avait jamais envisagé les choses sous cet angle.

— Vous croyez ?

— J'en suis sûre.

Elle se trouva soudain bien affirmative. Et la mère de Jean-Luc, avait-elle le droit de savoir qu'elle avait un petit-fils ? Tout à coup, une voix venue du passé résonna à ses oreilles, une voix à l'accent français.

« Ne t'en fais pas pour moi. Si je suis fils unique, j'ai des parents, une grand-mère et une foule de tantes… »

Même si la voix était désincarnée, elle eut la certitude qu'il était fils unique.

S'il était célibataire et sans enfants, cela faisait de Joe le seul petit-fils de sa mère.

— Vous voulez lui dire pour moi ?

— A qui ?

— A Mme Malone… Moi, je ne pourrais pas, mais si je vous donne son numéro de téléphone…

— Pourquoi ne pas demander à l'assistante sociale ?

— Elle est autoritaire et ne comprend pas. Elle se contente de répéter que je devrais prévenir mes parents.

S'ils refusaient de savoir que j'étais enceinte, qu'est-ce que ça peut leur faire que Brooke soit malade ?

— D'accord, je parlerai à Mme Malone, dit Lauren avec réticence, regrettant de s'être immiscée dans cette histoire. Où habite-t-elle ? Je crois que ce serait mieux de le faire de vive voix plutôt qu'au téléphone.

— A Thirroul, le village de ma famille.

Ainsi, elle n'était pas partie loin. Il s'agissait d'une bourgade proche de Sydney, qui faisait maintenant partie de l'agglomération de Wollongong. Ses parents, autant que ceux de Darren pourraient aisément lui rendre visite et lui apporter leur soutien.

Elles reprirent le chemin de l'hôpital. Katie paraissait un peu soulagée, moins désespérée.

— Comme l'infirmière a dit que je ne pourrais pas voir Brooke avant cet après-midi, je vais aller dormir un peu, dit-elle en lui tendant les coordonnées dont elle avait besoin. Merci, Lauren !

Songeuse, elle prit le papier. Le dilemme de la jeune femme avait fait naître en elle des émotions mêlées. Les droits de Joe, ceux de Jean-Luc, de sa famille…

Absorbée dans ses pensées, elle se heurta à lui à la sortie du bloc.

— C'est terminé, tout s'est bien passé, annonça-t-il. Brooke est en salle de réveil. Comment va sa mère, pas de problème ?

Elle fit signe que non, mais elle n'avait plus qu'une idée en tête : lui dire la vérité à propos de Joe, le plus tôt possible. Rien ne justifiait qu'elle la lui cache.

— Tu as fini pour aujourd'hui ?

— Je crois. Phil opère cet après-midi, et c'est Grace qui l'assiste. Pourquoi ?

— Je dois aller jusqu'à un village de la côte, et les paysages sont magnifiques. Je pensais que tu aurais peut-être envie…

Il vint à sa rescousse en la voyant tout à coup hésiter.

— Je serai ravi de t'accompagner, dit-il doucement.

Lorsqu'il sourit, elle se rappela le risque qu'elle prenait à s'enfermer avec cet homme qui lui faisait autant d'effet dans un espace aussi exigu qu'une voiture.

Or, elle devait lui parler et, après la visite aux Malone, il était possible que l'occasion se présente.

— Tu vas voir des amis, sans doute ? demanda-t-il alors qu'ils se dirigeaient vers les banlieues sud de la ville.

— On m'attend chez les grands-parents de Brooke, qui ne savent pas encore qu'ils ont une petite-fille.

— Comme c'est triste ! Ma mère regrette que je ne lui aie pas donné de petit-fils.

De sa part, c'était une réflexion banale, mais Lauren s'était crispée. A moins que la circulation difficile ne soit cause de ce visage contrarié ?

Il l'observa. Leur conversation avait-elle éveillé des échos du passé ? Il n'osait lui poser la question.

Qui sait si elle ressentait la même attirance que lui lorsqu'ils étaient proches l'un de l'autre ? La veille au soir, elle avait répondu à ses baisers, mais n'était-ce pas pour faire une expérience, pour tenter de débloquer ses souvenirs ?

— Tu vas voir les parents de Katie ? demanda-t-il pour rompre le silence qui s'installait, de plus en plus pesant.

Ils roulaient à présent sur une route moins encombrée, au milieu de bois aux arbres et aux plantes étranges.

Elle secoua la tête.

— C'est le parc national, dit-elle en montrant le paysage.

Puis elle se tourna vers lui.

— Le petit ami de Katie s'est tué en moto avant qu'elle sache qu'elle était enceinte, et ses parents ne sont pas au courant non plus.

Etrange qu'elle se mêle de cette histoire, songea-t-il. Pour quelle raison lui avait-elle demandé de l'accompagner ? Et pourquoi était-elle si tendue ?

— Ça fait partie de ton travail ?

— Non, pas du tout, répondit-elle avec un sourire. D'ailleurs, je suis sûre que l'assistante sociale serait mécontente. Mais il me semblait que ces gens avaient le droit de savoir qu'ils avaient une petite-fille.

Elle se tut, prit une profonde inspiration et expira l'air lentement.

— Juste un peu plus loin, il y a un endroit où je peux m'arrêter, Stanwell Tops. La vue est magnifique.

Etrange motif… Pourquoi cette remarque sur les droits des grands-parents ?

Jean-Luc sentit son estomac se nouer.

Pourtant, lorsqu'elle s'arrêta sur un parking, il oublia tout devant le panorama qui s'offrait à lui : la longue ligne de falaises et de plages, le Pacifique d'un bleu profond dont les vagues s'écrasaient sur les rochers, l'écume blanche qui venait mourir sur le sable doré.

— Ce doit être l'une des vues les plus spectaculaires au

monde ! Dire qu'on entend parler de Sydney, de l'Opéra, du port, mais pas de cette merveille pourtant si proche !

Lauren sourit.

— Moi aussi, je l'adore. De plus, maintenant, on peut longer la côte. L'ancienne route s'est écroulée à la suite de pluies torrentielles et de glissements de terrain, mais on en a refait une nouvelle, comme un pont au-dessus de l'océan. Viens, je vais te montrer.

Elle avait pris sa main, sans doute par réflexe, comme pour le ramener à la voiture, mais bien que son contact ait bouleversé ses sens, il ne bougea pas.

— Tu t'es arrêtée ici pour me dire quelque chose, dit-il d'un ton calme.

En voyant le sang se retirer de son visage, il sut qu'il avait deviné juste.

6.

— Je…

Elle lui jeta un regard suppliant.

— Je pensais que ce serait plus facile, mais sincèrement, Jean-Luc, je ne vois pas comment te le dire.

Elle se détourna pour regarder la mer, mais il savait qu'elle ne regardait pas le panorama.

— Hier soir, je t'ai raconté que Russ m'avait trouvée à l'hôpital, sans plus, dit-elle d'une voix sans timbre. Outre le traumatisme de l'amnésie, j'ai ramené à la maison un petit embryon qui s'était accroché obstinément en moi pendant mon coma. C'était Joe.

Il tenta de traduire les mots en français pour les comprendre mieux, mais son cerveau avait cessé de fonctionner. L'énormité de cette nouvelle l'en empêchait.

Lauren se tourna vers lui.

— J'aurais pu me faire avorter. En fait, Russ me l'a suggéré. Il pensait que ce serait mieux, étant donné mon état de santé. Mais j'estimais qu'un être qui avait survécu dans ces conditions avait droit à la vie, et je savais…

Elle se tut, soupira, puis se retourna vers la vue splendide.

— J'imagine que ça va te sembler idiot, mais j'étais sûre que j'avais aimé le père de Joe, que jamais je n'aurais eu de relation physique avec le premier venu…

Jean-Luc comprit tout à fait le tremblement de sa voix. Lui aussi frissonnait.

— Pas avec un homme pour qui je n'avais pas d'amour.

Il s'approcha d'elle pour l'entourer de ses bras. De nombreux couples avaient dû se tenir enlacés dans cet endroit magnifique mais peu, certainement, s'étaient accrochés l'un à l'autre comme lui et Lauren en ce moment, pour chercher du réconfort, sentant leur monde se dérober sous leurs pieds. Le sien venait de basculer, tout comme celui de Lauren, il en était sûr, lorsqu'elle avait découvert qu'il était le père de Joe.

Un parfait étranger pour elle…

Il avait un fils !

Il se rappela le petit garçon dans son uniforme de scout, en train de lui vendre des chaussettes.

— Joe a dix ans ?

— Il les aura dans quelques semaines. Les trisomiques sont petits pour leur âge.

Il percevait la souffrance dans sa voix. Lui aussi était malheureux de savoir qu'il n'avait pas connu son fils… De ne l'avoir jamais tenu dans ses bras, de n'avoir pas vu son premier sourire, ni senti sa petite main se refermer sur son doigt…

Il avait envie de hurler, d'en faire le reproche à quelqu'un. Pourtant, impossible d'en vouloir à Lauren d'avoir souffert d'amnésie et de l'avoir oublié !

— Tu n'as pas cherché, à l'époque ?

— Bien sûr que si ! Du moins Russ l'a fait. Il a contacté toutes les organisations d'aide possibles, mais les registres de l'orphelinat avaient disparu dans l'inondation, et la plupart du personnel de l'équipe et des enfants avaient été tués. Le père Joe est mort, je suppose que tu le sais. J'avais tant parlé de lui dans mes e-mails, il me semblait si bon, si merveilleux, que j'ai donné son nom à mon fils.

— Tu as parlé du père Joe, mais pas de moi ?

Sa voix trahissait son amertume.

Elle cilla, tout en continuant à le regarder dans les yeux.

— Tu penses que je n'en ai pas été étonnée moi-même ? Je faisais allusion à une histoire d'amour, disant que j'avais rencontré quelqu'un, mais avec tant de précautions qu'en relisant, plus tard, je me suis demandé s'il ne s'agissait pas d'un homme marié, s'il n'y avait pas eu quelque chose d'illicite dans cette relation.

— Comme si j'étais capable de ça ! protesta-t-il.

Pourtant, il était officiellement marié à l'époque... L'angoisse lui noua les entrailles.

Devait-il évoquer leur dispute ?

Elle eut un sourire triste.

— J'avais oublié qui tu étais, à ce moment-là, tu te rappelles ? En fin de compte, j'ai compris que notre relation devait être trop neuve, trop précieuse, pour que j'en parle. Peut-être aurais-je donné plus de détails par la suite. Malheureusement, il n'y a pas eu de suite...

Elle semblait de nouveau perdue, et il ne savait plus que faire.

Il avait un fils ; il avait besoin de réfléchir.

— Ne crois pas que j'attende quelque chose de toi,

Jean-Luc. Le fait d'écouter Katie, de découvrir que les grands-parents ne connaissaient pas l'existence de leur petite-fille m'a touchée. J'ai donc décidé de te dire la vérité à propos de Joe, c'est tout. Sinon, je suis très bien comme ça. J'ai voulu le garder. Il est heureux et aimé de ma famille ; inutile de t'inquiéter de son bien-être ou de te croire responsable de lui.

Elle parlait trop, elle le sentait. Tous ces événements qui s'étaient précipités l'avaient bouleversée.

— Si je voulais trouver son père, c'était plutôt pour connaître ses antécédents de santé. Et aussi parce qu'il me semblait utile qu'il sache qu'il avait un fils qui se débrouillait bien.

Elle se tut, interloquée par son visage crispé.

— Tu n'attends rien de moi ? marmonna-t-il. J'ai un enfant et tu ne veux pas que je m'engage à quoi que ce soit ? C'est bien ce que tu dis ? C'est le mien, mais il n'est pas à moi ?

Il vit ses yeux s'assombrir. Elle était aussi perturbée que lui.

— Nous devrions y aller, murmura-t-elle. Mme Malone a été prévenue par Katie. Elle nous attend.

— Si je comprends bien, Mme Malone passe avant !

— Nous parlerons dans la voiture. Tu connais Joe, tu es au courant de son handicap, mais tu n'as pas idée de ses capacités. Il est intelligent, toujours content, sociable ; il adore faire partie d'un groupe. Je regrette que tu aies manqué une longue période de sa vie, mais sache qu'il est beaucoup plus intéressant maintenant que lorsqu'il était bébé.

Sa voix était claire, même si elle avait le cœur serré et un énorme poids sur la poitrine.

Comment deux personnes séparées par des milliers de kilomètres pouvaient-elles partager un petit garçon ? N'aurait-il pas mieux valu qu'elle se taise ?

Elle regagna la voiture et se remit au volant, toujours consciente, malgré son tourment, de la présence si proche de Jean-Luc.

— Quel genre de groupes ?

— Eh bien, l'école, il adore ça. Et les scouts. Il est aussi « Nipper ».

— « Nipper » ? C'est comme les scouts ?

— Ce sont de jeunes sauveteurs. Je suppose que c'est un concept typiquement australien. Des jeunes qui patrouillent sur les plages pendant l'été… Quand nous serons à Thirroul, nous irons voir en sortant de chez les Malone. Même s'il est tard, il y aura sans doute encore une patrouille.

— Joe est sauveteur ?

L'incrédulité qu'elle perçut dans sa voix la fit sourire.

— Jeune sauveteur. Et je ne pense pas qu'il franchisse les degrés pour le devenir vraiment, mais les sauveteurs ne passent pas leur temps à repêcher des gens qui se noient. Ils guettent les requins, surveillent les baigneurs, font en sorte qu'ils respectent les drapeaux, et les préviennent des dangers du soleil. Regarde, voici le pont !

Le souffle coupé par la beauté du décor, Jean-Luc ne répondit pas. Voyant son expression admirative, Lauren souhaita se la rappeler davantage qu'un écho de ses paroles.

Puisque cette bribe de souvenir était revenue, le reste devrait suivre, se dit-elle. Malgré tout, la frustration la frappa comme un coup de poing à l'estomac.

Ils avaient passé le pont et traversaient maintenant les

petits villages du bord de mer, construits pour les mineurs qui avaient extrait le charbon des fonds marins de la région.

— Nous voici à Thirroul. J'ai mis un repère dans l'atlas routier. Il est sur le siège arrière : tu veux regarder où est Tasman Parade, s'il te plaît ?

Lorsqu'il se tourna pour attraper le livre, sa main frôla l'épaule de Lauren. Cette voiture était minuscule ! Un terrain miné, où le moindre faux mouvement pouvait déclencher une explosion.

Un morceau de papier marquait la page. Pas n'importe lequel : une photo de Joe.

— Tu l'as fait exprès ? demanda-t-il, le cœur serré par l'émotion.

— Bien sûr que non ! protesta-t-elle en jetant un coup d'œil. Elle doit être là depuis longtemps, et je l'ai déplacée quand j'ai regardé l'adresse ce matin. Bill ne cesse de prendre des photos de Joe et de les imprimer sur son ordinateur. Il y en a plein la maison.

— Ah, revoilà Bill ! s'exclama-t-il, ravi de pouvoir remplacer son étrange émotion par de la colère. Qui est-ce ? Ne mens pas, je sais qu'il habite avec toi. Joe me l'a dit le jour de l'accident.

A sa grande surprise, Lauren éclata de rire, ce qui désamorça son irritation.

— Oh, Jean-Luc, excuse-moi, mais je m'imaginais avec Bill... Il est adorable et je l'aime beaucoup, mais c'est l'ami de Russ, pas le mien. Quand j'ai appris que j'étais enceinte, tous deux ont décidé de prendre le bébé en charge, parce qu'ils voulaient que je puisse continuer mes études. Ils se sont arrangés pour qu'il y ait toujours quelqu'un à la maison. Par l'hôpital, ils ont trouvé cette demeure divisée en trois appartements. Comme Russ jouait au cricket et Bill au football, ils se sont occupés de son éducation sportive. Maman est la baby-sitter principale, sauf quand elle prépare une exposition. Elle est peintre. Et puis nous avons aussi une merveilleuse nounou qui vient de temps à autre, de moins en moins souvent à mesure que Joe grandit.

— Je regrette de le dire, mais je les déteste tous. Et tu aurais dû tourner à gauche, là-bas. Tu as dépassé le croisement.

Elle fit demi-tour à l'intersection suivante.

— Qu'as-tu dit ?

Il soupira.

— Les raisins sont trop verts… Et amers… Je suis simplement jaloux. Il s'agit de mon enfant ; c'est moi qui aurais dû lui apprendre à jouer au foot. Quant au cricket, eh bien, c'est un jeu de poule mouillée !

Elle eut de nouveau envie de rire, mais la souffrance de Jean-Luc semblait sincère.

— Navrée. Je n'aurais jamais dû te parler comme ça, dit-elle en s'engageant dans la rue qu'il lui avait indiquée. C'est si douloureux de penser à ce que tu as manqué ?

Il la regarda, incrédule.

— Comment peux-tu imaginer que non ?

Il soupira.

— Voilà que je me mets encore en colère, alors que je sais que tu n'y es pour rien. Le destin nous a joué un sale tour. Bien sûr que je souffre de connaître si peu mon fils !

Il n'y avait rien à répliquer, et pour l'instant, ils avaient une tâche à accomplir.

Ayant repéré le numéro indiqué par Katie, Lauren se

gara devant une petite maison blanche. La porte s'ouvrit au moment où elle descendait de voiture.

— Vous êtes l'amie de Katie ? demanda la femme qui venait d'apparaître en fronçant les sourcils à la vue de Jean-Luc. Elle a un problème, pour que vous veniez à deux ?

Lauren la rassura. Une heure plus tard, après le thé et les scones faits spécialement en leur honneur, ils prirent congé. Mme Malone était déjà en train de préparer sa valise en vue de séjourner chez sa sœur à Sydney, près de l'hôpital, pour apporter à Katie et Brooke toute l'aide nécessaire.

— Eh bien, voilà une femme heureuse, commenta Jean-Luc en montant en voiture.

Lauren acquiesça, se rappelant que c'était sa conversation avec Katie qui l'avait incitée à lui parler de Joe.

Avait-elle bien fait ?

Elle avait provoqué sa colère, certes, mais à part cela, elle ne savait pas où elle en était.

— Je croyais que tu voulais m'emmener à la plage pour voir les sauveteurs…

Elle se rendit compte qu'elle avait oublié de mettre le contact.

— Bien sûr, dit-elle en démarrant.

C'était encore l'été. En allant jusqu'à la plage, elle trouverait forcément le local des sauveteurs et sans doute une patrouille.

Elle repéra une place libre juste en face.

— Ce sont des volontaires, expliqua-t-elle. La plupart sont ados, mais comme certains y prennent goût, on en trouve de tous les âges. Ils établissent un tour de rôle pour les patrouilles, et maintenant, ils ont des scooters des mers et des Zodiac pour aller secourir les gens.

Ils contournèrent le bâtiment. Jean-Luc respira l'air marin et se sentit en paix pour la première fois depuis son arrivée en Australie, du moins depuis qu'il avait revu Lauren.

Le fait qu'elle l'accompagnait ajoutait à sa sensation de bien-être, sans qu'il comprenne pourquoi.

Mauvais présage !

Il n'avait nul besoin d'une femme dans sa vie.

Elle lui montra les drapeaux rouges et jaunes délimitant la zone où les baigneurs devaient rester pour éviter les courants et les écueils, et où patrouillaient les sauveteurs.

Il écouta avec attention ses explications pendant qu'une autre partie de lui-même imaginait déjà le sable sous ses pieds nus, ce sable blanc qui l'attirait d'une façon irrésistible. Au loin, on apercevait quelques surfeurs sur leur planche, les jambes pendantes, attendant une vague propice. En fait, si des sauveteurs étaient de garde aussi tard dans l'après-midi, ils avaient peu de monde à surveiller.

Son envie de plonger dans les vagues bleues qui se brisaient sur le rivage se fit de plus en plus forte. Il n'avait pas prévu de prendre un bain de mer, mais ses sous-vêtements étaient convenables, beaucoup plus pudiques en tout cas que les minuscules maillots arborés par certains.

— Si on allait se baigner ?

Coupée au beau milieu d'une phrase, Lauren parut d'abord surprise. Puis, au lieu de se vexer, elle eut un sourire radieux. Il fut aussitôt saisi de l'étrange sensation qui l'avait empêché de dormir la nuit précédente.

Ce n'était pas du désir…

— Quelle bonne idée ! s'exclama-t-elle. J'ai tout ce qu'il faut dans la voiture. Il doit y avoir au moins un bermuda de Bill ou de Russ pour toi, et des serviettes. Je vais les chercher. Il y a des cabines derrière le club. Oh oui, ce sera super !

Il la suivit du regard pendant qu'elle s'éloignait. Qu'est-ce qui lui prenait, de vouloir se baigner avec elle ? Déjà, quand elle était habillée, elle le rendait fou. Comment réagirait-il en la voyant en maillot de bain ?

Qu'était-il arrivé à sa vie bien ordonnée ?

D'accord ! La révélation que Joe était son fils l'avait ébranlé, mais il devait faire abstraction de ce qu'il avait ressenti pour considérer la situation de façon rationnelle. Réfléchir à la suite à donner était un exercice intellectuel ; pour cela, il lui fallait bannir les émotions, qui ne faisaient qu'embrouiller les choses.

Quand Lauren revint, elle brandissait un bermuda bleu vif imprimé de fleurs d'hibiscus blanches. D'énormes fleurs d'hibiscus.

Elle dut percevoir sa consternation, car elle se mit à rire.

— Si tes sous-vêtements sont décents, tu peux te baigner avec, tout le monde le fait. Mais si tu mets ça, tu pourras rentrer à Sydney dans des vêtements secs.

Disparaissant de nouveau, sans doute pour aller se changer, elle l'abandonna avec le bermuda à fleurs.

Oh, après tout, personne ne le connaissait sur cette plage perdue d'Australie. Il ne risquait rien à le porter, se dit-il en se dirigeant vers les cabines. Lorsqu'il en sortit, Lauren était déjà en train de courir vers la mer.

Il aurait reconnu son corps n'importe où. Sa silhouette en maillot noir une pièce était semblable à celle de la très jeune femme qui avait marché devant lui si souvent sur une plage lointaine. A l'époque, elle possédait déjà les courbes d'une femme, une merveilleuse chute de reins et, lorsqu'elle se tournait, une poitrine généreuse.

Même s'il ne les voyait pas d'où il se trouvait, il se figurait ses seins toujours aussi généreux. Soudain il fut envahi d'un violent désir. Il aurait fallu l'éviter, bien sûr, car ce n'était pas elle qu'il désirait, mais la Lauren qu'il avait aimée autrefois.

A moins que... Il ne savait plus ! Celle-ci n'était pas si différente, capable de sacrifier une journée de repos pour soutenir une jeune maman dont le bébé était opéré. De venir jusqu'ici pour trouver quelqu'un qui puisse aider cette jeune mère.

Il l'avait connue attentionnée, généreuse, altruiste. Visiblement, elle n'avait pas changé.

Et quelle beauté ! Pourquoi n'était-elle pas mariée ?

Il la rejoignit à l'endroit où elle avait posé les serviettes de bain.

— As-tu été mariée ? Tu n'y as jamais pensé ? demanda-t-il tandis qu'ils s'asseyaient.

La brise marine faisait voleter ses cheveux sombres sur lesquels la lumière dessinait des reflets roux. Elle secoua la tête.

— On trouve peu d'hommes capables de s'intéresser à une femme avec un enfant, surtout handicapé...

Difficile à croire : elle était tellement séduisante !

— Je suis sûr que certains auraient accepté Joe sans problème.

Elle l'observa un instant, puis soupira.

— Je ne tenais pas à me marier, Jean-Luc. Ça va te paraître idiot, mais je savais que j'avais déjà connu le véritable amour. Je ne voulais pas m'engager sur le long terme dans ce qui n'aurait été qu'un compromis. Et c'est ainsi que j'ai vécu les relations que j'ai eues…

— Voilà exactement le genre de chose que ma Lauren aurait répondu. Elle était d'une sincérité à toute épreuve.

En voyant ses yeux s'assombrir, il se demanda ce qui l'avait blessée. Comme elle s'apprêtait à se lever pour se diriger vers l'eau, il l'arrêta en posant une main sur son bras.

— Qu'y a-t-il ?

Elle hésita, un sourire timide aux lèvres.

— C'est ce que tu penses ? Que cette Lauren était une autre ? Pas moi du tout ?

C'était important pour elle, il le savait, mais pouvait-il dire autre chose que la vérité ?

— Cette Lauren-là, je la connaissais. Je te connaissais quand tu avais dix ans de moins. Depuis, tu as changé, tu as mûri. Tu as étudié, travaillé, eu un enfant et dû l'élever toute seule. Même si ta famille est près de toi, tu es devenue indépendante, tu peux mener ta vie comme tu l'entends. Tu n'es plus ma Lauren d'alors, pas plus que je ne suis l'homme dont tu es tombée amoureuse à Ste Catherine. Si je suis un étranger, parce que tu n'as aucun souvenir de moi, tu es aussi, de mon point de vue, une étrangère.

Après l'avoir observé un instant, elle sourit.

— Eh bien, au moins nous sommes à égalité sur ce point. Allez, le premier arrivé !

Au-delà des années, il entendit l'écho de ce cri et se mit à courir derrière elle. Comme d'habitude, elle était partie la première. Il venait de dire qu'il ne la connaissait plus. Etait-ce bien la vérité ?

Il plongea dans les vagues à la fraîcheur si tentante, puis la rejoignit pendant qu'elle regagnait le rivage. Il lui attrapa la cheville au moment où elle tentait de se mettre debout dans l'eau peu profonde où les vagues les avaient ramenés.

Elle tomba sur lui en riant, ses cheveux mouillés sur le visage, et il tendit la main pour lui ôter une mèche de devant la bouche.

Les lèvres entrouvertes, elle reprenait son souffle. Ce n'était pas la Lauren du passé, ni une étrangère, mais la femme qui l'attirait tant et il se doutait qu'il ne lui était pas indifférent non plus.

Il la fit rouler juste à côté de lui, les cheveux flottant tout autour de sa tête.

— Des cheveux de sirène..., murmura-t-il. Des lèvres de sirène, très tentantes... C'est permis de s'embrasser sur la plage, ou les sauveteurs vont-ils venir nous arrêter ?

— Nous ne risquons rien, je crois, dit-elle, haletante, après un instant de silence.

Il se laissa flotter à demi vers elle, une main sur le sable pour se retenir, l'autre sur son épaule. Puis il effleura sa bouche de la sienne, conscient qu'il s'agissait de la Lauren actuelle, non de celle du passé, et qu'ils entamaient un nouveau voyage de découverte.

Malgré le plaisir que ce baiser lui procurait, il avait conscience d'avoir trouvé une diversion. Pendant ce temps, il ne pensait pas à ce qu'elle lui avait révélé, ni aux implications pour son avenir.

Pouvait-il être le père d'un enfant qui vivait à des milliers de kilomètres ? En avait-il envie ?

Son estomac qui se nouait douloureusement lui fit comprendre que la question était idiote. Bien entendu qu'il le pouvait et le voulait !

— Hé ! Tu vas me noyer !

Lauren se dégagea. Il devait avoir l'air distrait, parce qu'elle sourit.

— C'est si inquiétant de s'embrasser dans l'eau ?

— Je pensais à Joe.

Elle s'assit, les cheveux emmêlés et ruisselants, pleins de sables, mais son regard pensif disait que son apparence était pour l'instant le cadet de ses soucis.

— Je n'ai que ça à l'esprit depuis hier soir. Ce que tu dois ressentir, ce que tu as envie de faire…, dit-elle en lui prenant la main comme à un ami. Je crois que tu as besoin de le connaître un peu plus avant de décider de ce que tu veux faire. Pour lui non plus ce ne serait pas bon qu'on lui impose un père sorti de nulle part. J'ai pensé…

Elle n'avait pas changé, en vérité. Toujours en train de se faire du souci et de chercher ce qui était le mieux pour les autres. Il porta la main qui tenait la sienne à ses lèvres pour y déposer un baiser.

— Qu'as-tu pensé ? demanda-t-il, le cœur battant.

— Que si tu avais le temps, nous pourrions faire des choses ensemble.

Les joues empourprées, comme si le baiser — ou sa propre proposition ? — l'avait embarrassée, elle tenta de retirer sa main. Il la retint pour y poser de nouveau ses lèvres.

— Il est tout prêt à t'aimer. Il t'appelle John, sans doute ce qui est le plus facile pour lui.

— Il parle de moi ?

L'information était assez troublante pour qu'il lui lâche la main. Elle sourit de nouveau.

— Tu te rappelles que tu lui as acheté vingt paires de

chaussettes ? Il n'a pas oublié cette munificence. Il parle à tout le monde de son ami John.

— Alors, que proposes-tu ?

Elle hésitait, il le sentait. Etait-ce à cause de Joe, ou pour elle-même ?

— Eh bien, nous promenons Lucy dans le parc presque tous les jours, et la semaine prochaine, il y a une journée portes ouvertes à l'école. Samedi matin, c'est le jour des « Nippers ». Tu peux toujours venir t'asseoir sur la plage et voir ce qu'ils font. Ensuite, dans une quinzaine de jours, un samedi matin aussi, le club de scouts organise un barbecue pour récolter des fonds. Tout ça en fonction du temps dont tu disposes, et de celui que tu souhaites lui consacrer…

Etait-il satisfait ? se demanda Jean-Luc. La suggestion était excellente, comme toutes celles qu'elle ferait pour le rapprocher de Joe. C'était néanmoins une solution à court terme, et l'avenir était toujours aussi incertain.

De plus, s'il accompagnait Joe dans ses activités, il la verrait aussi plus souvent. En avait-il envie ? Et elle ?

— C'était plus facile de s'embrasser, marmonna-t-il au moment où une vague plus forte la poussait vers lui.

Il tenait dans ses bras une belle femme, vibrante, aux formes généreuses. Pourquoi son corps ne réagirait-il pas ?

Ils retournèrent sur la plage. Lauren arriva la première à l'endroit où elle avait installé les serviettes, lui en tendit une et secoua la sienne pour en ôter le sable.

Dans le mouvement, elle fit tomber son trousseau de clés. Il se baissa pour le ramasser. Son attention fut attirée par un petit cœur argenté attaché à l'anneau. Il le fixa, puis en suivit le contour du pouce. Une petite pièce de métal en forme de cœur, peut-être même pas en argent.

— C'est moi qui t'ai donné ça, dit-il, stupéfait de cette manifestation du passé et des mots qui lui revenaient en écho.

« Je te donne mon cœur en garde. »

— Quoi ? Mes clés ?

— Non, cette babiole, ou une autre semblable. Je l'avais achetée au village chez un bijoutier, et comme il n'avait pas de chaîne, tu la portais avec un lacet de cuir.

— Oh, Jean-Luc…, murmura-t-elle. C'est tout ce que je possédais quand ils m'ont trouvée. Mes vêtements étaient en loques, il ne me restait plus que ce cœur autour du cou. Quelqu'un a dû essayer de me l'enlever de peur que je m'étrangle, mais je n'ai laissé personne le toucher. Une fois rentrée, même si je ne tenais pas à le porter — on m'aurait demandé d'où il venait, et je n'aurais pas su répondre —, j'ai toujours voulu le garder avec moi.

Saisi par l'émotion, il la prit dans ses bras pour l'embrasser encore, comme il l'avait fait le jour où il lui avait accroché le bijou autour du cou, lorsqu'ils étaient jeunes et que l'amour était simple…

7.

— Dis-moi, pourquoi ce chien s'appelle-t-il Lucy ?

« Quelle idée de lui proposer de se rapprocher de son fils ! Sans doute la pire de sa vie », se reprocha Lauren. La présence de Jean-Luc était déjà constante à l'hôpital, où le simple son de sa voix lui faisait courir des frissons dans le dos.

A présent, Joe lançait des bâtons à Lucy pendant qu'ils étaient assis dans le parc, très près l'un de l'autre — trop près à son goût — sur le banc près du lac.

— C'est un chien d'aveugle raté.

— Quoi ?

— Il était destiné à être chien d'aveugle, mais il a échoué à la dernière épreuve. On offre en général ces chiens à des handicapés. Russ l'a appelé Lucifer, l'ange déchu, vite abrégé en Lucy. Il nous préviendrait si Joe avait des problèmes, s'il perdait conscience, s'il tombait ou se blessait.

— Risque-t-il de perdre conscience ? Qu'en est-il de son problème cardiaque ?

— A la naissance, il avait un défaut septal, qui semble s'être refermé tout seul. Il reste un léger souffle, mais pas assez inquiétant pour qu'il soit opéré, de l'avis d'Alex et du mien. Désolée si je te parais possessive, mais j'ai l'habitude de décider moi-même.

Il lui prit la main.

— Je veux être le père de Joe, pas son médecin. Je suis sûr qu'Alex et toi avez raison. Nous allons voir les Nippers, demain, à Coogee ?

Elle regarda la grande main bronzée qui tenait la sienne. Comment s'était-elle fourrée dans cette situation ?

Etait-elle amoureuse de lui ? Sans doute, étant donné la façon dont son cœur s'emballait à sa vue et dont sa peau frissonnait au moindre contact.

— Oui, à Coogee, répondit-elle d'une voix calme, surprenante pour qui venait d'avoir une révélation si bouleversante. Nous devons y être à 7 heures. Je te prendrai à 6 h 30, si tu tiens vraiment y aller.

— Bien sûr ! dit-il en plongeant son regard bleu dans le sien.

Son cœur bondit dans sa poitrine. Il avait envie d'être avec Joe ! Mais… ne risquait-il pas de le vouloir à plein temps ? Il vivait en France, et la place de son fils était ici, avec elle.

Le bras de Jean-Luc reposait sur le dossier du banc, sa main juste au-dessus de son épaule, ce qui la distrayait, mais pas au point de ne pas surveiller Joe. Il venait de lancer le bâton dans l'eau, et Lucy avait plongé. Voyant que le petit garçon s'apprêtait à le suivre, elle se précipita.

— Quel garnement ! s'exclama-t-elle en le prenant par le bras. Ne va pas dans l'eau avec tes baskets ! Maintenant, Lucy est trempé et empeste ; cette eau sent très mauvais. Qui va le laver ?

— John ! annonça Joe avec un large sourire à l'adresse de Jean-Luc. John, tu laves Lucy ?

— Montre-moi où je peux le faire, Joe, dit-il en se levant.

Ils rentrèrent et, quelques minutes plus tard, en voyant Joe et Jean-Luc s'éclabousser, rire et plaisanter, Lauren sentit son cœur se serrer. Si son fils avait été bien entouré depuis sa naissance, il n'avait pas eu de père…

Sa tristesse ne l'avait pas quittée, le lendemain, alors qu'elle assistait, assise sur la plage avec Jean-Luc, aux courses des Nippers. Elle était toujours là quinze jours plus tard, lorsqu'elle le regarda faire griller des saucisses pour le barbecue du club de scouts. Certes, il faisait la connaissance de Joe, qui l'adorait, mais que leur réservait l'avenir ?

— Parle-lui, demande-lui quels sont ses projets, la pressa sa mère.

C'était trois semaines après leur journée à Thirroul, où Jean-Luc avait fait de la voile avec Russ et Bill.

Il s'était mis à échanger des recettes de bouillabaisse avec sa mère, lui empruntait sa voiture pour emmener Joe au club de scouts, et passait la plupart de son temps libre avec lui.

Avec lui, pas avec elle !

Certes, il lui avait proposé de l'emmener dîner à deux reprises, pour lui parler de Joe, bien sûr. Or, elle avait dû refuser les deux fois, parce qu'elle était déjà invitée ou occupée ailleurs, et il n'avait plus insisté. Elle se sentait exclue, en ce moment.

Pour être juste, elle devait reconnaître qu'il devait avoir

du mal à l'inviter de nouveau, car il assurait beaucoup de gardes de nuit pour être plus libre dans la journée.

Ou alors, il n'y tenait pas.

— Vous serez là pendant l'intervention ?

La voix de Rosemary Willis la tira de ses pensées. Elle surveillait Jeremy, à qui l'anesthésiste avait déjà administré la prémédication.

— En général, je n'y assiste pas quand elles ont lieu dans la salle de cathétérisme, qui est trop petite pour les spectateurs. Cette fois, je peux m'y rendre pour vous rassurer, puisque ça se passe au bloc.

Rosemary l'entoura de ses bras.

— J'apprécierais beaucoup. Je n'y vais pas moi-même, je suis sûre de m'évanouir ! Mais si vous y êtes, je me sentirai moins inquiète. Je sais que vous aimez bien Jeremy. Pour les médecins, même s'ils sont bons, il n'est qu'un cas de plus.

Lauren tenta de protester, en vain. Rosemary était lancée.

— Et ce Français, celui qui va opérer, a-t-il vraiment des enfants ?

Le jour où il l'avait affirmé, il n'en savait rien. Maintenant…

— Il a un fils, répondit-elle, heureuse de pouvoir dire la vérité.

— Oh, très bien. Et sa femme est ici avec lui ?

— Je ne sais pas.

Soudain, avec un coup au cœur, elle se rendit compte que

c'était vrai : tout occupée par les relations entre Jean-Luc et Joc, elle avait oublié de se renseigner sur sa vie privée.

Elle avait supposé que puisqu'il était seul ici pour six mois, il n'était pas marié. Mais pourquoi ne le serait-il pas ? Les deux beaux enfants qu'elle avait imaginés au début devaient aller à l'école, et cette longue période à l'étranger les aurait perturbés dans leur scolarité.

Pourtant, il l'avait embrassée…

— Ah, madame Willis ! Comment allez-vous ?

L'homme qui l'avait plongée en pleine confusion entra dans la pièce.

— Bonjour, Lauren, dit-il poliment en lui adressant un signe de tête. Jeremy a été préparé ?

— L'anesthésiste vient de partir ; elle vous verra en salle d'opération.

— Parfait.

Il s'approcha du lit pour prendre la main du garçonnet.

— Tu sais que nous allons boucher ce petit trou qui te crée des ennuis. Tu vas dormir, et quand tu te réveilleras, tu seras encore fatigué. Mais dans quelques jours tu pourras courir sans être essoufflé. Ce sera mieux, non ?

Jeremy hocha la tête.

Jean-Luc sortit, Rosemary sur ses talons.

Bientôt, les aides-soignants arrivèrent pour emmener l'enfant en salle d'opération.

Lauren les suivit, et prit place en restant bien en retrait de la table. De nombreux moniteurs avaient été ajoutés, afin que les spectateurs trop éloignés des écrans principaux de l'électrocardiographe et de l'échographie puissent voir ce qui se passait et suivre le trajet du cathéter dans la veine jusqu'au cœur, où le minuscule parapluie se mettrait en place pour fermer le trou.

Bien qu'elle ait souvent assisté à du cathétérisme cardiaque, elle regarda, fascinée, le petit tube suivre son chemin. Maggie annonçait les chiffres du pouls, de la tension artérielle et les niveaux de saturation de l'oxygène, lorsque soudain, l'alarme sonna. Le cœur de Jeremy avait cessé de battre.

Jean-Luc fut le premier à réagir, réclamant des médicaments à Maggie d'une voix tendue, mais sans trace de panique. Alex, qui se tenait au bout de la table, frappa du poing le torse de l'enfant avec l'espoir de faire repartir le cœur. Comme il n'obtenait pas de résultat, il commença un massage cardiaque, comprimant la petite poitrine en comptant. Maggie avait administré les produits pendant que Jean-Luc retirait le cathéter, arrêté à mi-chemin de son trajet.

— Un traumatisme quelconque ? Un déséquilibre chimique ? Bon sang, nous l'avons testé tant et plus, il était prêt ! marmonna Alex.

Enfin, Phil posa la question que personne n'avait envie d'entendre. Allaient-ils ouvrir la poitrine pour faire repartir le cœur manuellement ?

Ce fut Alex qui prit la décision et pratiqua l'incision. Malheureusement, moins d'une heure plus tard, ils durent admettre qu'ils avaient perdu leur petit patient.

Epuisée, Lauren s'adossa contre le mur pour laisser la tension qui l'avait habitée durant le drame se retirer d'elle.

— Je vais parler à Mme Willis, dit Alex.

— Je viens avec toi, proposa Jean-Luc, la voix rauque

d'émotion, le visage si blanc que ses cicatrices ressemblaient à des marques de fouet.

Il était brisé, Lauren le voyait. Il respirait péniblement, et sa démarche, dos raidi afin de tenter de minimiser sa boiterie, le faisait ressembler à un automate.

Sa souffrance la frappa de plein fouet. Elle s'en serait bien passée, car elle aussi devait parler à Rosemary, mais ressentir la peine de l'autre de façon si intense devait être le prix à payer quand on aimait.

La journée s'éternisa en une succession de scènes émouvantes, de discussions et enquêtes. L'ambiance était si tendue qu'elle fut soulagée lorsque son service prit fin.

Une fois Joe mis au lit, elle décida d'aller voir Jean-Luc car elle ne supportait pas de le savoir seul à porter le poids de sa tristesse.

N'obtenant pas de réponse à son coup de sonnette, elle ne se découragea pas. Elle appuya sur la sonnette de Grace, en agitant la main devant la caméra de sécurité pour se faire reconnaître.

La porte s'ouvrit et elle entra dans le hall, pendant que Grace descendait à sa rencontre.

— Il est chez lui, dit-elle. J'ai essayé de lui parler, mais il m'a envoyée sur les roses. Si vous voulez le voir, sa porte n'est jamais fermée à clé.

Comme elle hésitait, la Sud-Africaine lui adressa un regard exaspéré.

— Allez-y ! Il a besoin de quelqu'un !

Elle frappa puis entra et jeta un coup d'œil dans le salon.

Jean-Luc était assis près de la fenêtre.

— Je t'ai vue arriver, dit-il d'un ton dépourvu de toute émotion. Encore une qui vient m'assurer que je n'y suis pour rien !

Cette remarque acerbe était tout à fait ce qui manquait à Lauren pour franchir le seuil. Elle se dirigea vers lui, la colère ayant remplacé la compassion.

— Non, ce n'est pas mon intention. Tu es un homme intelligent, un spécialiste. Si tu ne l'as pas compris tout seul, inutile de faire ce métier.

Lorsqu'il se tourna vers elle, son visage exprimait une telle angoisse qu'elle s'approcha aussitôt, désireuse d'apaiser cette douleur par tous les moyens.

Elle esquissa un sourire.

— En fait, je suis venue te serrer dans mes bras. Je me suis dit que même si tu étais marié, vu que tu es si loin de chez toi, aucune épouse ne m'en voudrait dans ces circonstances.

Un rictus bizarre, qui la mit mal à l'aise, étira ses lèvres.

— Et pendant que tu m'embrassais, tu as pensé aussi à mon épouse ?

C'était une façon de la congédier. Ignorant la pique, elle s'obstina.

— Disons que j'étais l'ancienne Lauren, celle que tu embrassais quand tu étais célibataire. Mais avant que je te serre dans mes bras, car tu y auras droit de toute façon, autant régler la question de ton mariage.

En soupirant, il se leva pour l'étreindre.

— D'accord. J'ai sans doute besoin d'un peu d'affection, d'un contact humain qui me rappelle que la vie continue.

Et pour répondre à ta question, non, douce Lauren, je ne suis pas marié. Même si je l'ai été.

Elle se sentit trahie, mais se reprit. Pourquoi serait-il resté fidèle à une jeune femme qu'il avait fréquentée six semaines et que, de surcroît, il avait crue morte ? Elle chassa vite ces sombres pensées, car elle était si proche de lui que son corps s'était embrasé.

L'enlaçant, elle le serra à l'étouffer.

— C'est terrible, mais il arrive que les enfants meurent, Jean-Luc. Cela arrive. Vous n'y pouvez rien, ni toi, ni Alex, ni les autres chirurgiens. Je sais que ça ne fera pas disparaître ta peine de m'entendre le dire, mais je n'ai rien à t'offrir que des mots et un câlin.

Sans répondre, il la serra plus fort. Ils restèrent enlacés dans la pénombre de la pièce, dont le seul éclairage provenait d'un lampadaire de l'allée.

Enfin, il s'écarta d'elle pour la regarder dans les yeux.

— Pour ta gouverne, sache que ce n'est pas l'ancienne Lauren que je vais embrasser.

Ses lèvres se posèrent sur les siennes, et son corps ferme et chaud se pressa contre elle.

Elle s'efforça de fouiller sa mémoire, se demandant si leurs baisers sur la plage avaient ressemblé à celui-ci, puis son esprit capitula et elle fut inondée d'un désir fiévreux. Les mains de Jean-Luc entamèrent une lente exploration de son corps, et elle fit de même, passant les doigts dans ses cheveux, lui maintenant la tête comme pour faire durer ce baiser éternellement.

Pourtant, il eut une fin, et elle émit un petit gémissement de regret. Un instant plus tard, il l'embrassait dans le cou et au creux de l'épaule, sa langue lui agaçant la peau, son haleine chaude ajoutant au feu qui la dévorait déjà.

Lorsque ses mains frôlèrent ses seins, elle haleta.

Elle percevait maintenant une sorte de plainte continue qui ne venait pas de lui, elle en était sûre. Il la souleva dans ses bras pour la porter dans la chambre et la déposer sur le lit.

S'agenouillant près d'elle, il passa une jambe de l'autre côté pour être à califourchon sans toutefois s'appuyer sur elle.

— Mettons certaines choses au point avant de continuer…

Si elle n'avait pas été si troublée, ce ton formel l'aurait fait sourire. Or, son corps était si impatient qu'elle était incapable de penser.

— Ce n'est pas de la pitié ? Pardon, je ne connais pas de mot moins simpliste, mais tu sais ce que je veux dire, Lauren. Si nous faisons l'amour maintenant, ce n'est pas parce que tu as de la peine pour moi, c'est bien sûr ?

Elle hocha la tête en se demandant si c'était la bonne réponse. Apparemment oui, puisqu'il poursuivit sur le même ton.

— Et tu es Lauren, ma collègue et mon amie, pas le fantôme du passé, d'accord ? Comme je suis responsable de toi, je vais utiliser un préservatif. Et il faut que je te prévienne aussi que ce qui se passe entre nous n'est pas un prélude au mariage, que j'ai déjà expérimenté et qui n'a pas marché pour moi. D'autre part, nous ne nous connaissons pas assez, pas encore, pour savoir si une union à long terme nous conviendrait.

Pour l'instant, elle était incapable d'entrer dans ce genre de discussion.

— Jean-Luc, je peux t'assurer que je n'ai aucune envie de me marier, ni avec toi ni avec personne. Nous n'allons pas discuter toute la nuit !

Son air choqué la fit rire. Elle le prit par le cou pour l'obliger à se pencher et l'embrassa sur la bouche.

— Je suis grande ; je sais ce que c'est que l'amour physique ! Jasmine dit que ça rend la peau lumineuse.

A son sourire, elle comprit qu'il était nerveux.

— Bien. Alors tâchons de faire briller ta peau, murmura-t-il.

Il l'embrassa au creux du bras, puis sur les seins à travers son T-shirt, et elle frissonna. Comme si elle faisait l'amour pour la première fois.

Les doigts tremblants, elle l'aida à la débarrasser de ses vêtements, puis à enlever les siens.

Etait-ce ainsi, autrefois, entre eux ? Elle aurait aimé le lui demander. Retrouverait-elle un jour la mémoire de ces six semaines ?

Une bouffée de désir la submergea, chassant toute pensée, lorsqu'elle sentit sa bouche sur sa poitrine pendant que sa main explorait son corps, et elle le supplia.

Alors il vint en elle, et ils commencèrent ensemble un doux mouvement de va-et-vient qui la transporta, jusqu'à ce que le plaisir explose, envoyant des frissons dans tout son corps et allumant des étincelles dans son cerveau. Elle laissa échapper un cri et se mordit le poing pour l'étouffer, de crainte que Grace ne l'entende.

Jean-Luc parvint à l'extase en même temps et s'affaissa sur elle, enfouissant la tête dans son cou. Elle le tint serré, appréciant d'être écrasée sous le poids de son corps, jouissant de sa chaleur, de la douceur de sa peau, de son odeur d'homme.

— Tu te mordais déjà le poing il y a dix ans.

— J'aimerais tant me rappeler, murmura-t-elle pendant qu'il se redressait pour voir son visage.

— Peut-être y arriveras-tu un jour…

Elle fut soudain désolée d'avoir reparlé du passé. Il avait raison : elle devait penser au présent.

Où allait-il les conduire ?

Pas au mariage, il avait été très clair. De son côté, elle était sincère en disant que ce n'était pas non plus son but.

— Pourquoi ton mariage n'a-t-il pas marché ?

Leur récente intimité lui permettait de poser la question.

— Sans doute par ma faute… Je m'impliquais trop dans mon travail. Nous étions sortis ensemble quand nous étions jeunes, et nous nous sommes mariés trop tôt. Alors…

Il y eut une pause, et elle se demanda s'il allait ajouter quelque chose. A quoi pensait-il ?

— Mon métier… a été suffisant pour moi.

« Il l'est encore », pensa-t-elle. Elle n'osa toutefois pas le dire, désolée de savoir qu'il avait verrouillé ses émotions en se retranchant derrière son travail, lui qu'elle voyait si heureux lors de ses jeux avec Joe et Lucy.

Elle n'avait pas à s'en mêler, de toute manière. Il le lui avait fait clairement comprendre.

8.

Lauren retourna travailler, avec un peu moins de plaisir car l'ambiance étant toujours pesante dans le service. L'autopsie n'avait rien révélé d'anormal qui puisse expliquer pourquoi le cœur de Jeremy s'était arrêté, et bien que les résultats de l'analyse toxicologique ne soient pas arrivés, on était sûr de ne pas lui avoir administré de produit qu'il n'ait déjà pris. Ainsi sa mort restait-elle un mystère.

Un mystère, et un fardeau pour ceux qui avaient connu le petit garçon ou participé à l'intervention. Sachant que Jean-Luc en était le plus affecté, elle ne fut pas particulièrement contrariée qu'il déjeune à la cantine avec Rosemary Willis. Deux jours après la mort de son fils, il était normal qu'il lui procure un peu de réconfort.

Elle se sentit simplement un peu laissée pour compte, parce qu'elle ne l'avait pas beaucoup vu depuis leur nuit d'amour. Heureusement, elle le verrait chez elle, car c'était la soirée des scouts. Jean-Luc avait pris l'habitude de passer chercher Joe pour l'emmener à sa réunion et de rester pour le ramener, après quoi il dînait tous ensemble.

En fin d'après-midi, elle l'attendit, tendue et anxieuse, gênée aussi, ne sachant trop comment accueillir et saluer un nouvel amant. D'ailleurs, étaient-ils amants ? Ne s'agissait-il pas plutôt d'une aventure sans lendemain, d'un câlin un peu poussé ?

Comme il n'arrivait pas, elle conduisit Joe elle-même en lui expliquant que Jean-Luc travaillait. Cependant, sur le trajet du retour, ils passèrent devant la *trattoria* Scoozi et virent Jean-Luc qui s'apprêtait à entrer dans l'établissement.

— C'est John ! s'exclama Joe. On s'arrête pour lui parler ? Dis-lui ce que j'ai fait au club ce soir !

Après un coup d'œil à la femme qui l'accompagnait — c'était Rosemary, en petite robe noire courte —, Lauren poursuivit sa route.

— Non, on ne s'arrête pas.

Elle ravala son amertume en se disant que la mère de Jeremy avait bien droit à un peu de soutien.

Le soir suivant, Jean-Luc frappa à sa porte.

— Joe n'est pas couché ? Je voulais m'excuser de ne pas l'avoir accompagné hier. J'avais une réunion importante.

« Avec Rosemary Willis ? » eut-elle envie de demander. Ne voulant pas paraître jalouse, elle garda le silence.

— Eh bien, je peux entrer ?

Quelque chose dans sa voix l'obligea à le regarder avec attention. Le teint gris et l'air épuisé, il avait encore plus mauvaise mine que le jour de la mort de Jeremy. Elle ouvrit la porte en grand et s'effaça pour le laisser passer.

Au lieu d'entrer, il s'arrêta face à elle pour lui poser la main sur l'épaule.

— Toi aussi, je t'ai négligée, mais je ne veux pas t'imposer mes démons, Lauren. Je dois les affronter seul.

— Pourquoi ? demanda-t-elle sèchement.

Elle s'y connaissait en démons.

Il eut un petit sourire.

— Ce sont des manifestations de mon esprit. Ils sont dans ma tête ; il n'y a que moi qui puisse les exorciser.

— Tu n'as sans doute pas essayé par un autre moyen. Parce que tu es un homme, tu penses que tu dois pouvoir surmonter tous les obstacles du monde juste par ton intelligence, ta persévérance et ta force, sans demander l'aide de personne. Il faut que tu exprimes tes sentiments, Jean-Luc. Ne les garde pas enfouis en toi. Ça ne t'apportera pas forcément de solution, mais c'est une soupape de sécurité, crois-moi. Je sais de quoi je parle !

A la manière dont il la regarda, elle comprit qu'elle l'avait intrigué.

— Tu as eu des démons, toi ? Après ton accident ?

— Pas toi ? dit-elle, souriant malgré elle.

Elle posa la main sur la sienne, et le soulagement la submergea quand elle sentit ses doigts l'agripper et la serrer.

— Si, mais c'était surtout de la vanité, même si je n'en étais pas conscient à l'époque. Comment as-tu pu être affectée, toi qui n'avais plus de souvenirs ?

— Tu as toute la nuit ? plaisanta-t-elle en rougissant aussitôt du sous-entendu involontaire. Je voulais dire, pour discuter !

Mais il l'avait prise dans ses bras et la tenait serrée très fort.

— J'ai toute la nuit pour toi. Pour parler, ou pour faire autre chose, si tu le désires.

Elle le regarda fixement. Le contrôle de la situation lui échappait. C'était ridicule !

Il l'avait de nouveau entortillée autour de son petit doigt, et elle faisait déjà des projets pour passer la nuit avec lui, alors que la veille, il était avec Rosemary. Bien qu'elle n'ait pas surveillé, elle se doutait qu'il n'était pas rentré tôt…

— Mais il faut que je voie Joe d'abord, poursuivit-il.

Le rappel de la raison première de sa visite interrompit sa rêverie.

Assis à la table de la cuisine, Lucy à ses pieds, Joe écrivait avec application des noms sur des enveloppes.

Lorsque Jean-Luc entra, le chien sortit de dessous la table en remuant la queue, mais émit un léger grognement.

Le petit garçon recopiait les noms de ses amis, que Lauren avait imprimés en gros sur une feuille de papier. Il leva la tête et fit un large sourire.

— Tu viendras pour mon anniversaire, John ? Il y aura des gâteaux.

— Avec grand plaisir. C'est quand ?

— Samedi.

— Samedi en huit, en fait, intervint Lauren. Nous n'invitons ses copains qu'une année sur deux. L'autre année, nous allons au zoo ou à l'aquarium, ou un endroit comme ça.

Tandis qu'elle parlait, Lauren vit le désespoir s'accentuer sur son visage, et lut le manque et le regret dans ses yeux. Elle se reprocha d'avoir parlé sans réfléchir.

— Je ne savais pas, Jean-Luc… On ne peut pas changer le passé !

Il hocha la tête, signe qu'il comprenait. Pourtant, bien qu'il soit venu pour parler à Joe, il lui dit au revoir, et Joe, absorbé par sa tâche, ne s'en émut même pas.

Elle le suivit dans le hall, où elle l'arrêta en le retenant par le bras. Il l'attira à lui.

— Maintenant, ce serait de la pitié, murmura-t-il, la bouche contre ses cheveux.

— Pas du tout ! Je regrette que tu aies manqué des moments importants de la vie de Joe, mais je n'éprouve aucune pitié pour toi. Tu es trop fort pour provoquer ce genre de réaction chez une femme.

Il leva la tête pour la regarder.

— Tu le crois vraiment ?

— J'en suis sûre. Tu as tracé ta route et tu la suis, en dépit des détours et des obstacles. La mort de Jeremy a été une chose terrible, surtout parce qu'elle est inexplicable, mais pense à tous les enfants que tu as sauvés.

Il eut un sourire triste.

— On ne rachète pas les morts avec les vivants, Lauren. Tu as raison, ce n'est ni l'apitoiement ni l'égoïsme qui m'empêchent de dormir, mais l'accident qui s'est produit. J'ai tout analysé des centaines de fois avec Alex, et dans ma tête, et nous ne trouvons aucune explication. Encore hier soir, nous nous sommes retrouvés au Scoozi, Alex, Phil, Maggie et moi, pour discuter avec la mère de Jeremy. Toute cette affaire est un mystère…

Lauren eut honte de sa jalousie. Si au moins elle avait vu les autres membres de l'équipe…

Pour l'instant, elle devait le réconforter.

— Et comme c'est inexplicable, tu t'inquiètes pour les enfants suivants, pour les interventions ?

Ses bras lui entouraient la taille, leurs corps se touchaient, mais elle savait que son esprit était ailleurs.

— Je m'inquièterais si je n'avais pas déjà réalisé des centaines de procédures semblables. Ce qui me chagrine, c'est que nous avons fait une erreur quelque part dans les analyses préopératoires. Il avait un problème sous-jacent que nous n'avons pas vu.

— C'est un autre hôpital qui l'a aiguillé chez nous ! On ne pouvait pas vous demander de repartir de zéro, de lui faire tous les tests possibles pour tous les cas connus !

— Si nous découvrons que ce problème a été la cause de sa mort, nous devrons revoir notre protocole avec les patients envoyés par d'autres établissements. Alex et Phil en ont parlé aujourd'hui même.

— Maman ! J'ai fini !

La voix de Joe les obligea à se séparer, mais Lauren fut cependant contente de voir que Jean-Luc retournait dans la cuisine avec elle.

— C'est très calme, chez toi, ce soir, remarqua-t-il en s'installant sur une chaise près de son fils. D'habitude, il y a toujours quelqu'un qui passe, ou alors on entend ta mère en haut.

— Elle est à la galerie pour préparer son exposition. Quant à Russ et Bill, ils travaillent.

— Tu m'aides à mettre les cartes dans les enveloppes ? demanda Joe à Jean-Luc.

— Je veux bien, mais je ne ferai que la moitié, je t'avertis ! Tu es un petit malin !

Joe eut un sourire ravi.

Bien que ses petits doigts aient du mal à faire ce simple exercice, il alla jusqu'au bout de sa tâche.

— Au lit, maintenant, dit Lauren.

Elle sentit les yeux de Jean-Luc passer de Joe à elle.

— Tu veux lui lire l'histoire ?

Il acquiesça, mais elle savait que ce n'était pas à cela qu'il avait pensé en la regardant.

Où était la solution ? La nuit où ils avaient fait l'amour, elle était sortie de son lit aux petites heures du matin, mal à l'aise d'avoir laissé Joe seul avec sa mère. Toutefois, l'idée que ce soit lui qui reste chez elle était encore plus gênante.

Pour l'instant, elle ne tenait pas à ce que l'on sache ce qui se passait entre eux. L'avenir était trop incertain, et elle se méfiait des ragots.

Enfin elle comprenait pourquoi elle n'avait pas parlé de lui dans ses e-mails : pour garder son secret pour elle.

Etait-elle amoureuse ?

Elle le regarda lire à son fils l'histoire du wombat qui avait sommeil, tout en essayant de déterminer le sentiment qu'elle éprouvait pour lui. Elle savait quel amour elle ressentait pour Joe, sa mère et Russ, et même Bill, mais avec lui ce n'était pas pareil.

Lorsque Joe s'endormit, en même temps que le wombat, Jean-Luc sortit de la chambre. Après avoir fermé doucement la porte, il prit Lauren dans ses bras.

— Tout aurait pu être différent…, dit-il avant de poser sa bouche sur la sienne.

Ce baiser bien réel, bien présent, incendia son corps et la fit trembler.

— Je suppose que tu as une chambre, murmura-t-il enfin.

— J'ai même un lit, mais…

Elle hésita, craignant d'être ridicule.

— Tu as des réserves à émettre ? A mon sujet, peut-être ?

— Non, aucune.

Elle cherchait ses mots.

— Tu es inquiète au sujet de ta famille, alors ? Savent-ils que je suis le père de Joe ?

— Oui.

— Tu ne veux pas qu'ils en apprennent davantage ?

— Que pourrais-je leur dire de plus ? Notre relation ne mène nulle part, tu m'as bien prévenue.

— Mais ça peut tout de même être une relation. Nous éprouvons toujours la même attirance et nous sommes adultes. Pourquoi ne pas en profiter ?

Vu sous cet angle, ses objections paraissaient mesquines, tout au moins puériles.

— D'accord, tu as raison, mais…

Elle lui prit la main.

— Viens t'asseoir dans la cuisine.

Il y semblait tellement à l'aise que les choses n'en furent pas facilitées.

— Lorsque je suis revenue d'Inde, ils m'ont entourée, choyée. Il m'a fallu du temps pour prendre confiance en moi, pour être indépendante…

Elle haussa les épaules en souriant.

— Bien sûr, habiter le rez-de-chaussée d'une maison quand ma mère vit au premier et mon frère au second, ce n'est pas vraiment être indépendante, mais c'est pour Joe que nous avons trouvé cette solution. Pour que je sois plus libre. N'empêche qu'il n'est pas idiot.

— Tu ne veux pas que Joe voie des hommes chez toi le matin au réveil, c'est ce que tu essaies de dire ?

Gênée, elle acquiesça d'un hochement de tête.

— Et que tu files à l'anglaise au milieu de la nuit ne semble pas terrible non plus, reprit-elle.

Sa voix tremblait un peu, mais au moins, elle avait fini par le dire.

— Pas terrible pour toi, je veux dire. C'est comme si j'avais honte, alors qu'il ne s'agit pas de ça.

Il se leva pour la prendre dans ses bras.

— Je comprends. Je ne resterai pas ce soir, mais nous trouverons un moyen qui nous convienne à tous les deux. Si je ne me trompe pas, j'entends la voiture de ta mère et elle va venir frapper, alors je ferais mieux de rentrer.

Il l'embrassa en lui caressant les cheveux.

— Quand a lieu l'exposition ?

— Vendredi prochain ; vernissage à 18 heures. Tu nous accompagnerais ? Nous y serons tous : maman et moi, Russ et Bill, et plusieurs voisins qui font partie du personnel de l'hôpital.

— Ce serait avec grand plaisir, mais c'est le jour où nous attendons le rapport toxicologique. Il se peut que je sois retenu avec Alex et Phil.

Elle perçut une telle souffrance dans sa voix qu'elle eut envie de l'embrasser de nouveau. Impossible : comme il l'avait prévu, sa mère frappait à la porte.

Lauren lui donna un rapide baiser, caressant son visage préoccupé. Il pensait sans doute déjà à la réunion qui l'attendait le lendemain.

L'atmosphère était morose, le lendemain matin, dans la salle où se trouvaient également plusieurs administrateurs et l'un des juristes de l'hôpital.

Alex ouvrit la séance.

— Il ne s'agit pas d'un interrogatoire, mais d'une opportunité de relater par écrit tous les stades de l'événement.

Jetant un coup d'œil à Jean-Luc, Lauren le vit pâlir à l'énoncé du mot « événement ». Elle déplora de ne pouvoir lui offrir son soutien dans cette situation.

— Lauren, continua Alex, commençons par vous. A quelle heure Jeremy a-t-il été admis, et qui l'accompagnait ?

— Il est arrivé la veille de l'opération, à 18 heures pour que nous soyons sûrs qu'il serait à jeun. D'après sa mère, il avait mangé à 16 h 30. On l'a aussitôt couché, et il a regardé la télévision jusqu'à 20 h 30. On a installé un lit pliant pour permettre à Mme Willis de passer la nuit dans la chambre, selon son souhait.

Elle ferma les yeux pour mieux se remémorer les événements de ce soir-là.

— Jeremy était agité, il avait soif. Je lui ai donné un peu d'eau à 21 heures. Aucun médicament ne lui a été administré. Comme Mme Willis m'avait priée d'assister à l'opération le lendemain, je m'étais arrangée pour terminer mon service à 22 heures, et j'ai examiné Jeremy juste avant de partir. J'ai constaté qu'ils dormaient tous les deux profondément.

— Pourquoi dites-vous profondément ? s'enquit Jean-Luc.

Elle se tourna vers lui, se demandant pourquoi elle avait prononcé ce mot, passant en revue ses souvenirs.

— Il respirait fort, sans ronfler, mais en émettant ces petits bruits étouffés qui signalent un sommeil profond.

Tout le monde hocha la tête en signe de compréhension, puis Alex appela Jasmine, qui travaillait cette nuit-là, pour qu'elle donne sa version.

— Il a dormi toute la nuit. Je ne suis pas restée près

de son lit en permanence, mais je suis allée vérifier régulièrement, comme les autres infirmières de service. Dans son dossier, on peut voir que toutes les heures il a été noté qu'il dormait.

Ils poursuivirent, enregistrant tous les rapports afin de les retranscrire plus tard. A mesure qu'ils approchaient du moment où le cœur de Jeremy avait cessé de battre, la tension augmentait. Lauren commençait à la trouver insupportable.

— Pause-café ! décréta Alex.

Elle lui adressa un sourire reconnaissant, certaine qu'il se sentait lui aussi de plus en plus mal à l'aise. Elle aurait aimé parler à Jean-Luc, mais il avait rejoint Alex dès l'annonce de la pause, et tous deux prenaient leur café dans un coin de la pièce, ne tenant visiblement pas à être interrompus dans leur conversation privée.

Un quart d'heure plus tard, ils reprirent. Toute l'opération était couverte par au moins douze points de vue différents.

— C'est fou ! Même si nous avons tout enregistré, nous ne sommes pas plus près de trouver des réponses, dit-elle à Jean-Luc alors qu'ils se dirigeaient vers l'ascenseur.

— Peut-être que si, répondit-il sur un ton assuré.

— Tu as une piste ?

Il secoua la tête.

— L'ombre d'une idée, rien de plus. Mais maintenant que tout est noté, nous pourrons nous référer aux enregistrements quand nous aurons des informations supplémentaires. Dîner ?

Elle ne comprit pas.

— Dîner ? répéta-t-elle.

Il sourit, et elle sentit ses genoux faiblir.

— Si tu n'as pas d'autre engagement, tu pourrais venir dîner avec moi. Pas au Scoozi, où on trouve toujours la moitié de l'hôpital, mais peut-être à Coogee ?

Son cœur battit plus fort.

Allait-il lui demander de rester pour la nuit ?

— Qu'en dis-tu ?

Une bouffée de chaleur lui monta aux joues, et elle fut contente d'arriver enfin au rez-de-chaussée et de pouvoir lui cacher son trouble en sortant de l'ascenseur.

Puis elle se tourna vers lui en souriant.

— Bonne idée. Il me faut quelqu'un pour garder Joe, mais ce ne sera pas un problème. A quelle heure ?

Comme il ne lui rendait pas son sourire, elle se demanda si elle ne s'était pas trompée. Il la prit par le coude pour la pousser dans un coin tranquille du couloir. Impossible de se méprendre sur la lueur de désir dans ses yeux, ni sur l'intention contenue dans sa voix rauque.

— Tôt, vers 19 heures, pour pouvoir nous promener sur la plage avant de rentrer nous coucher.

— Rentrer nous coucher ? murmura-t-elle.

— Oui, répondit-il en posant un doigt sur ses lèvres. Il est temps d'apprendre à mieux nous connaître. Tu dis que Joe dort souvent chez ta mère ou chez Russ. Tu pourrais arranger ça ?

N'est-ce pas ce que sa mère lui avait conseillé, d'apprendre à le connaître mieux ?

Pensive, elle le regarda s'éloigner.

— A trente ans révolus, hésiter de cette manière ! marmonna-t-elle pour elle-même en sortant de l'hôpital. Bon, enfin, c'est la première fois.

— La première fois que quoi ?

Bill venait de la rejoindre et lui prenait le bras. Cette fichue manie de parler toute seule ! Heureusement, c'était un ami, pour ainsi dire un membre de la famille.

— Que je passe la nuit avec un homme, et ce n'est pas encore fait. Etant donné que le destin ne nous est guère favorable, à Jean-Luc et à moi, on ne sait jamais. Je ne veux pas me cacher de toi, ni de maman ni de Russ, c'est pourquoi je préfère vous mettre au courant, mais je n'aimerais pas que la rumeur se propage à l'hôpital.

Ils traversèrent la rue.

— Ce n'est pas notre genre, tu le sais bien. Ton frère et moi en avons assez souffert. Lorie, tu es sûre de le vouloir ?

Elle s'arrêta dans l'allée pour le regarder en face. Son ami de si longue date, le seul à l'appeler « Lorie ».

— De mon côté, je suis sûre, Bill. En ce qui concerne Jean-Luc, je crois qu'il n'en sait rien lui-même. Il a subi tant de chocs... découvrir que j'étais vivante, puis que j'avais un fils de lui... Son monde a basculé. La mort de Jeremy n'a rien arrangé. Pourtant, même s'il n'a qu'une aventure à me proposer, je suis prête à l'accepter. Au moins, j'aurai enfin des souvenirs communs avec lui.

Il l'entoura de son bras en soupirant.

— Ecoute, j'ai les épaules larges, je te les offre pour y pleurer si tu en as besoin plus tard. Tu as raison de saisir ta chance, mieux vaut vivre avec des souvenirs qu'avec des regrets.

***

Elle se prépara avec un enthousiasme croissant et décida de mettre une robe — Jean-Luc ne l'avait jamais vue habillée ainsi. Elle en possédait peu, mais elle adorait celle-ci, légère, vert pâle avec des impressions noires et bleues, avec un décolleté en V et une jupe souple.

Elle brossa ses cheveux jusqu'à les faire briller et envisagea de les relever pour paraître plus élégante. Puis, se rappelant qu'il aimait y passer les doigts, elle y renonça.

A 19 heures, il sonnait à sa porte. Joe était déjà chez sa mère. Jean-Luc venait pour elle, ce soir…

Il était sensationnel en jean noir et polo bleu, ouvert au col, qui moulait ses épaules musclées.

— Tu es très belle, dit-il en lui prenant la main. Nous y allons ?

En parcourant l'allée du jardin, elle se rappela que sa voiture était garée dans la rue derrière.

— Nous nous trompons de côté !

Il sourit et désigna une limousine sombre qui attendait devant le portillon.

— J'ai décidé de faire les choses en grand, ce soir. Le chauffeur m'a suggéré un restaurant, et il a réservé pour moi.

Elle le regarda, sidérée qu'il ait pu tout organiser en si peu de temps.

— Et notre promenade sur la plage ?

Il sourit de nouveau.

— Il nous attendra. Il est à nos ordres, du moins jusqu'à minuit… j'ai l'impression que nous n'aurons pas besoin de lui si tard.

Le regard qui accompagnait ces paroles accrut la fébrilité de Lauren. Elle frissonna.

Lorsqu'il s'en aperçut, Jean-Luc passa son bras autour de ses épaules pour la conduire jusqu'à la voiture.

Debout à côté de la limousine, le chauffeur tenait la portière ouverte.

— Champagne ? demanda Jean-Luc lorsqu'ils eurent pris place.

Il ouvrit le petit bar à l'arrière et en sortit une bouteille de ce qui semblait être un champagne de luxe.

— Français, bien sûr ! plaisanta-t-il.

Lauren était comme hypnotisée par la magie du décor et du moment.

— J'ai l'impression d'être Cendrillon en route pour le bal…

Elle prit la flûte qu'il lui tendait, et ils trinquèrent.

— A ce soir et à ceux qui suivront, dit-il.

Elle comprit. Pas question de conte de fées avec une fin heureuse ; juste une histoire courte.

— Aux souvenirs, dit-elle.

En le voyant lever un sourcil, elle sourit.

— Cette fois, j'ai l'intention de me rappeler.

Ils dînèrent sur une haute terrasse surplombant l'océan, partagèrent leur dessert, puis sirotèrent un cognac en l'honneur de la France et parce que la soirée était exceptionnelle.

Un peu plus tard, ayant ôté leurs chaussures, ils marchèrent sur la plage, sentant le sable glisser entre leurs orteils et l'eau leur lécher les pieds. Ils parlèrent peu, conscients de retarder le moment du retour, le finale de leur soirée.

Lorsqu'ils prirent place dans la limousine pour rentrer, une sensation nouvelle courut dans le dos de Lauren. Où tout cela la mènerait-il ? Reprise de la même excitation qu'avant le dîner, elle caressa le torse de Jean-Luc.

Des souvenirs ! Elle aurait des souvenirs.

Jean-Luc voulait l'aimer avec douceur, il se l'était promis. Or, elle était si confiante, elle se donnait si généreusement, qu'il avait du mal à garder son self-control.

Lauren était nue dans son lit, ses mains timides explorant son corps. Cette soirée devait être mémorable pour elle, pas question pour lui de précipiter les choses.

— Tu es tellement délicieuse, murmura-t-il en lui caressant le ventre de sa langue. Ta peau, tes seins, tes hanches... Je veux aimer chaque pouce de toi, ma douce.

— Après, ce sera mon tour d'embrasser tout ton corps.

— D'accord.

Elle se déplaça pour se trouver penchée au-dessus de lui, sa poitrine lui frôlant le torse.

— Par où je commence ? Ici ?

Elle lui embrassa le cou, puis sa bouche descendit le long de sa poitrine.

— Là ?

Sa langue descendit le long de son ventre puis plus bas.

Il supporta le plaisir qu'elle lui procurait pendant quelque temps, puis la repoussa doucement.

— Torture... Pure torture... Je voulais faire l'amour lentement pour que ce soit bon pour toi, mais si tu continues comme ça, ce sera impossible.

— Je ne tiens pas à la douceur, et je n'exige pas que

ce soit bon chaque fois. Je n'ai peut-être pas d'expérience, du moins je ne m'en souviens plus, mais j'ai lu des livres. Faire l'amour avec toi me donnera du plaisir, que je crie ou pas.

Il secoua la tête, envahi par une sensation inconnue, ayant le sentiment de ne pas comprendre. Le moment était cependant mal choisi pour l'analyser.

— Tu vas crier, dit-il d'une voix rauque.

Il posa ses lèvres sur les siennes et vint en elle, leurs corps s'épousant parfaitement, et le plaisir s'accrut jusqu'à ce qu'il l'entende crier et la sente trembler. Alors il se laissa happer par l'abîme qui s'ouvrait devant lui, pour s'abandonner sain et sauf dans les bras de sa délicieuse Lauren.

Sa délicieuse Lauren ?

Il se réveilla dans la nuit pour contempler la jeune femme endormie près de lui, les cheveux répandus sur l'oreiller, un vague sourire aux lèvres.

Etait-ce de la satisfaction ? Il l'espérait.

Mais était-ce *sa* Lauren ? Il s'agissait d'une aventure, du moins était-ce ce qu'il lui avait dit. Et il n'avait pas encore résolu le problème de Joe. Le petit garçon pouvait passer ses vacances en France avec elle ; il pouvait se permettre de leur offrir le voyage au moins deux fois par an. Entre-temps, il viendrait les voir en Australie avec sa famille. Il achèterait un appartement ici, à Sydney. Sa mère serait fière d'admirer Joe en sauveteur.

Et Lauren, qu'en penserait-elle ?

Refusant de s'attarder sur la question, il replongea dans le sommeil, heureux de savoir qu'elle serait là le matin. Ils pourraient faire l'amour de nouveau.

9.

« Comme une vraie famille », pensa Lauren en regardant Jean-Luc aider leur fils à faire ses devoirs, un peu plus tard dans la semaine. Il fallait associer des images à des mots, et bien qu'elle sache que Joe était capable de s'en sortir seul, elle voyait qu'il appréciait l'attention de son ami John aussi se trompait-il volontairement pour que l'exercice devienne un jeu.

Même Lucy semblait l'avoir accepté. S'il se tenait toujours à côté du petit garçon en présence de Jean-Luc, il avait cessé de grogner.

Quant à elle…

Elle poussa un petit soupir de satisfaction. Joe était habitué à dormir chez sa mère quand elle était de service de nuit, ce qui facilitait les choses. Lorsqu'il serait couché, ils regagneraient tous les deux l'appartement de Jean-Luc. Parfois, ils faisaient un détour par le parc, d'autres fois ils allaient manger au restaurant, mais le plus souvent, ils se hâtaient de rentrer, tant ils avaient faim l'un de l'autre.

Les devoirs terminés, Jean-Luc se leva.

— Tu me lis une histoire ? demanda Joe.

— Pas ce soir, mon cœur. J'ai une réunion à l'hôpital.

Lauren fut surprise ; elle ne se rappelait pas qu'il lui en ait parlé.

Il se dirigea vers le hall, et elle l'accompagna à la porte.

— Je te verrai plus tard ?

Pourquoi posait-il cette question ?

— Quand ? dit-elle en tentant de maîtriser l'angoisse de sa voix.

Il eut le sourire enfantin qu'elle aimait tant.

— Pas plus tard que 22 heures. Je passerai te prendre.

— Ce n'est pas la peine, je peux t'attendre chez toi.

Il lui avait donné une clé dont elle ne s'était pas encore servie, mais il secoua la tête.

— Non, je préfère venir te chercher. Je ne serais pas tranquille de te savoir toute seule.

Un sentiment de joie l'envahit. Ainsi, il s'inquiétait de sa sécurité !

— D'accord, dit-elle en lui passant les bras autour du cou pour l'embrasser.

Joe arriva tout à coup en courant.

— John, John, ton invitation ! cria-t-il en brandissant une enveloppe bleue couverte d'autocollants en forme de cœurs.

Jean-Luc le remercia, l'assurant qu'il ne manquerait la fête pour rien au monde.

A ce moment précis, les souvenirs affluèrent à l'esprit de Lauren — un enfant apportant une enveloppe pour Jean-Luc, décorée de cœurs. « Je t'aime ».

L'adresse de l'expéditeur ! Thérèse Fournier !

— L'enveloppe… tu as reçu une lettre de ta femme. Nous nous sommes disputés ! s'exclama-t-elle.

Elle revoyait à présent l'homme qu'elle avait aimé.

— Tu m'as caché ça, quand tu m'as dit que tu étais amoureux de moi en Inde ! Tu as prétendu m'avoir tout raconté et tu n'as pas jugé important de préciser que tu étais marié à l'époque ? Voilà qui explique pourquoi je faisais un blocage sur cette période. Les spécialistes parlaient de traumatisme antérieur ! Tu m'as menti…

— Lauren…

Les souvenirs douloureux se pressaient maintenant dans la tête de Lauren.

— Tu ferais mieux de partir à ta réunion.

Comme s'il avait senti le désespoir de sa maîtresse, Lucy se mit à aboyer.

— Lauren…, répéta Jean-Luc.

Elle l'arrêta d'un geste.

— Va-t'en, Jean-Luc. J'ai besoin de réfléchir.

— Je ne peux pas te laisser comme ça. Tu es en état de choc.

Attiré par les aboiements de Lucy, Russ descendit l'escalier, tandis que la porte de sa mère s'ouvrait.

— Il y a suffisamment de monde ici pour s'occuper de moi. Va à ta réunion.

— On se voit à 22 heures ? demanda-t-il, troublé.

— Je ne pense pas, répondit-elle.

Lorsqu'il fut sorti, elle fit face à sa famille.

— Certains souvenirs me sont revenus. Maintenant, je vais me coucher. Quelqu'un voudrait lire une histoire à Joe ?

Tout le monde resta muet.

— Mamie ! Mamie va me lire l'histoire ! s'écria Joe en se précipitant dans l'escalier.

Le ton de sa voix sembla bizarre à Lauren. Se pouvait-il qu'il ait eu peur ?

C'était lorsqu'il avait tendu l'enveloppe à Jean-Luc qu'elle s'était mise à crier. Elle avait pu le choquer.

Elle le rattrapa.

— Oh, Joe, mon chéri, je suis désolée ! Je n'ai pas voulu dire que je refusais de te lire une histoire, c'est juste que j'ai mal à la tête et que j'ai besoin de me reposer.

Ce n'était pas un mensonge.

Ignorant les adultes qui lui jetaient des regards interrogateurs, elle l'embrassa puis se dirigea vers sa chambre.

— Ne ferme pas ta porte à clé, dit Russ. Je veux pouvoir entrer dans ta chambre.

Bien qu'elle n'ait pas répondu, elle obéit, sachant ce qu'elle devait à sa famille.

Une fois qu'elle fut allongée, son mal de tête empira, de sorte qu'elle se résolut à prendre un cachet contre la douleur, ce qu'elle n'avait plus fait depuis longtemps. Dire qu'elle avait pu espérer être totalement guérie de cette douleur qui lui martelait les tempes, à défaut de l'être de son amnésie !

Le lendemain matin, sa migraine avait disparu, et bien qu'elle se sentît épuisée, elle partit travailler, sûre que cela lui changerait les idées.

Elle passa sans regarder du côté du numéro vingt-six pour ne pas penser à Jean-Luc. En Inde, il l'avait trahie, ainsi que sa femme, d'ailleurs, et il avait récidivé en ne lui parlant pas de leur dispute, en prétendant qu'ils avaient toujours une relation amoureuse au moment du typhon.

Que croire ? Il était peut-être encore marié… Etait-ce pour cela qu'il ne voulait pas s'engager ?

Sans doute !

Elle avançait à grandes enjambées, décidée à tout oublier, pendant que la colère montait en elle. S'il croyait qu'il pouvait avoir des prétentions sur Joe, il se trompait !

En entrant dans le service, elle trouva Becky en train de distribuer des dossiers.

— Tu es au courant ?

— De quoi ? demanda-t-elle, l'esprit ailleurs.

— A propos de Jeremy. J'ignore ce qu'ils ont découvert, mais il y a une réunion en haut, avec Alex, Jean-Luc, les gros bonnets et un juriste. Ils savent ce qui s'est passé !

Malgré leur brouille, elle s'inquiéta pour l'homme qu'elle aimait. L'avocat de l'hôpital allait-il le protéger, ou le livrer aux loups ?

— J'espère qu'ils ne feront pas porter le chapeau à Jean-Luc, dit-elle. Je connais l'administration ; ils vont chercher un bouc émissaire. Comme il n'est là que pour six mois, ça les arrangerait bien que ce soit lui.

— Ah, on dirait que tu as le béguin pour le médecin français !

Lauren décida d'ignorer la plaisanterie.

— Il ne s'agit pas de ça. J'ai assisté à l'opération ; il n'a pas fait d'erreur. Le cathéter n'avait même pas atteint le cœur. Mais je les crois capable de le rendre responsable.

— Je ne pense pas qu'il soit en cause. Ce qui les a mis en ébullition, c'est le rapport de toxicologie.

Comme Jean-Luc n'avait administré aucun produit, il ne pouvait être tenu pour coupable, et elle en fut soulagée.

Après avoir salué Becky, elle se dirigea vers la salle de réveil, où les enfants étaient pris en charge et surveillés pendant qu'ils émergeaient de l'anesthésie.

A l'entrée, elle regarda le planning des opérations. C'était Phil qui commençait, sur un bébé de trois mois atteint d'un défaut atrial. Il fermerait les trous entre l'atrium et les ventricules et diviserait la valve actuelle en deux de façon à ce que chaque ventricule possède sa propre valve. Un travail délicat, mais souvent réussi, et tout le monde était optimiste même si, depuis la mort de Jeremy, l'ambiance était plutôt sombre dans le service.

Plus tard, Alex, aidé sans doute de Jean-Luc, effectuerait une seconde TGA, car la loi des séries se vérifiait à l'hôpital.

Elle entra dans la salle pour préparer l'arrivée de ses petits patients, vérifia que les moniteurs fonctionnaient, puis s'assura que tous les produits nécessaires étaient disponibles.

Il ne lui restait plus qu'à attendre, ce qui signifiait qu'elle avait du temps pour penser.

Et si elle s'intéressait à ce rapport toxicologique, pour voir ce qu'il avait révélé ?

Ses connaissances en substances médicamenteuses ne lui suffisaient malheureusement pas pour comprendre ce qui s'était passé. Il lui fallait donc affronter ses souvenirs.

Oui, elle se rappelait avoir marché sur la plage avec Jean-Luc, et être en compagnie des enfants de l'orphelinat. Elle revoyait les traits avenants du père Joe, un homme de quatre-vingts ans au visage peu marqué, sauf par quelques petites rides autour des yeux.

Elle parvenait même à entendre sa voix douce à l'accent irlandais, et savait qu'elle aurait à surmonter sa mort, qui la peinait à présent. Quant aux enfants… des images et des noms lui revenaient, les sourires des bébés quand elle les cajolait, les plus grands réclamant des histoires…

Tant d'innocents qui n'avaient pas mérité de mourir !

Elle tenta en vain de refouler ses larmes. Etaient-elles dues à ces pertes anciennes dont elle venait de prendre conscience, ou au fait que Jean-Luc lui avait caché qu'il était marié ?

Le prêtre lui avait dit un jour, alors qu'elle pleurait la mort d'un bébé, que les larmes étaient souvent l'expression de l'apitoiement sur soi-même.

En attendant qu'on lui confie un autre bébé, elle réfléchit à ces paroles et décida de ne plus pleurer, ni pour le passé ni pour le présent. Jean-Luc s'était révélé menteur dans le passé, il l'était resté…

Lorsqu'on lui amena le bébé Tracey Oliver, elle se concentra sur son travail. La petite fille était reliée à un oxygénateur à membrane, une machine pour l'oxygénation extracorporelle dont on évitait en général de se servir après une opération du cœur. Cependant, celle-ci avait dû être assez sérieuse pour que l'équipe chirurgicale décidât que le petit cœur malmené avait besoin d'être aidé. Au cours de l'intervention, on avait utilisé la machine cœur-poumons. On avait donc introduit des tubes directement dans les grands vaisseaux proches du cœur, un qui apportait le sang veineux à la machine pour y être oxygéné, et un autre qui réinjectait le sang dans l'aorte.

— Comme elle n'allait pas bien, Phil a laissé les tubes en place pour pouvoir la relier à l'oxygénateur, expliqua Maggie, l'anesthésiste. Il déteste ça, mais elle était si faible qu'il n'avait pas le choix.

Lauren regarda Tracey en se demandant si elle pourrait être libérée de la machine avant longtemps. De nombreux risques de complications étaient à craindre. Hémorragies cérébrales, infections et faiblesse rénale survenaient si le patient restait sous oxygénateur plus de deux jours.

Maggie la quitta, promettant de revenir au bout d'une demi-heure, puis Theo entra pour vérifier le fonctionnement de la machine.

— Dès que son cœur sera assez solide, nous l'arrêterons.

— Au moins, elle est entre de bonnes mains, avec toi.

Non que Kurt, l'ancien perfusionniste, ne fût pas un excellent technicien, mais Theo avait une approche différente de son métier. Pour lui, le patient était plus important que le matériel.

— Avec nous tous, Lauren. Nous formons une équipe, rappelle-toi.

— Tu es bien bavard, ce matin ! Aurais-tu été touché par une flèche de Cupidon ? Qui aurait réservé l'autre à Grace ?

Il fronça les sourcils.

— Pourquoi cette question ?

— Je pensais qu'elle te plaisait, dit-elle, se sentant un peu idiote.

— Je l'aime bien, sans plus. Pas besoin de cette ridicule histoire de flèches…

— Bon, excuse-moi. Je pensais que nous étions amis et que je pouvais parler librement.

Il lui lança un regard assassin.

Elle se concentra sur le bébé et sa tâche de surveillance. La journée avait mal commencé, et ça ne s'arrangeait pas.

— Tu es toujours le père de Joe ; tu peux continuer à le voir autant que tu veux.

Jean-Luc avait rejoint Lauren aux soins intensifs à la fin de son service.

— Et pour toi ? Qui suis-je, pour toi ?

— Je ne sais pas encore. Prenons la question dans l'autre sens : ce que je suis pour toi. Dans ce cas, la réponse est simple. Je ne serai jamais rien de plus que la partenaire d'une aventure durant ton séjour à Sydney, tu me l'as dit. Etant donné tes mensonges passés, je me demande si tu es l'homme que je croyais, et je ne suis plus sûre d'avoir envie d'une liaison avec toi.

Il était abasourdi par son intransigeance. En fait, c'était un état permanent chez lui depuis quelques jours, que ce soit pour une raison ou pour une autre.

Ils se trouvaient dans la salle de repos du service, vide par miracle, et il avait conscience que quelqu'un pouvait entrer à tout moment.

— Il faut que je te parle, que je t'explique certaines choses. Si on allait dans un endroit plus adéquat que cette salle de repos ?

— A la plage, par exemple ? Ou dans ta chambre, peut-être ? Je ne pense pas. Je ne veux plus jamais écouter tes sornettes.

Elle tourna les talons, le laissant ébahi.

Quoi qu'il en soit, c'était la soirée des scouts, et elle avait dit qu'il pouvait continuer à voir Joe autant qu'il le souhaitait.

Bien qu'il ait peu dormi la nuit précédente, il comptait bien accompagner son fils. Il aurait ainsi l'occasion de la revoir.

Bien entendu, ce ne serait jamais le motif principal, car il adorait voir le petit garçon dans son uniforme, les yeux emplis de fierté quand il faisait le salut et récitait ses répons au début de chaque réunion.

Même si les choses avaient mal tourné avec Lauren — sa colère étant injustifiée dix ans plus tôt, comment comprendre son emportement actuel ? —, Joe était pour lui un cadeau inespéré et, quoi qu'il arrive, il continuerait à construire sa relation avec son fils.

Ce fut Joe, prêt à partir, qui lui ouvrit la porte ce soir-là.

— Où est ta maman ?

— Elle a la migraine, elle est couchée. Russ est venu me garder jusqu'à ton arrivée.

Puis, inconscient de la tension qui émanait de son ami John, il se tourna vers Lucy pour lui recommander de surveiller la maison en son absence.

— Il vaut mieux que je prévienne Russ que nous partons, dit Jean-Luc.

Lauren avait-elle vraiment la migraine, ou était-ce un prétexte pour ne pas le rencontrer ?

— Bonsoir, Russ, dit-il en entrant dans la cuisine où ce dernier était assis devant son ordinateur portable. Comment va-t-elle ? Theo dit qu'elle a toujours des maux de tête, des séquelles de son accident…

Terminant ce qu'il faisait, Russ sauvegarda son travail. Quand il leva la tête, il n'y avait aucune trace d'animosité dans son regard.

Plutôt de l'inquiétude.

— Elle n'avait plus de problèmes depuis un moment, mais le fait de retrouver la mémoire de ces six semaines semble avoir provoqué de nouveau des migraines…

Jean-Luc fit signe qu'il comprenait. Le frère de Lauren ne s'estima pas satisfait pour autant.

— Ce sont de bons souvenirs, n'est-ce pas ?

— John, dépêche-toi, on va être en retard, dit Joe.

Il ne pouvait pas partir sans répondre. Pas sans dire la vérité.

— Pour moi, les meilleurs moments de ma vie, et pour Lauren aussi, je crois. Mais… à la fin, nous nous sommes disputés. J'imagine que c'est ce qui la perturbe.

Russ réfléchit un instant, puis haussa les épaules.

— Elle s'en sortira. Elle est très forte, notre Lauren. Emmène donc ce garnement à sa réunion !

— Je suis pas un garnement ! protesta Joe, feignant d'être vexé, tout en adressant un clin d'œil à son oncle.

Puis il caressa Lucy une dernière fois, prit Jean-Luc par la main et l'entraîna vers l'arrière, où était garée la petite voiture de sa mère.

— Maman m'a donné les clés à garder, annonça-t-il en ouvrant sa main tendue.

Jean-Luc baissa les yeux vers le trousseau.

Le cœur argenté avait disparu !

Mauvais signe.

Russ avait jugé que Lauren s'en sortirait. Sans doute pas à son avantage…

Bon sang, que souhaitait-il, lui, de toute façon ?

Il l'avait prévenue qu'il ne voulait rien de plus qu'une aventure…

En était-il certain ?

— Allez viens, John, dit le petit garçon en le tirant par la manche.

Chassant la pensée de Lauren de son esprit, il décida de se consacrer à son fils.

Elle avait entendu partir la voiture, et même si elle sommeillait, car son mal de tête n'était pas feint et les cachets qu'elle prenait l'endormaient, elle l'entendit aussi revenir.

Joe racontait d'une voix excitée les derniers événements au club, et elle percevait aussi la voix de Russ, qui avait attendu son retour. Cependant, elle ne put déceler si Jean-Luc était encore avec eux. En temps normal, il restait souvent pour lire une histoire à son fils.

Elle avait dormi, et le cachet avait fait son effet. Son mal de tête s'était suffisamment atténué pour lui permettre de réfléchir.

Une telle confusion régnait néanmoins dans son cerveau que toute clarification semblait impossible. Il lui fallait prendre l'air, faire une longue promenade sur la plage, ou au moins dans le parc.

— C'est idiot, marmonna-t-elle. Je pourrais aussi bien aller jusqu'à Melbourne à pied, ça ne résoudrait pas le problème.

Elle attrapa son portable pour appeler Bill.

— Bill, tu es chez moi avec Russ ?

— Oui, répondit-il d'une voix étouffée.

— Est-ce que Jean-Luc est avec vous ?

— Oui.

— Zut ! Tant pis. Tu sais, cette épaule que tu m'as offerte, je vais en avoir besoin… il faut que je mette de l'ordre dans mes pensées. Pourrions-nous faire quelques pas dans le parc ? Je peux sortir sans passer par la cuisine et t'attendre de l'autre côté de la rue.

— D'accord. J'arrive dans quelques minutes.

Elle l'imagina en train d'inventer une excuse pour leur fausser compagnie. En fait, il n'avait sans doute qu'à prononcer le mot « hôpital » pour que personne n'ait de soupçons.

Ils se mirent à marcher en silence. Son ami lui laissait visiblement l'initiative de la conversation.

— Bill, je ne sais plus où j'en suis ! C'est incroyable !

Ce fut tout ce qu'elle parvint à dire.

— A cause de tes souvenirs ? De mauvais souvenirs de Jean-Luc ?

— De la dernière fois où nous nous sommes vus.

Elle lui raconta la scène de l'enveloppe en expliquant comment la vision lui en était revenue brusquement, si nette et si vive.

— C'était une lettre d'amour de sa femme. Il était marié.

— Tu en es sûre, ou c'est juste une supposition ?

— Il ne l'a pas nié.

Il soupira.

— Ce n'est pas de mon épaule que tu as besoin, mais

de l'oreille de Jean-Luc. Il faut que vous en discutiez tous les deux, Lauren, tu le sais bien.

Ce fut son tour de soupirer.

— Il ne comprend pas ma réaction.

— Alors, peut-être que ce n'est pas un homme pour toi.

— C'est certain.

Elle était furieuse, parce qu'il avait raison.

— Il ne veut pas s'engager. Oh, bien sûr, il l'a fait vis-à-vis de Joe ; il a trouvé une façon de rester en contact avec lui. Mais moi, je fais partie des distractions.

— As-tu cherché à comprendre pourquoi ?

Lorsqu'il désigna une fenêtre allumée, elle s'aperçut qu'après avoir tourné en rond en marchant, ils étaient revenus à leur point de départ.

— Regarde, il n'est pas couché. Va le lui demander.

Elle faillit protester que c'était la lumière de sa chambre, mais impossible d'avouer une telle faiblesse, même à Bill. Traversant la rue à contrecœur, elle sonna à la porte d'entrée. Jean-Luc serait obligé de sortir dans le hall pour lui ouvrir, ce qui leur permettrait de parler dans le salon.

— Lauren ?

Sa voix était calme, et soudain, le conseil de Bill lui parut ridicule. Jean-Luc n'avait pas de problème, lui. C'était elle qui en avait un, qu'elle devait régler toute seule.

— Merci d'avoir emmené Joe ce soir, dit-elle, les jambes tremblantes.

— De rien. Tu veux entrer ?

Bien sûr que oui ! Elle avait envie qu'il la prenne dans ses bras pour la porter dans son lit et qu'il lui fasse l'amour, pour ne plus avoir à réfléchir.

— Je… je ne pense pas, bredouilla-t-elle, toujours debout sur son paillasson.

— Nous pourrions discuter.

Un peu de tension dans sa voix ?

Non, elle se faisait des idées. Elle souhaitait juste que ce soit aussi difficile pour lui que pour elle.

— De l'Inde ? De la lettre ? De Thérèse ?

Il soupira.

— Désolé, Lauren, mais c'était il y a si longtemps ! Comme tu ne m'as pas permis de me justifier à l'époque et que, par ailleurs, j'ai très peu dormi la nuit dernière, je doute fort que nous puissions éclaircir cette histoire ce soir. Ce qui n'empêche que si tu as envie d'en parler, tu es la bienvenue.

Il semblait à bout de nerfs. Les cicatrices ressortaient sur ses joues comme chaque fois qu'il était fatigué. Malgré cela, elle ne pouvait laisser la pitié prendre le pas sur sa colère.

— Aucune justification ne serait acceptable. Tu ne l'as pas compris à ce moment-là, et je vois que tu ne le comprends pas mieux aujourd'hui. Certes, nous sommes issus de deux cultures différentes, mais cela n'explique rien. Je pense plutôt que ce sont nos valeurs qui diffèrent. La fidélité et la loyauté sont fondamentales pour moi, apparemment pas pour toi. Bonne nuit !

Sur ces mots, elle tourna les talons pour rentrer chez elle, le laissant immobile sur le seuil. Quant à savoir s'il la regardait s'éloigner, s'il contemplait les étoiles ou attendait un autre raz de marée qui les emporterait tous les deux, peu importait. Elle ne lui donnerait pas la satisfaction de la voir se retourner pour un dernier regard…

*
* *

Conscient qu'il aurait dû la rappeler, insister pour tenter de régler cette brouille qui empoisonnait leur relation, Jean-Luc la suivit des yeux.

Ce soir, sa lassitude était trop grande.

Il avait été sur la brèche jour et nuit à l'hôpital, consacrant tout son temps à son travail pour fuir ses problèmes avec elle.

Depuis la mort de Jeremy, il soupçonnait que la perte brutale de son fils n'était pas la seule cause de l'état de nerfs dans lequel se trouvait Rosemary Willis.

Lorsque le rapport toxicologique était arrivé, ils avaient enfin compris ce qui la tourmentait : la nuit précédant l'opération, elle avait donné un somnifère au petit garçon pour qu'il dorme mieux.

Rosemary était déjà minée par le doute concernant sa probable responsabilité dans la mort de son enfant, et la confirmation apportée par le rapport toxicologique l'avait achevée.

Alex, Phil et lui avaient discuté une partie de la nuit, puis il était resté avec Maggie pour essayer de réconforter la mère en détresse.

Dire que Maggie et lui s'étaient efforcés de la consoler le mieux possible, alors que sa propre vie s'écroulait !

Il se secoua. Il ne devrait pas attacher tant d'importance à la colère de Lauren. Ni à Lauren elle-même, peut-être.

Son travail avait toujours été son principal centre d'intérêt, ainsi que sa source de réconfort.

Une douleur sourde dans la poitrine lui signala que le

centre d'intérêt principal pouvait être en train de se déplacer, mais, épuisé comme il l'était, il se savait incapable d'y réfléchir.

Il alla se coucher.

10.

A mesure que les jours passaient, il devint de plus en plus évident pour Jean-Luc que Lauren était devenue une priorité dans sa vie. D'ailleurs, ne l'avait-elle pas toujours été ?

Quand il se trouvait aux soins intensifs, elle le saluait d'un signe de tête et, lors des réunions d'équipe, leurs conversations étaient purement professionnelles.

Tourmenté par le désir qu'il avait d'elle, il se doutait que cette attirance n'était pas seulement physique. Malheureusement, il ne voyait aucune solution pour réduire le fossé qui les séparait.

Sa tentative d'invitation à dîner, alors qu'ils étaient assis sur la plage à regarder Joe arriver bon dernier de la course au drapeau, s'était heurtée à un regard froid assorti d'un « Non merci » poli. Tout comme lorsqu'il lui avait proposé de s'installer sur un banc pour discuter.

A présent, une semaine s'était écoulée et il attendait avec une impatience mêlée d'anxiété l'anniversaire de Joe le lendemain soir. Il aurait dû être ravi, pourtant. Son travail marchait bien, il allait assister à la fête d'anniversaire de son fils pour la première fois... Au lieu de cela, il était tout seul dans son appartement, en train de s'apitoyer sur son sort.

— En fait, ce n'est pas tant que je m'apitoie sur mon sort… C'est plutôt que je ne sais pas où j'en suis.

Il s'adressait au four à micro-ondes qui réchauffait son repas surgelé.

— Et par-dessus le marché, je me mets à parler tout seul, comme elle ! marmonna-t-il. Ça ne va pas du tout !

Il aurait volontiers continué la conversation — après tout, le four à micro-ondes n'était pas contrariant — si des aboiements furieux n'avaient attiré son attention.

Lucy ! Que faisait-il devant chez lui ?

Le chien avait-il décidé d'en finir avec lui après sa brouille avec Lauren ?

Comme les aboiements ne cessaient pas, il laissa le micro-ondes biper et courut vers l'entrée où, d'après le bruit, Lucy était en train de gratter à la porte.

Dès qu'il ouvrit, le chien bondit en arrière sans cesser d'aboyer, et se dirigea vers le numéro vingt-six. Comprenant qu'il lui demandait de le suivre, Jean-Luc attrapa la clé accrochée au mur, ferma la porte et se rua à la suite de l'animal.

Au numéro trente, Joe, le visage blanc comme de la craie, guettait anxieusement sur le seuil. Lorsqu'il le vit arriver, il se précipita vers lui.

Le petit corps de son fils tremblait comme une feuille. Lucy aboyant toujours, Jean-Luc fonça à l'intérieur, Joe dans les bras.

Une dame âgée était allongée sur le sol. S'agenouillant près d'elle, il lui prit le pouls, qu'il trouva très faible, puis la renversa sur le dos pour commencer le bouche-à-bouche.

Joe regardait, expliquant d'une voix entrecoupée de sanglots.

— C'est Mme West… elle s'occupe de moi quand il n'y a personne d'autre. Elle a fait « Aaaah », et elle est tombée. J'ai appelé les secours, j'ai donné l'adresse, mais ils arrêtaient pas de me poser des questions, et je savais pas répondre.

Le petit garçon pleurait à chaudes larmes, à présent. Malgré son envie de le consoler, Jean-Luc était conscient que Mme West devait être secourue d'urgence. Et puis Lucy s'était assis près de Joe, qui avait passé ses bras autour de son cou pour trouver du réconfort.

— C'est du bon travail, Joe. Tu as donné l'adresse ; ils vont très vite envoyer une ambulance.

Il espérait ne pas se tromper. De toute façon, comme ils n'étaient pas loin de l'hôpital, il pourrait rappeler si nécessaire.

Il se remit à s'occuper de Mme West pendant que Joe racontait comment il avait envoyé Lucy le chercher.

— Tu vois comme il est intelligent ? conclut-il.

— Très intelligent !

Malheureusement, ce fut une voiture de police qui arriva, envoyée pour vérifier que l'appel n'était pas un canular. L'agent appela une ambulance qui s'arrêta quelques minutes plus tard devant la maison et emmena la vieille nounou.

— Qui va me garder, maintenant ? demanda Joe.

— Moi. Tu veux que je te lise une histoire ?

Même Lucy sembla approuver. Alors que Jean-Luc s'installait dans un fauteuil, son fils sur ses genoux, il se coucha devant, la tête posée sur son pied.

— Je soupçonne que c'était pour m'arracher la jambe si

j'avais essayé d'enlever Joe, dit Jean-Luc lorsque Russ, qui avait vu la porte de l'appartement ouverte, entra.

C'était le premier membre de la famille à regagner ses pénates après son service.

Lauren et Bill arrivèrent un peu plus tard. Mme Henderson était restée à la galerie pour discuter avec le propriétaire des ventes qui, d'après Bill, avaient été excellentes.

— Ainsi, Mme West est à l'hôpital ? Au Big Jimmie ? demanda Lauren lorsqu'elle apprit ce qui s'était passé.

Jean-Luc acquiesça en souriant au surnom qu'il connaissait déjà. Toute l'équipe de l'hôpital pour enfants appelait le St. James « Big Jimmie ».

Si au moins il pouvait ne pas sourire ! pensa-t-elle, étonnée de cette pensée incongrue. Elle ferait mieux de s'inquiéter de Mme West, de demander des nouvelles de sa santé.

— Je vais aller lui rendre visite, pour pouvoir donner des nouvelles à sa famille. Il faudra que je les prévienne.

— J'ai appelé le St. James, dit Russ. Elle a eu une attaque cardiaque, et maintenant, elle se repose. Reste ici pour mettre Joe au lit. J'y vais, je m'occupe de tout.

Il avait raison, bien sûr, mais cela signifiait qu'elle serait seule avec Jean-Luc, car Bill annonça qu'il allait accompagner Russ à l'hôpital.

Se résignant à son sort, elle traversa la pièce dans l'intention de prendre son fils endormi sur les genoux de Jean-Luc. Anticipant son geste, il se leva, Joe dans les bras.

— Je vais le porter dans sa chambre, mais j'apprécierais que tu viennes avec nous. Tu sais mieux que moi où sont ses affaires, son pyjama…

La lassitude qu'elle perçut dans sa voix lui fit de la peine, et elle l'étudia pendant qu'il portait Joe.

Allait-il bien ? Si elle avait vu, et même embrassé quelquefois, les affreuses cicatrices de sa jambe, elle ne lui avait jamais demandé s'il avait été blessé en d'autres endroits lors du typhon. Ou au cours des dix dernières années. Ni s'il avait été malade.

Elle ne savait rien de lui, et pourtant elle l'aimait tant qu'elle avait mal en entendant sa voix fatiguée.

Une fois dans la chambre, elle mit son fils en pyjama, le guida vers la salle de bains, lui fit se brosser les dents et le mit au lit.

— Il ne se souviendra plus de rien demain matin.

Le fait de dire des banalités lui évitait de penser aux choses sérieuses.

— Il m'est déjà arrivé de le changer dans son sommeil. Il se rendort aussitôt comme si on ne l'avait pas dérangé.

Au regard que Jean-Luc lui lança, elle comprit qu'il respectait son intention. Il enchaîna sur le même ton.

— Il s'est bien débrouillé ; il a téléphoné aux secours et donné son adresse. Il n'y est pour rien s'ils ont envoyé la police au lieu de l'ambulance.

Ils se tenaient sur le seuil, regardant le petit garçon dormir paisiblement.

— Je n'ai aucun mérite : on lui a enseigné ça à l'école. Tous les enfants l'apprennent, même les plus handicapés, et tous peuvent indiquer leurs coordonnées, ou au moins montrer une carte qui les mentionne. C'est merveilleux de constater que l'enseignement est relié à la réalité de la vie quotidienne.

Elle éteignit la lumière et sortit, sachant qu'il la suivait.

— Merci d'être venu à la rescousse. Il a dû être terrifié.

— En tout cas, il a eu assez de bon sens pour envoyer Lucy me prévenir… Et en fin de compte, bien que je sois désolé pour Mme West, cette histoire m'a rendu un fier service !

Lauren s'arrêta net.

— Un service ?

— Mmm.

Comme il n'en disait pas plus, elle se remit à marcher.

Voulait-il qu'elle lui demande des précisions ? Etait-ce une ruse pour l'obliger à lui parler ?

Il était juste derrière elle, plus pâle que jamais.

Elle s'attarda à la porte du salon, le regard tourné vers l'intérieur pour ne pas avoir à lui faire face.

C'était la seule chose possible pour s'empêcher de lever la main vers son visage et de lui caresser la joue, comme elle l'avait fait si souvent.

— Puis-je rester pour t'expliquer ?

— Difficile de te jeter dehors alors que tu es venu si vaillamment au secours de Joe cet après-midi, n'est-ce pas ? marmonna-t-elle.

— On ne peut pas dire que je sois accueilli à bras ouverts, mais c'est mieux que rien. A la cuisine ou dans le salon ?

La tension était perceptible dans sa voix.

— Au salon. Tu parais trop sérieux pour que nous allions dans la cuisine.

Il la précéda et reprit le fauteuil où il s'était assis avec Joe.

— Avant l'arrivée de Russ, j'ai eu le temps de réfléchir, commença-t-il.

Elle s'installa sur le canapé, les jambes repliées sous elle, dans une attitude qu'elle voulait désinvolte.

— Et j'ai compris que je ne voulais pas rester étranger à la vie de Joe.

Ah, c'était au sujet de Joe ! pensa-t-elle en se demandant si elle devait être soulagée, ou contente, de ne pas avoir saisi ce qu'il entendait par « un fier service ».

— Je déteste l'idée d'ignorer qui s'en occupe. Il s'agit de mon fils, et même s'il ne sait pas comment ni pourquoi, j'estime qu'il devrait être mis au courant et vivre avec moi. Certes, les choses sont très compliquées entre toi et moi, mais Joe devrait faire partie de ma famille aussi bien que de la tienne.

Ne voyant pas du tout où il voulait en venir, Lauren nageait en pleine confusion.

— Lui dire que tu es son père, ça ne me pose pas de problème. De là à ce qu'il vive avec toi… Faut-il que je te répète pourquoi je vis si près de ma mère, à mon âge ? Pour qu'il y ait toujours quelqu'un à la maison pour garder Joe. Et je préfère que ce soit ma famille qui le surveille, dans la mesure du possible, bien sûr. Même si cet après-midi… c'était exceptionnel. Toi, tu travailles toute la journée et parfois la moitié de la nuit. Comment pourrais-tu t'occuper de lui ?

Jean-Luc secoua la tête.

— Je crois que je ne me fais pas bien comprendre.

Il marmonna quelques mots en français, inaudibles, sans doute pour lui-même.

— Ce que j'essaie de dire, c'est que je souhaite que nous soyons une famille. Toi, moi et lui. Ta famille, bien sûr, fera toujours partie de sa vie, ainsi que la mienne, qu'il connaîtra plus tard. Mais c'est nous trois qui formons une cellule familiale, et c'est ce que je veux.

Elle le regarda, ébahie.

— Tu es en train de me parler mariage ?

Il haussa les épaules.

— Si on doit en arriver là.

— Oh, comme c'est romantique ! « Si on doit en arriver là » ! Quelle femme résisterait à une demande aussi passionnée ? Il me semblait que tu avais décidé de ne pas te remarier, ce que tu m'as très clairement expliqué. Et ne me dis pas que c'était avant de savoir que Joe était ton fils, tu étais déjà au courant !

— C'était avant ce soir, avant que je sache que je voulais vivre avec lui. J'ai pris conscience que j'aurais dû être là pour le garder, pas deux portes plus loin où Lucy a été obligé de venir me chercher.

— Je ne saisis pas.

— Je te comprends, parce que je ne me l'explique pas vraiment non plus. Mais peu importe, c'est ce que je veux… Tu ferais mieux de t'habituer à cette idée, et de commencer à imaginer les moyens de la mettre en œuvre. Bon, à présent, j'y vais !

Il partait !

Il se leva et sortit de la pièce. Stupéfaite, Lauren entendit la porte se refermer avant d'avoir pu bouger du canapé.

Il avait décidé de l'épouser… Pas par amour, mais pour être plus près de son fils.

Non, elle refusait d'y penser, c'était trop affreux.

Et où espérait-il vivre sa vie de famille ?

En France ?

Cette idée lui plut. Elle se souvenait maintenant du

jeune Jean-Luc parlant de son village, du bleu profond de la Méditerranée qui bordait les calanques de Cassis, et eut envie de voir ce paysage et de faire l'expérience d'un nouveau mode de vie.

Ne serait-ce pas mieux que de partir aux Etats-Unis faire des études de perfusionniste ?

Un plus grand défi ?

Comme son esprit s'échauffait à cette idée, la chaleur irradia dans son corps qui la trahissait en le désirant, même si elle ne lui faisait pas confiance à cause de ses mensonges.

Lorsque sa mère rentra, elle la mit au courant de cette soudaine demande en mariage.

— Ne tiens pas compte de moi dans ta décision, dit celle-ci. J'aurais le plus grand plaisir à passer quelque temps dans le sud de la France. Il paraît que la lumière y est magique, et le décor… un monde nouveau à peindre. Je pourrais venir tous les ans pour quelques mois, louer une villa pour ne pas être dans vos jambes. Russ et Bill se déplaceraient aussi, tu le sais bien.

— Maman ! Que tu viennes me rendre visite n'est pas mon principal souci. Ce qui me préoccupe, c'est l'idée d'épouser cet homme.

— Mais pourquoi ? Tu l'aimes, c'est évident. Alors, pourquoi ne pas l'épouser ?

Lauren la regarda avec des yeux ronds.

— Ce n'est pas si simple que ça ! Il veut m'épouser pour pouvoir être avec Joe, pour que nous formions une famille !

— Tu en es sûre ?

— C'est ce qu'il a dit.

— Les hommes ne disent jamais ce qu'ils voudraient dire.

— Je ne peux pas confondre « Je veux que nous formions une famille » et « je t'aime », tout de même !

— Ah bon ?

— Tu es impossible !

Sa mère eut un sourire triste.

— Ton père n'a jamais prononcé les mots « je t'aime », mais c'était dit dans chaque fleur qu'il plantait au jardin, chaque chèque qu'il rapportait à la maison pour me le remettre, chaque baiser qu'il vous donnait à toi ou à Russ, et chaque fois qu'il me prenait dans ses bras.

Lauren garda un instant le silence. Elle était trop jeune pour se souvenir de son père, tué dans un accident de voiture, et elle n'avait jamais entendu sa mère en parler ainsi, parler… d'amour !

— L'amour est-il suffisant ? demanda-t-elle enfin. Même quand on a des doutes ?

— Je pense que oui. Je vais rester ici cette nuit, au cas où tu déciderais de sortir.

Ce soir ? Il était plus de minuit, et Jean-Luc paraissait si fatigué !

Mais il le serait encore plus demain matin si l'idée qu'elle n'accepte pas son étrange demande en mariage lui donnait des insomnies…

En soupirant, elle se dirigea vers la porte et prit le chemin du numéro vingt-six, où la lumière brillait toujours.

Traînant des pieds, les épaules affaissées, elle parcourut la courte distance qui séparait les deux maisons comme s'il s'agissait d'un trajet interminable. Après un moment d'hésitation, elle frappa.

— Lauren ?

— Vas-tu me proposer d'entrer ?

Il hésita à son tour. Finalement, il ouvrit la porte en grand et lui fit signe d'un large geste de la main. Elle sentit son haleine imbibée d'alcool en passant devant lui. Une fois dans le salon, elle remarqua la bouteille de cognac et le verre ballon presque vide.

— Un seul, et je ne l'ai même pas fini. Tu en veux un ? C'est celui que tu as aimé au restaurant.

— Non, merci. Je suis juste venue te demander quelque chose.

Il attendit qu'elle ait pris place sur le canapé, puis s'assit et prit son verre, faisant tourner le liquide à l'intérieur.

— Bon. Tu veux me poser une question ?

— Tu m'aimes ?

Les mots avaient jailli de sa bouche.

— Bien sûr ! répondit-il.

Le petit sourire ironique qui jouait sur ses lèvres la blessa.

— Facile à dire, mais comment te croire ?

— Ah ! dit-il en buvant une gorgée de cognac. Je pense que c'est un problème de confiance. Il y a dix ans, tu m'as accusé d'avoir trompé Thérèse, et parce que dans une certaine mesure c'était vrai, je n'ai pas pu le nier. Pourtant, elle et moi étions séparés depuis des mois avant que je parte pour l'Inde et que j'y rencontre une jeune Australienne dont, contre toute attente, je suis tombé éperdument amoureux. Je t'ai affirmé, le jour de notre dispute, que c'était toi que j'aimais. Et même quand je t'ai crue morte, j'ai continué de t'aimer.

— Ça n'a pas de sens !

— Commençons par Thérèse. Nous nous sommes mariés jeunes, juste en sortant de l'école. Pendant que je poursuivais mes études, elle s'est senti négligée, et nous nous sommes quittés. Elle n'était pas heureuse avec moi, mais elle était malheureuse que nous soyons séparés. C'est pourquoi je suis parti pour l'Inde. Pour prendre un peu de recul. A Ste Catherine, quand je t'ai rencontrée, j'ai compris ce qu'était l'amour. J'ai aimé à la folie une jeune fille grande et mince, au visage constellé de taches de rousseur, qui irradiait la gentillesse, la compassion et l'amour pour tous ceux qui la croisaient.

Que répondre ? Tandis qu'elle l'écoutait, une grosse boule était montée dans sa gorge, l'empêchant de parler même si elle l'avait voulu.

— J'ai écrit à Thérèse aussitôt, pour lui parler de toi, de l'amour que j'éprouvais. Dans ma lettre, je lui disais qu'elle pouvait rencontrer un jour quelqu'un qu'elle aimerait comme je t'aimais, et je confirmais que notre mariage était terminé. Comme elle en a été blessée, elle a répondu par cette lettre que tu as vue, où elle affirmait être sûre que je reviendrais un jour vers elle.

— L'as-tu fait ?

— Même en te croyant morte, cela m'était impossible. Je n'aurais pas été sincère avec elle, ni avec toi. J'ai divorcé le plus vite possible.

Il soupira.

— Quelques années plus tard, je me suis fiancé à Justine, sans trop de conviction. Elle a fini par rompre en me reprochant de ne penser qu'à mon travail. Après t'avoir retrouvée, j'ai compris qu'elle avait raison : mon métier me paraissait soudain moins important. Pour tout dire, je les ai trahies toutes les deux, parce qu'au fond de moi, je savais que tu étais mon seul amour.

Lauren laissa les mots résonner dans son esprit. Etait-ce possible ? Pouvait-il l'avoir aimée pendant tout ce temps ?

Dans ce cas, pourquoi avoir tant insisté sur le fait que leur relation ne les mènerait pas au mariage ?

— Pourquoi parler de mariage maintenant ? demanda-t-elle enfin. A cause de Joe ?

Jean-Luc posa son ballon de cognac sur la table et vint s'asseoir à côté d'elle sur le canapé.

— Il faut que tu comprennes... J'avais déjà échoué dans deux relations sérieuses, en croyant que c'était à cause de mon travail. J'avais décidé que si je faisais de mon métier une priorité, je n'avais pas le droit de faire souffrir une autre femme en l'épousant pour la délaisser ensuite. Il se trouve que la semaine dernière, j'ai découvert une chose... Quand tu étais loin de moi, je passais mon temps à l'hôpital pour essayer de t'oublier. Or, à présent que je t'ai retrouvée, je n'en ai plus besoin. Je ne veux pas t'épouser pour Joe, bien que j'aie envie de vivre avec mon fils, mais parce que je t'aime, Lauren. La grande interrogation, pour moi, c'est de savoir si tu m'aimes aussi.

Elle étudia son expression lasse et anxieuse, puis s'autorisa enfin à lui prendre le visage entre ses mains en coupe. Puis il lui sembla normal de l'embrasser.

— Oui, je t'aime, murmura-t-elle. Je t'ai aimé presque tout de suite, cette seconde fois. Au début, j'ai eu peur de ces sensations que je n'avais jamais éprouvées, du moins autant que je me souvienne. Ensuite, j'ai pensé que c'était peut-être seulement parce que tu étais toujours là, dans un coin caché de ma mémoire. Puis, quand je me suis rappelé cette histoire de lettre, tout m'est revenu en même temps, les mauvais souvenirs et les bons, et je me suis demandé si je pouvais te faire confiance.

— Et maintenant, tu me fais confiance ? demanda-t-il en s'écartant d'elle.

— Oui, parce que je t'aime… Sans la confiance, l'amour n'est rien.

— Donc, tu préférerais que je dise : « Je te fais confiance » plutôt que « je t'aime », *ma biche* ?

Il posa ses lèvres sur les siennes, ce qui l'empêcha de répondre avant qu'il ne la libère.

— Non. Tu peux dire que tu m'aimes. Moi aussi, je t'aime. Mais explique-moi, que signifie « *ma biche* » ?

Jean-Luc la serra plus fort dans ses bras.

— C'est un petit animal gentil, ma chérie.

Il lui posa un second baiser sur la bouche.

— Mais je ne vais pas passer la nuit à te donner un cours de français. Nous pouvons communiquer dans un autre langage, tu ne crois pas ?

Lauren n'eut pas besoin de mots pour lui répondre…

11.

Joe était penché sur le gros atlas du monde ouvert sur la table de la cuisine. Il savait déjà où se trouvait la France — du moins pouvait-il repérer la forme colorée du pays où il allait vivre désormais.

Marseille était en bas de cette tache et, en glissant son petit doigt un peu plus loin, il pouvait le poser sur Cassis.

— C'est ici ! dit-il à Lauren pour la millième fois. C'est là qu'on va habiter. Avec Lucy. Il faudra qu'il apprenne à aboyer en français pour parler avec les autres chiens. Moi, je parle français, je sais dire *bonjour* !

Entendant la porte s'ouvrir, elle alla accueillir Jean-Luc pendant que Joe s'entraînait à dire *bonjour* à Lucy.

Ensemble, ils sourirent de sa prononciation maladroite. C'était vrai qu'il connaissait déjà quelques mots de français. Jean-Luc les lui avait appris avec patience, se révélant un excellent pédagogue, et Lauren devait admettre que Joe était un élève plus intéressé et persévérant qu'elle.

Bien entendu, elle imputait ses mauvais résultats au fait que la présence de Jean-Luc, son professeur, l'empêchait de se concentrer.

— Il semble très heureux d'aller vivre en France, mais que pense-t-il de l'idée d'avoir un père ? demanda-t-il.

Connaissant son angoisse à ce sujet, elle l'entoura de ses bras.

— Je vais te montrer.

Elle disparut dans la chambre de son fils et revint avec un cahier qu'elle tendit à Joe.

— Tu veux nous montrer le dessin que tu as fait à l'école aujourd'hui ?

Le petit garçon prit le cahier, l'ouvrit et le feuilleta pour trouver le dessin.

— Qui est-ce, Joe ? s'enquit Jean-Luc.

— Ma famille, répondit l'enfant avec fierté. Mon papa — c'est toi, John — et ma maman, et moi, avec Lucy à mes pieds.

Elle vit Jean-Luc se raidir, puis prendre le cahier, fixant le dessin de son fils.

« Ma famille », avait écrit Joe en haut de la page. Cependant, ce qui retenait son attention, c'étaient quatre lettres tracées sous la silhouette masculine.

— « Papa », lut-il, la gorge nouée par l'émotion. Ça te plaît, Joe, que je sois ton papa ?

Le petit garçon se leva pour venir se placer à côté de son père, lui passa ses petits bras autour de la taille et le serra très fort.

— C'est le vœu que j'avais fait en soufflant mes bougies. Que tu sois mon papa. Mais je pouvais pas le dire, sinon il se serait pas réalisé.

Lauren vit les yeux de son fils briller de joie, et ceux de Jean-Luc se remplir de larmes.

Que pouvait-elle faire d'autre que les étreindre très fort tous les deux ?

Sa famille !

BETTY NEELS

Pour l'amour d'un chirurgien

COLLECTION BLANCHE

éditions Harlequin

Cet ouvrage a été publié en langue anglaise
sous le titre :
AN OLD-FASHIONED GIRL

Traduction française de
MICHELLE LECŒUR

83-85, boulevard Vincent-Auriol, 75013 PARIS — Tél. : 01 42 16 63 63
Service Lectrices — Tél. : 01 45 82 47 47

1.

Par ce morne après-midi de janvier, le jardin faisait plutôt triste mine. Debout près de la fenêtre, les deux hommes le contemplèrent un instant, puis se retournèrent d'un même mouvement pour examiner la pièce dans laquelle ils se trouvaient.

— Il est certain qu'en cette saison, la campagne qui entoure Norfolk n'est guère accueillante, remarqua le plus âgé des deux, un homme trapu aux cheveux gris et au visage anguleux.

— Je ne cherche pas à être bien accueilli, répondit son compagnon d'une voix grave où perçait une pointe d'accent. Tout ce que je désire, c'est la paix et la tranquillité.

Son regard fit le tour de la pièce plutôt agréable bien que modestement meublée, et il ne parut pas affecté par la fraîcheur de la maison, inhabitée depuis plusieurs semaines.

— Nous sommes aujourd'hui le 6, et je voudrais m'installer dans quatre jours. Je serai accompagné de ma gouvernante. Peut-être pourriez-vous m'indiquer quelqu'un pour l'entretien de la maison ?

— Sans aucune difficulté, monsieur Van der Beek. Il y a plusieurs jeunes femmes au village qui ne seraient que trop heureuses de vous rendre ce service. Pour le jardin, je peux vous proposer le vieux Ned Groom, qui s'en est déjà occupé auparavant.

— Parfait.

Julius Van der Beek regarda de nouveau par la fenêtre.

— Je prendrai cette maison pour six mois, annonça-t-il. Vous pouvez dès à présent établir le contrat de location.

— Entendu, monsieur.

L'agent immobilier hésita.

— Vous semblez tenir par-dessus tout à votre tranquillité. Puis-je vous suggérer d'engager aussi quelqu'un qui saura vous soulager de toutes les tâches ennuyeuses, comme les factures à payer, le téléphone, les contacts avec les commerçants et les visiteurs indésirables ? Elle pourrait aussi prendre soin de votre maison si vous devez vous absenter quelques jours…

— La personne idéale, en somme, dit Julius avec une légère ironie.

— En quelque sorte, répondit son interlocuteur sans se démonter. Je pense notamment à quelqu'un d'apprécié dans la région et qui sera accepté par les habitants du village, tout en sachant se montrer d'une parfaite discrétion. Ainsi, votre gouvernante n'aura pas à craindre de voir son autorité contestée.

Julius parut réfléchir un instant.

— C'est sans doute une bonne idée, mais je tiens à ce que cette dame, puisque je suppose qu'il s'agit d'une femme, fasse un mois d'essai. Je vous laisse le soin de régler avec elle la question du salaire, qui devra être très correct.

Il se dirigea vers la porte.

— Voulez-vous que je vous raccompagne à Aylsham ?

L'agent s'empressa d'accepter et ils prirent place dans la Bentley bleu foncé garée devant la maison pour se diriger vers Aylsham, à une trentaine de kilomètres de là. Ils parlèrent peu pendant le trajet et Julius déposa son passager dans la rue principale.

— Je crois que vous avez les coordonnées de mon avocat, lui dit-il.

— En effet. Je vais contacter immédiatement celui du propriétaire. Soyez assuré que la maison sera fin prête pour votre retour, dans quatre jours.

Après avoir pris congé, Julius partit en direction de Norwich, choisissant les petites routes pour arriver à Londres. Il y serait arrivé plus vite en empruntant l'autoroute, mais il voulait se donner le temps de passer mentalement en revue l'organisation des mois à venir.

Il avait dû prévoir son planning de longue date pour pouvoir mettre entre parenthèses, pendant six mois, son travail de consultant en chirurgie.

Les notes méticuleuses qu'il avait accumulées pouvaient maintenant être assemblées en un livre sur sa spécialité. Pendant des semaines, il avait cherché l'endroit idéal pour écrire dans le calme et croyait l'avoir enfin trouvé.

De son côté, l'agent immobilier, sans même attendre que la Bentley se soit éloignée, se précipita dans son bureau et composa d'un doigt impatient un numéro sur son clavier téléphonique.

— George ? dit-il dès que son correspondant décrocha. Le Dr Van der Beek vient de louer la maison Martin pour six mois et s'y installera dans quatre jours. Je dois trouver rapidement une employée de maison et quelqu'un pour seconder sa gouvernante. Pouvez-vous contacter Patience dès que possible ? Je n'ai pas précisé qu'il s'agissait de la nièce des propriétaires, mais je pense qu'il la remarquera à peine. Il a besoin d'être totalement au calme pour écrire un livre. Si elle est capable de rester hors de sa vue et de s'entendre avec la gouvernante, le poste est pour elle.

George Bennett toussota.

— Cela lui laisse peu de temps pour se retourner.

— Oui, oui, je sais, mais les Martin ont grand besoin de cet argent. Patience pourra ainsi ajouter sa contribution à la misérable pension qu'elles touchent. C'est un cadeau du ciel.

M. Bennett toussota de nouveau.

— Je vais aller la voir tout à l'heure, bien qu'il soit un peu tard. Mais je suis d'accord avec vous : c'est une chance à ne pas laisser passer. A-t-il parlé du salaire ?

— Il m'a laissé le soin de le fixer et c'est apparemment quelqu'un de très aisé. Il n'a même pas discuté le montant du loyer. Patience devra contacter la gouvernante dès que celle-ci arrivera avec le Dr Van der Beek.

— Parfait. Je vais chez elle de ce pas et m'assurerai que tout soit en ordre pour le 10. Quant à l'employée de maison, il vaut peut-être mieux que ce soit elle-même qui l'engage.

— Vous avez raison. Elle est bien connue et aimée dans le village, cela ne devrait pas poser de problème.

Par la fenêtre de sa chambre, Patience Martin vit M. Bennett longer le trottoir, à l'abri sous son parapluie. La rue était tranquille, bordée de petites maisons mitoyennes toutes identiques.

Lorsqu'il s'arrêta devant la porte d'entrée de ses tantes, elle dévala l'escalier pour l'empêcher d'actionner le heurtoir. Les deux vieilles dames s'assoupissaient généralement avant le thé et elles étaient trop âgées et trop frêles pour supporter d'être réveillées par de mauvaises nouvelles. Car ce serait sans doute le cas.

Depuis qu'elles avaient perdu presque tout leur capital investi dans une compagnie qui avait fait faillite, ses tantes considéraient M. Bennett comme un oiseau de mauvais augure.

C'était lui qui leur avait annoncé qu'elles devaient quitter leur maison, la vendre ou la louer, et réduire leur train de vie. Comme elles avaient toujours vécu plutôt modestement, les deux vieilles dames avaient été d'abord déconcertées, mais elles avaient emménagé sans se plaindre dans le pavillon exigu qu'il leur avait trouvé.

Patience s'était chargée d'alléger leur quotidien, payant les factures et gérant le budget avec économie. Elle avait réussi à leur conserver leur petit verre de sherry avant le déjeuner ainsi que leur thé Earl Grey, et avait compensé ces extravagances en réduisant les quantités de viande qu'elle coupait plus finement et en achetant de la morue à la place du flétan…

Elle ouvrit la porte juste avant que M. Bennett ait eu le temps de frapper et l'invita à entrer dans l'étroit couloir.

Tout en lui prenant son parapluie et son imperméable, elle l'informa à voix basse que les deux vieilles dames s'étaient assoupies et le précéda dans le salon. C'était une petite pièce encombrée des principaux meubles de valeur de ses tantes, mais pauvrement décorée.

M. Bennett s'assit dans un énorme fauteuil et posa son attaché-case près de lui.

— S'il s'agit d'une mauvaise nouvelle, mieux vaut me l'annoncer d'abord, suggéra Patience d'un ton résigné en s'installant en face de lui.

Sans se presser, il l'étudia pendant une bonne minute. Certes, elle avait le nez un peu court et la bouche large, mais aussi de très beaux yeux gris frangés de cils noirs et une chevelure châtaine abondante, qu'elle rassemblait souvent en un chignon serré.

— Ma chère Patience, pour une fois je vous apporte de bonnes nouvelles, dit-il enfin. La maison de vos tantes vient d'être louée un très bon prix pour une durée de six mois, ce qui devrait vous permettre de vivre confortablement pendant quelque temps.

En pensant au tas de factures qui l'attendait, Patience poussa un soupir de soulagement.

— Quand le nouveau locataire prendra-t-il possession des lieux ?

— Dans quatre jours. Il s'agit de M. Van der Beek, un chirurgien, qui projette d'écrire un ouvrage de référence pendant cette période. Il a insisté sur le fait qu'il avait besoin d'un calme absolu. Sa gouvernante l'accompagne et M. Tomkins est chargé de trouver quelqu'un au village pour l'entretien de la maison. Il a suggéré à M. Van der Beek d'engager une personne qui se chargerait de tous les éventuels gêneurs et lui éviterait toute contrainte administrative. Il lui a alors parlé de vous, Patience, sans préciser que vous aviez vécu dans cette maison.

Le visage de Patience s'éclaira.

— Si vous êtes d'accord, vous devrez vous présenter

à la gouvernante dès leur arrivée, poursuivit M. Bennett. Il est important de s'attirer ses bonnes grâces et de faire en sorte qu'elle ne se sente pas menacée dans sa position. Les horaires n'ont pas encore été définis, pas plus que le salaire, mais je dois lui remettre les clés de la maison et je m'assurerai que vous soyez correctement payée.

Il joignit les mains en un signe de prière.

— Je ne saurais que trop vous recommander d'adopter un profil bas. Votre tâche consistera à être vue et entendue le moins possible.

— Eh bien, je ferai de mon mieux, assura Patience avec un large sourire. Merci à vous et à M. Tomkins. Ce travail tombe à point nommé pour moi. Il faut que je mette de l'argent de côté en attendant que nous ayons vendu la maison ou qu'elle soit de nouveau louée après le départ de ce M. Van der Beek. Que diriez-vous d'une tasse de thé ?

— Non, merci, j'ai d'autres rendez-vous. Mais je voudrais repasser demain pour faire signer des papiers à vos tantes. Quel est le meilleur moment de la journée ?

— Vers 11 heures, si cela vous convient.

Il hocha la tête en signe d'assentiment avant de prendre rapidement congé.

Tout en rangeant le linge qu'elle venait de repasser, Patience se mit à rêver en pensant à ce qu'elle pourrait faire avec son salaire, une fois réglées toutes les factures en souffrance.

« Pourvu que je plaise à la gouvernante ! » songea-t-elle.

Elle gagna la cuisine et prépara le plateau de thé pour ses tantes, qu'elle venait d'entendre descendre lentement l'escalier.

Elle les rejoignit dans le salon, où elles s'étaient installées de chaque côté de la petite cheminée. D'un même mouvement, elles tournèrent la tête vers elle en l'entendant entrer. Coiffées à l'identique, elles portaient toutes deux une robe sombre sans aucune concession à la mode.

En fait, elles étaient ses grand-tantes, la seule famille qui lui restait, et Patience éprouvait pour elles une profonde affection. Après avoir versé le thé, elle leur offrit des scones avant de s'asseoir dans un fauteuil entre les deux vieilles dames.

La nouvelle de la location de leur maison les réjouit, mais elles se montrèrent plus dubitatives quant au poste offert par M. Bennett.

— Ce travail n'est pas pour toi, assura tante Bessy, l'aînée des deux sœurs. Cela équivaut à faire de toi une domestique.

— Je dirais plutôt une intendante, rectifia Patience.

Tante Polly, plus jeune que sa sœur de quatre ans, portait allègrement ses quatre-vingts ans. Elle approuva sa petite-nièce de la tête, à sa manière douce habituelle.

— Ce sera bon pour Patience d'avoir une occupation extérieure, et de dépenser pour elle l'argent qu'elle aura gagné.

Après un moment de réflexion, tante Bessy finit par se ranger à leur avis. Les deux vieilles dames ne se rendaient manifestement pas compte que tout ce que leur nièce gagnerait serait probablement englouti dans les dépenses de la maison.

Puis elles voulurent en savoir plus sur leur nouveau locataire.

— Ce doit être un homme entre deux âges bien ancré

dans ses habitudes, répondit Patience. M. Bennett a dit qu'il tenait absolument à avoir un calme complet pendant qu'il travaillait. Sans doute un vieux despote..., conclut-elle avec désinvolture. Mais après tout, qui s'en soucie, du moment qu'il paye son loyer et qu'il est d'accord pour m'embaucher !

Lorsqu'elle rentra des courses le matin suivant, M. Bennett se trouvait dans le salon avec ses tantes. Patience leur apporta du café et était sur le point de quitter la pièce quand il lui demanda de rester un moment.

— J'ai eu la secrétaire de M. Van der Beek au téléphone, commença-t-il. Elle suggère que vous travailliez du lundi au samedi inclus, de 10 heures à 16 heures. Le salaire me paraît très confortable.

Quand il lui en annonça le montant, Patience étouffa une exclamation.

— Il doit y avoir une erreur...

— Non, non. Je vous assure que c'est bien leur offre. Naturellement, vous ne logerez pas sur place. Si je me rappelle bien, vous aurez droit à trois quarts d'heure de pause pour le déjeuner.

Grâce à l'argent qu'elle gagnerait Patience se dit qu'elle pourrait, par exemple, demander à Mme Dodge de venir en semaine préparer le déjeuner de ses tantes. Elle aurait, quant à elle, assez de temps pour s'occuper du ménage et du repassage avant d'aller travailler et le soir.

— Je dois rappeler la secrétaire pour confirmer votre accord, poursuivit M. Bennett. Le père Cuthbertson et moi-même pourrons vous fournir de bonnes références. Il faudra donc vous présenter à la gouvernante, Mlle Murch, l'après-midi de l'arrivée de votre employeur. En plus du vieux Ned Groom, deux dames du village viendront travailler tous les jours.

Il fit une pause et s'éclaircit la gorge.

— N'appréhendez-vous pas un peu de retourner dans votre ancienne maison en tant qu'employée ? demanda-t-il avec délicatesse.

— Absolument pas, répondit Patience sans l'ombre d'une hésitation.

Elle avait la tête sur les épaules et n'était pas du genre à regretter vainement une période de sa vie sur laquelle elle ne pouvait plus revenir. Ce qui était fait était fait et le passé se trouvait derrière elle.

Certes, quitter la vieille maison n'avait pas été facile mais elle avait soigneusement caché sa peine à ses tantes. Elles-mêmes avaient accepté avec dignité leur revers de fortune et ne s'étaient jamais plaintes de devoir vivre dans le petit pavillon qu'elles louaient maintenant.

Leur seul et unique souci, c'était Patience. Il y avait peu de beaux partis dans la région, et comme leur nièce s'aventurait rarement au-delà de Norwich, elle avait peu de chances de rencontrer l'un d'eux. Qui plus est, de l'avis de ses tantes, son physique ne répondait pas aux canons actuels de la beauté. Certes, elle était charmante, mais elle ne correspondait pas aux standards des minces silhouettes longilignes à la mode.

Bref, elles craignaient que leur nièce, qui faisait également preuve d'un caractère bien trempé, ne finisse comme elles : vieille fille.

C'était aussi le principal souci de Patience, même si elle ne s'en était jamais ouverte à ses tantes.

Avant de se rendre à son entretien avec Mlle Murch, elle s'examina d'un œil critique dans le miroir en pied de la chambre de tante Bessy. Sa tenue était correcte, mais classique, estima-t-elle en détaillant la jupe droite en tweed, le chemisier blanc et la courte veste en laine. D'une excellente qualité, certes, mais elle n'aurait su dire depuis combien d'années elle les portait.

Elle avait une peau laiteuse et veloutée, aussi douce que celle d'un enfant. Son maquillage se limita à un soupçon de rouge à lèvres. Quant à ses cheveux épais, elle les rassembla en un chignon serré.

Patience laissa ses tantes assoupies devant la cheminée du salon et sortit sur la pointe des pieds. Il lui fallut dix minutes pour rejoindre son ancienne maison en suivant une route étroite qui sortait du village.

Cela lui fit un choc de la revoir. Elle y avait vécu pendant onze ans, et y avait emménagé juste après l'accident qui avait coûté la vie à ses parents.

Elle aimait son aspect un peu rustique, avec sa charpente de bois et ses murs blanchis à la chaux. Elle datait de la fin du XVIe siècle et était constituée de plusieurs parties qui s'étaient ajoutées au fil du temps. Cela faisait cent cinquante ans qu'elle appartenait à la famille Martin et ses deux tantes y étaient nées.

Pourraient-elles y revivre un jour ? se demanda-t-elle. C'était peu probable. M. Bennett leur avait conseillé de vendre, si jamais un acheteur se présentait.

Avec un soupir, Patience fit le tour de la demeure pour emprunter l'entrée de service réservée aux fournisseurs et aux gens de maison. Quelques fenêtres étaient déjà éclairées et une Bentley bleu foncé stationnait devant la porte principale.

Mme Croft, une habitante du village, l'accueillit chaleureusement.

— Mme Perch et moi, on est là depuis ce matin pour tout mettre en ordre, mademoiselle Patience. Mlle Murch vous attend, je vais vous conduire à elle. Un vrai tyran..., ajouta-t-elle à mi-voix, avec le franc-parler que Patience lui connaissait.

Elle la suivit dans le large couloir dallé qui menait dans la cuisine, passant devant le vestiaire, le cellier et un grand placard à balais.

La cuisine était une vaste pièce, sombre et équipée à l'ancienne avec un large évier en porcelaine, un buffet de bois massif recouvrant presque tout un pan de mur, et de nombreux placards. La table qui occupait le milieu de la salle pouvait accueillir une douzaine de convives, et la vieille cuisinière mixte à bois et charbon était toujours en parfait état de fonctionnement.

Juste après la cuisine se trouvait la chambre de la gouvernante. Mme Croft poussa avec circonspection la porte entrouverte.

— Mlle Martin est arrivée, mademoiselle Murch.

Elle s'effaça pour laisser entrer Patience et lui fit un clin d'œil encourageant au passage avant de s'éloigner. D'un commun accord, aucun des employés n'avait mentionné le fait qu'elle avait habité la maison avant de venir y travailler. Après tout, le nouveau locataire était un étranger, et cette Mlle Murch avait l'air d'une vieille grincheuse...

Le visage renfrogné qu'elle découvrit ne laissa que peu

d'espoir à Patience. Habillée en noir de la tête aux pieds, la gouvernante était grande et sèche, avec des cheveux gris séparés en deux fines tresses réunies au-dessus de sa tête. Elle avait un nez long et pointu, des yeux sombres et une bouche mince.

« Oh non ! » gémit intérieurement Patience.

— Bonjour, mademoiselle Murch, dit-elle d'une voix claire.

— Vous êtes donc la jeune personne qui nous a été recommandée, commença la gouvernante en jetant un coup d'œil aux lettres qui se trouvaient sur son bureau. Vous avez de bonnes références ; je vois que vous portez le même nom que les propriétaires de cette maison…

— Oh, c'est un nom courant, par ici.

— Je suppose que la secrétaire de M. Van der Beek vous a déjà expliqué en quoi consisteront vos tâches. Qu'il soit bien clair que c'est de moi que vous recevrez vos instructions. Je m'occupe de la maison de M. Van der Beek depuis bon nombre d'années et je sais exactement comment il souhaite qu'elle soit tenue. Aucune fantaisie ne sera tolérée.

Elle fit une pause, comme pour mieux appuyer ses dernières paroles.

— Vous travaillerez de 10 heures à 16 heures et aurez trois quarts d'heure de pause pour déjeuner. Vous aurez également droit à une tasse de café dans la matinée et une tasse de thé l'après-midi. Vous recevrez vos gages chaque semaine. J'attends de vous que vous soyez dure à la tâche. Vous devrez répondre au téléphone, éviter les dérangements quels qu'ils soient et traiter avec les fournisseurs. De temps en temps, il vous faudra aussi accomplir certaines tâches ménagères. J'ai constaté que l'installation de cette maison est vétuste : les sanitaires sont démodés et la cuisine très mal équipée.

Patience se retint de répliquer par quelques mots bien sentis.

— La cuisinière est ancienne, certes, mais je crois qu'elle fonctionne très bien, répondit-elle d'un ton neutre.

— Puissiez-vous dire vrai ! Sur ce, je vous attendrai lundi matin. Naturellement, vous entrerez par la porte de service. M. Van der Beek ne doit jamais être dérangé. Bonne journée, mademoiselle Martin.

— Je vais détester ce travail, grommela Patience sur le chemin du retour.

Mais après tout, cela ne durerait que six mois et le salaire était confortable. Elle aurait assez d'argent pour voir venir ensuite, le temps que M. Tomkins trouve un autre locataire, ou éventuellement — elle pouvait toujours rêver — un acheteur.

Une fois rentrée, elle donna à ses tantes une version positive de l'entretien pour ne pas les inquiéter et alla dans la cuisine préparer le thé.

Le lendemain dimanche, le temps était pluvieux et le vent plus fort que jamais. L'après-midi, Patience eut envie d'aller se promener pendant que ses tantes se reposaient.

Une bonne marche en dehors du village, en suivant la piste cavalière, lui ferait le plus grand bien avant de commencer à travailler, décida-t-elle en enfilant son imperméable Burberry's qui n'était plus de première jeunesse. Puis elle noua un foulard autour de sa tête et mit une paire de gants en laine.

Dehors, elle ne rencontra personne. A cette heure-là, tout le monde au village devait regarder la télévision ou être en train de somnoler devant la cheminée.

Tout en marchant d'un pas vif, elle pensa à M. Van der Beek et se demanda de quoi il avait l'air. Ce devait être un homme entre deux âges, ventripotent et chauve, peut-être même moustachu, qui portait des lunettes et s'exprimait avec un fort accent néerlandais. Dommage qu'elle ne soit pas autorisée à le voir, mais Mlle Murch s'était montrée très ferme à ce sujet…

Elle quitta la piste cavalière et se retrouva devant de vastes champs désolés, sous un ciel bas et lourd. Seuls quelques bâtiments agricoles meublaient l'espace vide.

Patience aimait cet endroit, dont elle connaissait la moindre parcelle et la moindre pierre, ainsi que le nom de tous les habitants.

Avant la mort de ses parents, elle avait vécu avec eux à Sheringham, où son père avait été médecin généraliste. Mais pendant les vacances scolaires, elle avait coutume de venir souvent chez ses tantes et comme celles-ci étaient sa seule famille, elles avaient tout naturellement recueilli leur petite-nièce quand elle s'était retrouvée orpheline.

Toutes deux avaient toujours fait preuve de beaucoup d'affection à son égard et n'avaient pas hésité à entamer leur capital pour l'envoyer dans une bonne école. En retour, Patience avait trouvé normal, après ses études, de s'occuper de ses tantes vieillissantes.

Après leur revers de fortune, c'était elle qui avait pris en charge toutes les questions pratiques concernant le déménagement et l'installation dans leur nouveau logement.

Elle leur avait assuré qu'elles retourneraient dans leur

ancienne maison dès que leur situation s'améliorerait, ce qui avait rendu leur départ moins difficile. Non que ses tantes se soient jamais plaintes : elles se montraient toujours d'humeur égale et acceptaient avec philosophie les aléas de la vie.

Patience longeait un champ bordé d'une haie quand un remue-ménage de l'autre côté attira son attention.

Un petit chien au poil tout mouillé se faufila à travers les buissons et accourut vers elle en remuant la queue et en poussant de petits jappements joyeux.

Elle s'accroupit pour examiner son collier. « Basil », lut-elle sur la plaque. Joli nom pour un joli chien. Il lui lécha le visage et repartit aussitôt, obéissant à un sifflement en provenance de l'extrémité de la haie, où Patience apercevait une barrière.

Un homme ne tarda pas à apparaître près de la clôture. Il ne prit pas la peine de l'ouvrir et sauta par-dessus avec une agilité surprenante étant donné sa taille. C'était une espèce de géant vêtu d'une veste en toile cirée à col de velours, d'un pantalon de la même matière et de bottes en caoutchouc.

Patience le regarda venir vers elle. Ce devait être l'un des invités du manoir, supposa-t-elle. Il avait beau s'agir d'un inconnu, elle se prépara à le saluer.

— Bonjour, vous avez un joli petit chien, dit-elle.

Il était arrivé à sa hauteur. Bel homme, mais pas très souriant.

Il lui répondit par un bref : « Bonjour » avant de s'éloigner, son chien sur ses talons. Patience les suivit du regard quelques secondes, puis s'absorba de nouveau dans ses pensées, rêvant à la meilleure façon de dépenser son futur salaire.

De retour chez ses tantes, elle prépara le thé pour les deux vieilles dames et ne pensa plus à l'étranger, jusqu'au moment où elle alla se coucher.

— Il pourrait être très séduisant s'il n'avait pas l'air de si mauvaise humeur, murmura-t-elle pour elle-même avant de sombrer dans le sommeil.

Le lendemain matin, c'est avec des sentiments mitigés qu'elle entra par la porte de service de son ancienne maison et se présenta à la gouvernante à l'heure convenue pour recevoir ses ordres.

Si elle s'était demandé comment elle allait occuper son temps, elle ne tarda pas à être renseignée.

Pour commencer, le charbon n'avait pas été livré, le laitier s'était trompé dans la commande et il fallait installer des lampes supplémentaires pour renforcer un éclairage que Mlle Murch jugeait « totalement inadapté ».

Patience passa la première heure à régler ces questions, but son café — à sa surprise — avec la gouvernante et lui dressa une liste exhaustive des fournisseurs locaux. Puis elle fut envoyée au potager pour demander au vieux Ned Groom pourquoi il n'avait pas encore apporté les légumes.

— C'est une vieille grincheuse ! maugréa celui-ci quand Patience le retrouva dans la serre délabrée, en train de finir le ramassage des carottes.

— Dites-moi ce que je peux faire pour vous aider, répondit-elle d'un ton apaisant. Quand nous avons quitté la maison, les choux commençaient à pousser et il doit rester des quantités de choux de Bruxelles, si personne n'est venu se servir entre-temps. Après tout, les lieux sont restés inoccupés pendant plusieurs semaines.

— Pour ça, des choux, il y en a de toutes sortes, et aussi des poireaux. Prenez ce que vous voulez, mademoiselle Patience. Naturellement, tout est envahi par les herbes, depuis le temps…

Ned grommelait toujours quand Patience retourna dans la cuisine avec un cageot plein de carottes, de poireaux et de choux.

— Il faudra un peu de temps au jardinier pour remettre le potager en état, expliqua-t-elle à la gouvernante. Demain, nous aurons des choux de Bruxelles.

La matinée s'écoula rapidement. Pendant la pause déjeuner, elle eut juste le temps de courir s'occuper de ses tantes pour leur faire une omelette et mettre la table avant de retourner travailler, le ventre vide. Dès qu'elle toucherait sa première paye, elle demanderait à Mme Dodge de venir leur préparer le repas de midi.

Elle passa l'après-midi à suivre Mlle Murch dans toutes les pièces, notant au fur et à mesure tout ce qui, selon la gouvernante, n'allait pas dans cette maison si pauvrement équipée.

Patience, qui avait passé une bonne partie de sa vie à battre les œufs à la main avec un fouet et à tourner les confitures dans une bassine en cuivre avec une cuiller de bois, ne voyait pas l'utilité de tous ces appareils électriques manifestement indispensables à la gouvernante. M. Van der Beek risquait d'avoir un gros trou dans son budget une fois qu'il aurait tout payé, mais cela, bien sûr, ne la concernait pas.

Son employeur ne donna pas signe de vie de toute la

journée. La porte de son bureau, de l'autre côté du couloir, restait obstinément fermée, mais peut-être en était-il sorti plusieurs fois sans qu'elle le voie.

A 16 heures, Patience fut contente de retourner chez elle après avoir préparé, suivant les instructions de la gouvernante et sans doute pour M. Van der Beek, un plateau de thé garni de sandwichs et de cake.

Mlle Murch daigna approuver de la tête en voyant le plateau.

— L'électricien sera là demain matin. Ne soyez pas en retard, Patience, lui recommanda-t-elle en guise d'au revoir.

Patience regagna le village en courant, prépara le thé pour ses tantes et put enfin s'asseoir avec soulagement et leur raconter sa journée tout en mangeant.

Vers le milieu de la semaine, elle avait trouvé ses marques. Le travail ne manquait pas et le téléphone sonnait souvent.

Très vite, elle n'eut pas son pareil pour dire à ses interlocuteurs de toute sorte que M. Van der Beek était absent, dans son bain ou en rendez-vous avec son éditeur. Elle variait ses réponses en fonction du moment de la journée, notait toujours soigneusement le nom des personnes qui téléphonaient et, chaque après-midi, avant de partir, laissait une liste détaillée des appels sur le plateau de thé.

Après quatre jours de dur labeur, Julius Van der Beek posa son stylo sur son bureau et classa ses notes qui contenaient le plan de son ouvrage ainsi que les grandes lignes du premier chapitre avant de quitter son bureau.

Chaque matin, avant l'arrivée de ses employés, il sortait avec son chien jusqu'à l'heure du petit déjeuner, puis se promenait de nouveau le soir. Depuis son arrivée, il n'avait pas porté grand intérêt à la maison. Mlle Murch lui cuisinait de délicieux petits plats et veillait à faire régner le silence autour de lui.

Mais à présent, il éprouvait le besoin d'aller prendre l'air et de se dégourdir les jambes.

La matinée étant fraîche, il décida de passer d'abord par la cuisine pour boire un café bien chaud. Dans le hall, son regard fut attiré par un magnifique bouquet de jasmin d'hiver posé sur la console et il se demanda qui pouvait bien l'avoir mis là. Bien que parfaite en tant que gouvernante, Mlle Murch n'était pas du genre à perdre son temps à disposer des fleurs dans la maison.

Avec un haussement d'épaules, il alla dans la cuisine et but son café assis à la table pendant que Mlle Murch faisait de la pâtisserie.

En sortant de la cuisine, il se retrouva face à face avec Patience dans le couloir.

2.

Ce fut Basil qui réagit le premier. Il se mit à courir vers Patience et à sauter autour d'elle, comme s'il reconnaissait quelqu'un qu'il aimait bien. Elle se pencha pour le caresser, ce qui lui donna une contenance car le regard perçant de M. Van der Beek était plutôt déconcertant.

— Il semble que mon chien se souvienne de vous, dit-il d'un ton froid. Je suppose que vous êtes la personne chargée de l'intendance que M. Bennett m'a conseillé d'employer.

— En effet, monsieur, répondit Patience qui s'était rapidement ressaisie. Je suis Patience Martin. Nous nous sommes croisés dimanche après-midi, en promenade, ajouta-t-elle, espérant ainsi briser la glace.

— Ah, vraiment ? Je ne voudrais pas vous empêcher de travailler, ajouta-t-il en s'éloignant.

Elle rangea dans la salle à manger l'argenterie qu'elle venait de nettoyer et se rendit dans la cuisine pour noter la liste des produits que Mlle Murch voulait se faire livrer le lendemain.

— Dites au boucher que je tiens à ce que le bœuf soit écossais et d'excellente qualité, insista la gouvernante.

Si ce n'est pas le cas, il est inutile qu'il nous envoie autre chose.

Patience passa chez le boucher en rentrant chez elle pour le prévenir.

— Je sais que vous avez de la très bonne viande, s'excusa-t-elle, mais la gouvernante est très pointilleuse et traque le moindre défaut. Je crois que Londres lui manque et qu'elle ne se plaît pas beaucoup à la campagne…

— Elle risque de l'aimer encore moins dans les jours à venir, mademoiselle Patience, répondit le commerçant, les coudes appuyés au comptoir. Je sens un méchant vent d'est qui annonce de la neige. Que cela lui plaise ou non, elle risque de rester bloquée dans la maison de vos tantes pendant quelque temps.

Le boucher, tout comme le jardinier, était connu pour ses prévisions météorologiques.

— Dans ce cas, il se peut que je sois bloquée moi aussi, dit Patience. Par précaution, je vais en parler à Mme Dodge afin qu'elle garde un œil sur mes tantes.

— Vous avez raison. J'espère que vous avez stocké assez de provisions.

— Suffisamment pour une semaine, sauf pour le pain et le lait. Je crains aussi des coupures de courant.

— Vous vous rappelez cet hiver, il y a quatre ans ? ajouta M. Crouch. Nous n'avons pas pu bouger pendant plusieurs jours, vous comme moi.

— Heureusement, la maison n'est même pas à un kilomètre du village, observa Patience.

Le commerçant se mit à essuyer son comptoir d'un geste vigoureux.

— Elle pourrait aussi bien être à l'autre bout du pays,

quand il y a des congères… A propos, j'ai des côtelettes de premier choix pour vos tantes, si vous voulez.

Le lendemain matin, Patience aborda la question du mauvais temps avec la gouvernante, mais celle-ci l'écouta à peine.

— Je n'ai rien entendu de tel à la radio, assura-t-elle, écartant le problème d'un revers de main. Il me faudrait des carottes du jardin ; M. Van der Beek les a trouvées très bonnes.

Patience alla retrouver le vieux Ned, qui lui remplit son panier en maugréant que le temps allait se gâter et qu'il se demandait bien comment il allait ramasser les choux et les poireaux s'il neigeait.

— Mlle Murch n'y croit pas…

— Qu'est-ce qu'elle en sait, elle ? marmonna-t-il avec mépris. Attendez, et vous verrez.

Comme elle faisait davantage confiance au vieux Ned et à M. Crouch qu'à la météo officielle, Patience fit une nouvelle tentative auprès de la gouvernante.

— Cette maison s'est déjà trouvée isolée à cause du mauvais temps, risqua-t-elle, sans préciser que c'étaient ses tantes et elle-même qui avaient eu la malchance d'y être bloquées. Quand il neige, il y a beaucoup de congères à cause du vent, vous savez.

— Et à quoi servent les chasse-neige ? répliqua Mlle Murch. Nous sommes peut-être au fin fond de nulle part, mais je suppose que nous bénéficions des mêmes services publics que dans des régions plus civilisées…

Cette fois, Patience renonça pour de bon.

*
* *

Julius Van der Beek était assis à son bureau, mais il n'écrivait pas. Son esprit refusait de se concentrer et, curieusement, il se surprit à penser à cette intendante qu'il avait rencontrée. Au premier abord, elle lui avait paru assez ordinaire, mais elle avait de beaux yeux, frangés de longs cils, et une voix mélodieuse…

Irrité contre lui-même, il prit son stylo et se remit au travail.

Le lendemain matin, lorsque Patience retrouva le vieux Ned dans la serre, il était en train d'entasser soigneusement des carottes, des poireaux et des navets dans des cageots.

— Comme ça, si la neige persiste, vous ne mourrez pas de faim, commenta-t-il.

Patience ne répondit pas. Le temps changeait à vue d'œil et des nuages menaçants arrivaient de la mer, accompagnés par un vent glacial.

— Demain matin, on aura de la neige, annonça Ned.

Il ne se trompait pas. Lorsque Patience se leva, le jour suivant, une légère couche recouvrait déjà le sol et le ciel encore sombre avait pris une teinte jaunâtre de très mauvais augure.

Heureusement, elle avait pu voir Mme Dodge, qui habitait tout près. Même en cas d'intempérie, elle pourrait venir s'occuper de ses tantes. Les placards de la cuisine débordaient de victuailles et, avant de partir, Patience s'assura que la maison était bien chauffée.

La météo annonçait enfin un peu de neige, mais sans plus.

Pour l’instant, c’était exact. Elle tombait par moments, en rafales, poussée par un vent assez froid pour vous couper la respiration.

Patience arriva avec soulagement dans son ancienne maison, agréablement chauffée, où flottait encore la bonne odeur du bacon que M. Van der Beek avait eu pour son petit déjeuner.

Mlle Murch lui demanda d’aller chercher les légumes avant qu’elle n’enlève son manteau et elle retrouva le vieux Ned, toujours aussi bougon, dans la serre.

— Je ferais mieux de ne pas m’attarder ici, grommela-t-il. Et vous, mademoiselle Patience, vous devriez prendre des légumes pour deux jours, au cas où vous ne pourriez pas revenir demain.

— Peut-être que la neige ne durera pas…, dit-elle avec espoir.

Pour toute réponse, le jardinier éclata d’un rire bref.

Il neigea toute la journée de façon régulière, sans rien d’alarmant. Reluisante de la cave au grenier, la maison dégageait une bonne chaleur et semblait se moquer des intempéries. Patience rentra chez elle à 16 heures mais, en chemin, elle aussi sentit dans l’air que les chutes de neige allaient redoubler. Prudente, elle passa chez le boucher prendre de quoi préparer un gros ragoût pour au moins deux jours, qu’il suffirait de réchauffer.

En sortant de la boutique, elle vit passer silencieusement la Bentley de M. Van der Beek avec son propriétaire au volant. Ainsi donc, il avait été absent toute la journée. Dire qu’elle s’était efforcée, tout comme Mme Croft et Mme Perch, de faire le moins de bruit possible pour ne pas le déranger !

Julius regarda sa silhouette s'éloigner dans le rétroviseur. Elle portait encore son vieux Burberry's et avait jeté sur ses cheveux un châle en laine d'une couleur terne. Décidément, cette fille ne savait pas s'habiller, songea-t-il avec irritation.

Le matin suivant, le ciel était plus sombre que jamais lorsque Patience sortit de chez elle. Le ragoût trônait sur la cuisinière et elle avait pelé des pommes de terre pour deux jours au cas où elle ne pourrait pas rentrer à midi. De toute façon, Mme Dodge passerait voir ses tantes et tout le village savait où elle travaillait, si besoin était.

Dans la maison de M. Van der Beek, nul ne semblait affecté par le temps, qui se dégrada encore dans la matinée. Pressées d'aller chercher leurs enfants à l'école, Mme Croft et Mme Perch partirent un peu plus tôt que d'ordinaire.

Patience pour sa part jeta un coup d'œil à l'extérieur et jugea préférable de ne pas se risquer à faire l'aller et retour pendant midi. D'ici à une heure, les routes seraient impraticables.

En milieu d'après-midi, les flocons se mirent à tomber en un épais rideau et l'on ne distingua plus rien dehors. Le vent tournait en hurlant autour de la maison et les lumières commencèrent à vaciller. Patience s'empressa de passer dans toutes les pièces — sauf le bureau — pour déposer des bougies et des allumettes à plusieurs endroits stratégiques.

La voyant évoluer avec assurance dans la maison, Mlle Murch observa d'un ton acerbe qu'elle semblait s'être déjà trouvée dans la même situation, ce à quoi Patience ne prit pas la peine de répondre.

A 16 heures, elle se risqua néanmoins dehors. A peine

sortie de la maison, elle comprit qu'il lui serait impossible de regagner le village ; les congères arrivaient déjà à hauteur de sa tête. En faisant demi-tour, elle faillit perdre l'équilibre sous la force du vent.

Mlle Murch jeta un coup d'œil à son visage dégoulinant.

— Il vous faudra rester ici cette nuit, déclara-t-elle. Vous pouvez téléphoner chez vous.

— Mes tantes n'ont pas fait installer le téléphone car elles n'entendent pas très bien, et pour ce qui est du portable, inutile de leur en parler. Mais elles sont prévenues et ne vont pas s'inquiéter.

— Quel endroit abominable ! s'exclama la gouvernante avec agacement. Allez vite retirer ces vêtements trempés. Puisque vous êtes là, vous allez m'aider à préparer le dîner de M. Van der Beek.

Il faisait agréablement chaud dans la cuisine et une délicieuse odeur se dégageait du four.

— Vous vous installerez dans la chambre située en face de la mienne, décida Mlle Murch. Je vais vous aider à faire le lit et vous prêterai une de mes chemises de nuit. Nous mangerons lorsque M. Van der Beek aura fini de dîner.

L'électricité vacilla pendant une demi-heure avant de s'éteindre tout à fait. Patience fit le tour de la maison pour allumer les bougies et les lampes à huile que ses tantes avaient toujours conservées en bon état.

Avec ses bougeoirs sur la table, la salle à manger avait presque un air de fête, mais Patience ne s'attarda pas. Elle avait entendu le juron étouffé de M. Van der Beek lorsque l'électricité avait été coupée et il ne devait pas être d'excellente humeur. Elle prépara une autre lampe à huile qu'elle irait déposer dans son bureau pendant qu'il dînerait.

Lorsque la place fut libre, elle entra dans la pièce et alluma la lampe à huile à la lueur du feu qui flambait dans la cheminée. En voyant les tas de papiers éparpillés sur le bureau, elle dut se retenir d'y mettre de l'ordre. Comment faisait-il pour s'y retrouver dans tout ce désordre ?

Plus tard dans la soirée, elle dîna avec Mlle Murch qui vanta le confort de leur demeure londonienne.

— M. Van der Beek a aussi une maison en Hollande où il se rend de temps en temps, ajouta la gouvernante. C'est quelqu'un de très estimé dans le milieu médical, précisa-t-elle avec fierté.

Résignée, Patience se contenta de l'écouter en hasardant quelques hochements de tête polis. Leur repas terminé, elle aida la gouvernante à remettre de l'ordre tandis que celle-ci évoquait avec un soupir de regret le lave-vaisselle de Londres.

Une fois dans sa chambre, elle tira les rideaux, prit un bain puis se mit au lit. Ce n'était pas la première fois qu'elle subissait les caprices du temps dans la région, et il en fallait davantage pour la perturber. Après avoir réglé le réveil que Mlle Murch lui avait prêté, elle s'endormit rapidement.

Le claquement contre le mur d'un des volets de l'arrière-cuisine la réveilla au milieu de la nuit. Au bout de quelques minutes, elle décida de se lever pour aller le fermer.

Une bougie à la main, elle s'avança, pieds nus, dans le couloir et fit une pause devant la porte de Mlle Murch. A en juger par les ronflements sonores qui s'en échappaient, la gouvernante n'entendait rien.

Patience songea soudain avec un sentiment de malaise

que la chambre du chirurgien, bien qu'à l'autre bout de la maison, se trouvait du même côté que l'arrière-cuisine…

Agacé par le battement incessant du volet — le genre de bruit à vous faire perdre rapidement votre bonne humeur — Julius Van der Beek, finit par quitter son lit et enfiler sa robe de chambre et ses mules à la lueur de sa torche électrique. En arrivant dans le hall, il vit la lueur d'une bougie vaciller devant lui et la suivit.

Flottant dans la chemise de nuit en flanelle de la gouvernante, Patience traversa la cuisine et s'arrêta au passage pour caresser Basil roulé en boule devant la cuisinière, avant d'ouvrir la porte du fond qui donnait sur les pièces annexes.

Un léger sourire au coin des lèvres, Julius l'observa depuis le seuil de la cuisine.

Le vêtement de nuit de Mlle Murch l'enveloppait du menton aux orteils et elle devait même le relever un peu pour éviter de marcher dessus. De plus, elle avait dû rouler les manches pour avoir les mains libres. Quant à ses cheveux, ils retombaient en masse désordonnée jusqu'au milieu de son dos.

Julius laissa échapper une toux discrète et fit taire le chien qui se levait pour lui faire la fête.

Patience sursauta et faillit lâcher sa bougie.

— J'aurais pu crier, monsieur Van der Beek ! dit-elle d'un ton de reproche.

— J'en doute ; vous n'êtes pas du genre craintif, répliqua-t-il. Sinon, vous seriez au fond de votre lit, la tête sous les draps. Je suppose qu'il s'agit d'un volet mal fermé ?

— Dans l'arrière-cuisine, ou dans le cellier. Par ici…

Trop préoccupée par le bruit pour se soucier de son apparence, elle lui montra le chemin. C'était bien l'arrière-cuisine…

Il bloqua le volet et jeta un coup d'œil autour de lui.

— Cet endroit n'est guère engageant. Je suis gelé jusqu'aux os, ajouta-t-il sans la regarder. Nous devrions prendre quelque chose de chaud avant de retourner nous coucher.

— Volontiers, mais… je n'ai pas une tenue très convenable, répondit Patience en rougissant, les yeux baissés sur sa chemise de nuit.

— N'ayez crainte, aucune robe de chambre ne pourrait vous couvrir davantage que ce… vêtement. Il fait partie de la garde-robe de Mlle Murch, je présume ?

Ils étaient retournés dans la cuisine. M. Van der Beek remplit la bouilloire.

— Du thé ? proposa-t-il.

Pendant que Patience préparait un plateau pour deux et y ajoutait un pot de lait et du sucre, le chirurgien attendit que l'eau chauffe.

— Vous connaissez bien cette maison, n'est-ce pas, mademoiselle Martin ? observa-t-il d'un ton tranquille. Etait-ce la vôtre ?

— Comment l'avez-vous su ? s'exclama-t-elle. Je veux dire… je ne voulais pas dissimuler quoi que ce soit, mais M. Bennett a pensé que, s'il vous fallait quelqu'un, il valait mieux que ce soit moi puisque je sais où se trouvent les choses et que je connais tout le monde…

— Inutile de vous excuser. Je suis sûr que vous êtes une personne précieuse. Dois-je vous appeler Mlle Martin ?

— Oh non, non. Mon prénom est Patience.

M. Van der Beek hocha la tête.

— Les deux dames qui viennent tous les jours savent donc qui vous êtes ? ajouta-t-il.

— En effet. Elles travaillaient déjà ici lorsque mes tantes habitaient cette maison.

Il versa l'eau bouillante dans la théière.

— Croyez-vous que nous allons rester bloqués par la neige ?

— Je le crains. Les engins de déneigement finiront par arriver, mais ils dégagent d'abord les voies principales et il leur faudra au moins un jour ou deux pour venir jusqu'ici.

— Et je suppose que nous ne pourrons pas atteindre le village…

C'était plus une affirmation qu'une question.

— Pas tant que le vent ne se sera pas calmé. Nous pourrons alors creuser un chemin pour sortir. Comme la route est en pente, il y a toujours des congères.

— Nous allons donc être isolés pendant plusieurs jours, conclut le chirurgien.

— Probablement, répondit Patience avec calme. Mais ce sera très bien pour vous, puisque vous vouliez être tranquille. Et il n'y aura pas non plus de courrier, ni de téléphone, car la ligne est coupée.

— C'est une perspective intéressante… J'espère qu'il y a assez de charbon et de bois pour que nous ne gelions pas sur place ?

— Il y a ce qu'il faut. J'ai demandé au vieux Ned d'entreposer des bûches à la cave, où nous avons aussi beaucoup de charbon en réserve. Et si jamais nos stocks devaient s'épuiser, on pourrait toujours vivre dans la cuisine…

M. Van der Beek soupira. Il aimait autant ne pas en arriver à cette extrémité, d'autant que dans ce cas il ne pourrait plus écrire.

Patience étouffa un bâillement tandis qu'il buvait sa dernière gorgée de thé.

— Allez vous recoucher, Patience. J'éteindrai les bougies.

Elle ne se fit pas prier et se rendormit dès qu'elle eut regagné la chaleur de son lit.

A son réveil, la neige ne tombait presque plus. Elle se leva, rassembla ses cheveux sur la nuque et se rendit dans la cuisine. La vieille cuisinière fonctionnait toujours parfaitement. Elle y ajouta du charbon, augmenta la chaleur et mit la bouilloire à chauffer. Puis, passant par l'arrière-cuisine, elle jeta un coup d'œil dans le jardin et fut saisie par l'air glacé.

Avec stupeur, elle vit M. Van der Beek dans l'allée, en train d'aménager un chemin jusqu'à l'appentis à grands coups de pelle. Il semblait passer un bon moment, et déplaçait de grosses quantités de neige avec une aisance déconcertante.

Patience nota au passage qu'il était doté de magnifiques épaules. Vêtu d'un pull un peu trop ample, les jambes de pantalon enfoncées dans des bottes, il n'avait plus grand-chose à voir avec l'homme austère qu'elle s'était efforcée d'éviter jusque-là.

Basil la vit le premier et courut joyeusement vers elle.

— Je prendrais bien une tasse de thé, lança le chirurgien par-dessus son épaule, tout en continuant à travailler.

— Dans ce cas, il vous faudra venir jusqu'à la maison,

essuyer vos bottes et les laisser sur le paillasson, répondit Patience d'un ton sévère.

Sans attendre de réponse, elle retourna dans la cuisine et prépara un plateau de thé.

Pendant qu'il irait se changer dans sa chambre, elle en profiterait pour se glisser dans son bureau, ôter les cendres de la cheminée et rallumer le feu.

Visiblement ravi d'avoir passé un moment au jardin, Basil arriva le premier, suivi de son maître qui semblait bien moins impressionnant en chaussettes.

— Je vais apporter le plateau dans votre bureau, annonça Patience.

— Certainement pas, il y fait trop froid. Je prendrai mon thé ici. Où est Mlle Murch ?

— Elle ne va sans doute pas tarder à descendre pour préparer votre petit déjeuner.

M. Van der Beek posa trois mugs sur la table et Patience prit la théière.

— Avec deux sucres, s'il vous plaît, lui dit-il tandis qu'elle le servait. Y a-t-il une serviette que je pourrais utiliser pour sécher Basil ?

— Derrière la porte. Je vais en chercher une propre pour vous.

Au moment d'entrer dans la cuisine, Mlle Murch s'immobilisa sur le seuil et les regarda.

— Bonjour, monsieur Van der Beek, dit-elle d'un ton glacial, sans qu'il parût le remarquer.

— Je vais aller me raser, annonça-t-il gaiement à la gouvernante. Ensuite, je prendrai mon petit déjeuner ici, où il fait bien chaud, disons… dans vingt minutes ?

Il lui décocha un charmant sourire, siffla son chien et quitta la pièce.

— Nous attendrons qu'il ait fini avant de déjeuner, décréta Mlle Murch, reprenant les choses en main.

A présent, il faisait un peu plus clair dehors. Comme elle l'avait prévu, Patience alla rallumer le feu dans le bureau et elle était assise sur ses talons, en train d'admirer les flammes qui commençaient à répandre une bonne chaleur, quand M. Van der Beek entra.

— Mais qu'est-ce que vous fabriquez ? demanda-t-il d'un ton brusque.

Surprise, Patience se tourna vers lui.

— Je m'assure que le feu est bien en train de prendre, expliqua-t-elle avec la même indulgence qu'elle aurait eue avec un jeune enfant.

— Cela, je peux le voir par moi-même. Dorénavant, c'est moi qui allumerai le feu, irai chercher le bois et le charbon et enlèverai les cendres.

Elle le regarda avec intérêt.

— Savez-vous comment faire ? Je n'ai pas l'intention d'être impolie, ajouta-t-elle devant son coup d'œil acéré. Mais si je peux me permettre, vous ne devez pas avoir l'habitude de lever souvent le petit doigt.

— Ai-je donc l'air d'être un rentier ?

— Eh bien… J'ai des yeux pour voir, répondit Patience avec sa franchise habituelle. Vous conduisez une belle voiture et Mlle Murch assure que vous réussissez très bien dans votre profession. Je suppose que vous menez une vie très agréable à Londres avec beaucoup d'amis, des sorties au théâtre, etc.

M. Van der Beek resta un moment silencieux, puis hocha

tranquillement la tête en signe d'assentiment. Il était révéré par ses étudiants qui s'estimaient chanceux de suivre ses cours, se vouait sans relâche à son travail et à ses patients, et profitait pleinement de son temps et de son argent.

Patience ajouta un morceau de charbon exactement à l'endroit où il fallait et se releva.

— C'est très aimable à vous de proposer votre aide, lui dit-elle avec reconnaissance, mais si vous n'y êtes pas habitué, cela peut être très pénible d'allumer un feu.

— Pourtant, vous, vous savez bien le faire, répondit-il d'un ton un peu trop doux. A quoi d'autre êtes-vous bonne, Patience ?

— Moi ?

Elle réfléchit un instant.

— Je sais cuisiner et réparer des objets, comme des prises de courant, des fusibles…

— Vous n'avez pas envie de faire autre chose ? demanda-t-il avec désinvolture.

— Si j'en avais les moyens… Je voudrais passer un week-end à Londres et aller au théâtre et dans ces sortes de restaurants avec des chandeliers sur les tables, où le menu est écrit en français et où vous avez des serveurs dans tous les coins… Et j'aimerais faire du shopping, bien sûr. Votre petit déjeuner va être prêt, monsieur Van der Beek, ajouta-t-elle d'un ton redevenu professionnel. Maintenant qu'il y a du feu dans votre bureau, je peux vous l'apporter sur un plateau…

— Je crois avoir dit que je voulais le prendre dans la cuisine.

Sa voix avait changé et n'avait plus rien d'amical. Il insista pour que Mlle Murch et Patience mangent avec lui, mais la conversation resta très formelle et porta essentiellement sur le temps et la meilleure façon de s'organiser.

— Fermez les pièces que nous n'utilisons pas, dit-il à la gouvernante. Comme la cuisine est la pièce la plus chaude de la maison, nous pourrons y manger ; il faudra aussi entretenir le feu dans le bureau et la petite salle à manger. Y a-t-il assez de bougies et de lampes à huile ?

Mlle Murch se tourna vers Patience.

— Nous avons beaucoup de bougies mais il reste peu d'huile. Nous pourrions garder les lampes pour le bureau et prendre les bougies pour nous déplacer d'un endroit à un autre.

— Et la nourriture ? s'enquit M. Van der Beek.

— Je pense être assez bonne cuisinière pour préparer des plats consistants pendant plusieurs jours avec les stocks dont nous disposons, répondit la gouvernante avec fierté.

— Il y a aussi des légumes en quantité dans la serre, dit Patience. Si M. Van der Beek peut aménager un chemin jusque là-bas, j'irai en faire une provision avant que la neige ne durcisse.

— M. Van der Beek a d'autres façons d'occuper son temps, observa Mlle Murch d'un ton sec.

Le chirurgien prit un autre toast qu'il beurra généreusement.

— C'est exact. Cependant, pouvez-vous imaginer Patience en train de dégager une congère ?

Deux paires d'yeux examinèrent Patience avec impartialité.

— Je ne suis pas très grande ni très épaisse, mais j'ai beaucoup de force, assura-t-elle.

— Un peu d'exercice me fera du bien, déclara M. Van der Beek d'un ton sans réplique qui mit fin à la discussion.

Il lui fallut toute la matinée pour dégager une partie de l'allée. A plusieurs reprises, Patience, enveloppée dans l'un des cardigans de Mlle Murch qu'elle avait recouvert de son châle, vint lui proposer du café chaud.

— Vous progressez bien, monsieur Van der Beek, lui dit-elle pour l'encourager. Faites attention, il y a un petit trou dans le sol juste avant d'atteindre la serre. Prenez garde à ne pas trébucher.

Il ne risquait pas grand-chose car cet homme était un géant, solide sur ses deux pieds, songea-t-elle. Il ne l'en remercia pas moins de l'avoir averti.

Dehors, il faisait très froid et le vent, qui s'était un temps calmé, se remit à souffler avec vigueur. Tout en s'affairant à alimenter le feu dans le bureau, faire les lits et nettoyer les légumes, Patience s'inquiétait pour ses tantes.

Certes, la petite maison qu'elles habitaient était facile à chauffer et Mme Dodge avait promis de s'occuper d'elles, mais d'après les nouvelles diffusées par le transistor de Mlle Murch, il y avait peu de chances que les conditions météo s'améliorent avant vingt-quatre heures au minimum.

La gouvernante leur concocta un délicieux déjeuner. Après le café, M. Van der Beek, l'air très satisfait, annonça qu'il allait travailler dans son bureau.

— J'aimerais une tasse de thé à 16 heures, et que je ne sois dérangé sous aucun prétexte jusqu'au dîner — à 19 h 30 si c'est possible, mademoiselle Murch.

Dans l'après-midi, il se mit à neiger de nouveau. La gouvernante se plaignit d'un mal de tête et se retira dans sa chambre.

Patience prépara un plateau pour M. Van der Beek et un autre pour elle-même et Mlle Murch.

Lorsque celle-ci redescendit, elle ne semblait pas très en forme et se contenta de faire des sandwichs qu'elle demanda à Patience de déposer dans le bureau avec le plateau.

— Surtout, n'entrez pas avant d'y avoir été invitée et ne prononcez pas un mot, recommanda-t-elle. Contentez-vous de laisser le plateau et de ressortir aussitôt.

Lorsque Patience frappa discrètement à la porte du bureau, une voix sèche lui répondit. Suivant scrupuleusement les instructions reçues, elle entra sur la pointe des pieds, déposa le plateau sur le guéridon et fit demi-tour pour repartir de la même façon.

— Vous savez, je ne mords pas…

Patience s'immobilisa sur place.

— J'espère bien que non, répliqua-t-elle vivement. Mais je ne voulais surtout pas vous déranger… Vous écrivez un livre sur la chirurgie ? ajouta-t-elle avec curiosité.

— Euh… En quelque sorte. C'est un ouvrage de référence.

— Comme certains livres de cuisine, je suppose. Ils sont remplis de conseils sur la meilleure façon de procéder et sont écrits par des experts.

M. Van der Beek plissa les paupières, amusé.

— Je prends cela comme un compliment, bien que je ne me sente pas capable de rivaliser avec un grand chef.

Le mal de tête de Mlle Murch avait repris. Patience fit son possible pour l'aider afin que le dîner soit prêt à temps.

Malgré ses difficultés, la gouvernante se surpassa : poireaux vinaigrette, bœuf bourguignon accompagné de pommes de terre sautées et, pour finir en beauté, plateau de fromages. M. Van der Beek entretint la conversation et ne fit aucun commentaire sur le visible manque d'appétit de son employée.

Ce ne fut qu'à la fin du repas qu'il l'interrogea calmement.

— Vous avez mal à la tête, mademoiselle Murch ?

— Un peu, monsieur.

— Je vous suggère d'aller vous coucher avec une bouillotte et une boisson chaude. Et je vais vous donner du paracétamol. Si vous n'allez pas mieux demain matin, restez au lit. Rien de tel qu'une bonne journée de repos pour soigner un refroidissement.

Il sourit gentiment et lui souhaita bonne nuit avant de se tourner vers Patience.

— Voulez-vous bien l'accompagner ? Le reste peut attendre, ajouta-t-il avec un coup d'œil sur la table.

Patience remplit la bouillotte d'eau bouillante, conduisit Mlle Murch jusqu'à sa chambre et redescendit lui chercher une tasse de thé. Elle serait sans lait, car il commençait à manquer.

Elle lui donna ses comprimés et promit de passer la voir le lendemain matin.

— Je suis désolée que vous ne vous sentiez pas bien, lui dit-elle. Une bonne nuit de sommeil vous remettra sur pied.

De retour dans la cuisine, elle trouva la vaisselle faite et tout à peu près en ordre.

M. Van der Beek passa la tête par la porte.

— Bonne nuit, Patience. Je m'occuperai de la cuisinière.

Ce fut pourtant loin d'être une bonne nuit.

3.

Réveillée à 1 heure du matin, Patience trouva Mlle Murch grelottant près de son lit, une bougie à la main.

— J'ai… J'ai froid, bredouilla-t-elle en claquant des dents. Pouvez-vous changer ma bouillotte et m'apporter quelque chose de chaud ? Sinon, cette maison verra ma mort, c'est certain…

Patience se leva aussitôt et passa un bras réconfortant autour des épaules de la gouvernante. Elle était brûlante.

— Retournez vite vous coucher, ordonna-t-elle. Je m'occupe de tout et je vais vous apporter une couverture supplémentaire.

Elle s'apprêtait à descendre quand M. Van der Beek sortit sur le palier et laissa échapper un soupir résigné.

— Quoi, encore… Mlle Murch ?

— Oui. Elle dit qu'elle a froid, mais elle est bouillante. Je vais lui chercher à boire et remplir sa bouillotte.

— Vous êtes pieds nus…

— C'est que je n'ai pas pensé à apporter mon nécessaire de voyage, répondit-elle d'un ton tranquille où perçait cependant une pointe d'ironie.

Sur ces mots, elle se rendit dans la cuisine. Quand elle

retourna dans la chambre de la gouvernante, M. Van der Beek était assis au bord du lit, un thermomètre à la main.

— Eh bien, ma chère mademoiselle Murch, vous avez une bonne grippe, annonça-t-il gaiement. Vous allez rester au lit quelques jours, le temps de vous rétablir, et nous nous occuperons bien de vous. Je vais vous donner des cachets pour faire baisser la fièvre. Pouvez-vous lui apporter un autre oreiller et une couverture ? ajouta-t-il à l'intention de Patience. Et vous feriez mieux d'emprunter la robe de chambre de Mlle Murch et ses chaussons, si vous ne voulez pas finir dans le même état qu'elle.

Une fois la gouvernante confortablement installée, ils se retrouvèrent sur le palier.

— Pouvez-vous descendre nous faire un thé ? demanda M. Van der Beek. J'arrive dans quelques minutes. Nous avons à parler.

La robe de chambre en laine de Mlle Murch était rouge et trop grande de plusieurs tailles, tout comme ses chaussons, mais ils étaient délicieusement chauds. Ce ne fut que lorsque le chirurgien la rejoignit dans la cuisine qu'elle s'aperçut qu'il était encore entièrement habillé.

Il s'assit à la table, en face d'elle.

— Mlle Murch ne sera pas rétablie avant plusieurs jours, commença-t-il. Il va falloir nous répartir les tâches. Je m'occuperai des feux et nous vivrons et mangerons dans la cuisine. Quant à Mlle Murch, nous nous la partagerons tous les deux. Je crains qu'elle ne soit pas très facile à gérer… Faites le tour des placards pour voir ce qu'il nous reste comme provisions. Vous serez également chargée de cuisiner.

Pressée de regagner son lit, Patience hocha la tête en

silence tout en buvant son thé. Elle semblait perdue dans sa robe de chambre, songea Julius. Elle avait les cheveux en bataille et l'air fatigué.

— Allez vous coucher, ordonna-t-il en remplissant la bouillotte d'eau chaude. Je vais m'occuper de Mlle Murch. Elle devrait dormir profondément jusqu'à demain matin. Je laisserai sa porte entrouverte cette nuit. Y a-t-il une cloche quelque part ?

— Dans la salle à manger. Je…

— Non, j'y vais. Bonne nuit, Patience.

Poliment, il la raccompagna jusqu'à la porte de la cuisine.

— Il ne faudrait pas que cela devienne une habitude, dit-il avec un sourire amusé.

Plus tard dans la nuit, avant de jeter un coup d'œil professionnel sur Mlle Murch, il ouvrit doucement la chambre de Patience. A la lueur de la veilleuse qu'elle avait laissé brûler sur la table de chevet, il étudia pendant quelques secondes son visage endormi, surpris d'y trouver de l'intérêt. Avec un haussement d'épaules, il referma silencieusement la porte puis se dirigea vers la chambre de sa gouvernante avant d'aller enfin se coucher.

La neige recommença à tomber le lendemain matin. Lorsque Patience descendit dans la cuisine, M. Van der Beek s'y trouvait déjà, en train d'alimenter la cuisinière de bois et de charbon.

Ils s'organisèrent rapidement. Il y avait encore beaucoup de nourriture et elle prépara du porridge pour le petit déjeuner ainsi que du bacon frit.

Seuls les œufs se faisaient plus rares et il valait mieux les garder pour Mlle Murch. Heureusement, il restait encore du beurre, de la confiture et du café en quantité.

Avant de retourner dégager le chemin, le chirurgien s'enquit des menus de la journée tout en mangeant son porridge avec un plaisir évident.

— Il y aura une soupe consistante pour le déjeuner et je vais cuire du pain…

— Vous savez aussi faire le pain ?

— Oh, c'est assez facile. Pour le dîner, j'ai pensé au poulet qui est au freezer. Je le ferai en cocotte et filtrerai le bouillon pour Mlle Murch.

— Voilà qui règle la question des repas pour aujourd'hui, dit-il en lui souriant par-dessus la table.

Avec de jolis vêtements et une coiffure moins sévère, elle serait très attirante, songea-t-il en finissant son bacon.

— Je vais jeter un coup d'œil en haut avant de m'occuper du chemin. Avons-nous besoin de bois ou de charbon, Patience ?

— Il y en a encore dans le cellier, mais pas assez pour ce soir.

Un moment plus tard, il revint avec une bouillotte.

— Mlle Murch est réveillée, annonça-t-il. Je vais lui apporter une tasse de thé et l'aider à se redresser dans son lit. La fièvre est un peu retombée ; je lui redonnerai un cachet. Une fois que vous l'aurez aidée à se laver et aurez refait son lit, donnez-lui autre chose à boire, ce dont elle aura envie. Elle ne devrait pas tarder à se rendormir.

Là-dessus, il sortit dans le jardin. Patience rejoignit la gouvernante en se demandant comment elle allait réagir en voyant son employeur lui apporter des tasses de thé et lui arranger ses oreillers.

Celle-ci n'était pas encore assez remise pour se préoccuper de ce genre de détails. Elle accepta sans difficulté que Patience lui lave le visage et les mains, lui change sa chemise de nuit et retape son lit autour d'elle avant de lui apporter à boire. Par bonheur, comme l'avait prévu le chirurgien, elle se rendormit rapidement.

Patience put s'occuper du repas en toute tranquillité. Comme il lui restait de la pâte après avoir préparé le pain, elle confectionna des scones et une tarte à la mélasse. Au bout d'un moment, une délicieuse odeur envahit la cuisine et lorsque M. Van der Beek, discipliné, rentra dans la pièce en chaussettes, ses narines palpitèrent…

Dans l'après-midi, Mlle Murch, qui décidément allait mieux, se mit à actionner la cloche pour un oui ou pour un non, inquiète de la façon dont Patience s'acquittait de ses tâches.

A 16 heures, celle-ci alla porter dans le bureau un plateau de thé avec des scones. M. Van der Beek ne leva pas les yeux quand elle entra et murmura un « merci » distrait. Elle se retira sur la pointe des pieds, sans oser lui demander d'aller chercher plus de charbon.

Il ne lui restait donc qu'à y aller elle-même, ce qu'elle fit, transportant les seaux toute seule. La neige avait cessé mais ne se décidait pas encore à fondre.

Le poulet en cocotte avait mijoté pendant des heures et la tarte à la mélasse n'attendait que d'être dégustée. Lorsque Patience retourna dans sa chambre pour se donner un coup de peigne, elle rencontra M. Van der Beek sur le palier. Il sortait de la chambre de la gouvernante.

— Encore un jour ou deux et nous pourrons la faire descendre dans la cuisine, annonça-t-il. Je lui installerai un fauteuil près de la cuisinière et elle pourra profiter de votre compagnie…

Il étudia son visage.

— Vous avez l'air fatiguée…

— Je le suis. Le dîner est à 19 h 30.

— Magnifique. Allons d'abord prendre un verre dans la cuisine.

— C'est qu'il y a encore des choses à faire…

— Ah oui, le bois et le charbon à aller chercher. J'y vais.

— Je l'ai déjà fait, sinon le feu menaçait de s'éteindre.

— Pourquoi ne me l'avez-vous pas demandé ?

— J'en avais l'intention en apportant votre thé, mais apparemment ce n'était pas le bon moment.

Il secoua la tête.

— Sincèrement, je suis désolé, dit-il en se penchant pour l'embrasser sur la joue. Je n'ai pas montré beaucoup de considération à votre égard.

Patience trouva le baiser très réconfortant, mais refusa d'y attacher de l'importance. Avant le dîner, elle retourna laver le visage de Mlle Murch et la coiffa. Ce n'était pas une malade très agréable, mais elle se dit qu'à sa place, elle serait sans doute tout aussi morose et ennuyeuse.

Quand elle redescendit pour le repas après avoir tenté d'arranger ses cheveux, elle songea en soupirant qu'elle aurait bien aimé porter autre chose que la jupe et le pull, certes confortables, mais ternes, qu'elle avait pour tous vêtements.

Après le dîner, tous deux restèrent dans la cuisine devant une tasse de café noir, le lait faisant cruellement défaut.

M. Van der Beek lui tendit un bloc-notes et un stylo.

— A présent, dressez-moi une liste précise de toutes les tâches qu'il y a à effectuer dans la journée, y compris la charge de Mlle Murch.

Patience le prit au mot et nota tout, sans exception. Il étudia un moment la liste en silence, puis hocha la tête d'un air déterminé.

— Je vous laisse le ménage, dit-il enfin. Je ferai la vaisselle, irai chercher le bois et le charbon, ainsi que les légumes quand nous pourrons les atteindre. Je me chargerai également des bouillottes de Mlle Murch, mettrai la table et alimenterai les feux de la cuisinière et du bureau.

— Et votre livre ?

— Il me restera l'après-midi, de préférence sans interruption. Et je pourrai encore travailler le soir, après le dîner.

Une fois la vaisselle expédiée et Mlle Murch installée pour la nuit, M. Van der Beek alla s'enfermer dans son bureau.

Dans la cuisine, il faisait délicieusement chaud. Patience se blottit près de la cuisinière, sur une des chaises Windsor, et ferma les yeux. Elle n'avait rien d'autre à faire. La lumière de la bougie était insuffisante pour qu'elle puisse lire et, de toute manière, il n'y avait rien à lire puisque tous les livres se trouvaient dans le bureau. Elle ne tarda pas à s'assoupir.

Il était près de minuit lorsque Julius Van der Beek, satisfait de son travail et désireux de boire quelque chose, reposa son stylo. En découvrant Patience endormie dans la cuisine, la bouche légèrement entrouverte, il s'immobilisa un instant pour la contempler.

La flamme de la bougie vacillait. Il la souffla et posa sa lampe sur la table. Patience s'éveilla au même moment et se redressa.

— Je ne suis qu'un stupide égoïste ! remarqua-t-il, irrité contre lui-même. Dorénavant, tant que nous n'aurons pas repris notre vie normale, vous viendrez vous reposer dans le bureau, où vous pourrez vous installer confortablement.

Elle s'était déjà levée.

— Merci, mais je ne voudrais pas vous déranger pendant que vous travaillez.

Il n'y avait rien chez elle qui puisse le déranger, songea-t-il.

— Allez vous coucher, Patience, lui dit-il gentiment. Une fois là-haut, lancez-moi votre bouillotte par-dessus la rampe ; je viendrai vous l'apporter lorsque l'eau sera chaude.

Encore à demi ensommeillée, Patience s'exécuta, tout en se demandant ce que les distingués amis londoniens du chirurgien penseraient de tout cela.

Elle se doucha rapidement et, à son retour dans sa chambre, trouva un mug de thé chaud sur sa table de nuit et la bouillotte dans son lit. En se couchant, elle se fit la réflexion que les réserves de thé baissaient et qu'il faudrait en garder pour Mlle Murch.

Au matin, Julius Van der Beek, entrant silencieusement dans la cuisine, trouva Patience à quatre pattes, la tête à moitié enfouie dans le placard. Ce faisant, elle dévoilait ses jambes qu'il eut le loisir d'admirer tout en s'amusant de son monologue.

— Il nous reste des lentilles, marmonnait-elle. J'en ferai une soupe avec des carottes… Il faut que je cuise de nouveau du pain et il n'y a presque plus de farine… Une boîte de crevettes, ça ira très bien avec du riz. Des fruits au sirop, super… Et du pâté en conserve. De toute façon, s'il ne veut pas mourir de faim, il faudra bien qu'il mange ce que je lui donnerai, ajouta-t-elle tout haut en émergeant du placard.

— Je mangerai tout, ne vous inquiétez pas, assura Julius tandis qu'elle écarquillait les yeux de surprise.

— Depuis combien de temps êtes-vous là ?

— Un certain temps. A vrai dire, j'admirais vos jambes. Elles sont très jolies.

Devenue écarlate, Patience repoussa ses cheveux en arrière pour se donner une contenance.

— Est-ce que vous rougissez toujours ainsi quand on vous fait un compliment ? demanda-t-il avec un petit sourire.

— Je l'ignore ; je ne me rappelle pas que l'on m'en ait fait depuis un siècle ou deux. Que dit le temps ? s'enquit-elle pour changer de sujet.

— Il s'améliore. Je vais prendre la pelle et dégager le chemin jusqu'à la resserre pour faire une provision de pommes de terre et d'oignons. Avec ces ingrédients et grâce à vos talents culinaires, je suis certain que vous allez nous concocter un petit miracle de gourmandise.

Pendant les deux jours qui suivirent, il n'y eut pas de neige et presque pas de vent. La fonte s'annonçait. Mlle Murch finit par se rétablir suffisamment pour passer la journée dans la cuisine, enveloppée de sa robe de chambre et d'une couverture, en maugréant contre le temps et cette région arriérée.

Le matin du troisième jour, en rapportant du bois, M. Van der Beek annonça qu'il avait aperçu un chasse-neige en bas de la route.

— Dès qu'il sera arrivé jusqu'à nous, je vous ramènerai chez vous avec le Land Rover, dit-il à Patience.

— Mlle Murch n'est pas encore assez bien pour reprendre son poste, objecta-t-elle.

— Je ferai la navette avec le 4x4 pour aller chercher et ramener Mme Perch et Mme Croft. Quant à vous, vous allez prendre deux ou trois jours de repos. Vous le méritez largement.

— Vous en profiterez pour aller chez le boucher et l'épicier, Patience, intervint la gouvernante. Je vous ai préparé une liste. Vous avez épuisé pratiquement toutes mes provisions…

M. Van der Beek prit sa défense.

— Il fallait bien manger, et elle a fait des merveilles avec ce dont elle disposait.

— Quoi qu'il en soit, je serai bien contente d'avoir de nouveau du lait dans mon thé, répondit Mlle Murch d'un air pincé.

Patience et le chirurgien échangèrent un regard qui en disait long. De toute évidence, la gouvernante n'avait aucune idée des difficultés qu'ils avaient rencontrées ces derniers jours, ni du mal qu'ils s'étaient donné pour lui assurer tout le confort.

Dès le lendemain, Patience se retrouva assise dans le Land Rover à côté de son employeur, la main crispée sur la poignée de la portière.

Il progressa laborieusement sur la neige encore glacée, dérapant un peu de temps à autre, et dut s'arrêter plusieurs fois pour élargir le chemin à coups de pelle. Installé derrière Patience sur le siège arrière, Basil, quant à lui, semblait heureux de sortir enfin et passa le trajet à lui lécher la nuque.

La rue principale du village était presque entièrement dégagée. M. Van der Beek s'arrêta devant chez elle. Le petit jardin devant la maison était encore recouvert de neige, mais quelqu'un avait aménagé un étroit passage.

Un rideau bougea à la fenêtre de la cuisine et tante Polly, enfouie sous plusieurs épaisseurs de vêtements chauds, ouvrit la porte une minute plus tard.

Julius la salua cérémonieusement et se présenta.

— Je vous ai ramené Patience, dit-il. J'espère que vous ne vous êtes pas trop inquiétées pour elle, mais l'accès au village était impossible.

Souriant largement, la vieille dame les fit entrer sans attendre. Ravies de revoir leur petite-nièce, les deux sœurs insistèrent pour que M. Van der Beek prenne le thé avec elles.

Lorsque Patience revint de la cuisine chargée du plateau, il le lui ôta des mains pour le poser sur la table basse.

— Enfin du lait dans notre thé ! lui murmura-t-il à l'oreille, manifestement réjoui.

— Vous devriez en rapporter chez vous, proposa-t-elle.

Durant la conversation, le chirurgien chanta les louanges de son intendante auprès de ses tantes.

— Patience a travaillé dur, ces derniers jours. Ma

gouvernante était grippée et nous dépendions entièrement d'elle.

Au bout d'un moment, il voulut se retirer.

— Mlle Murch m'a donné une liste de courses si longue qu'il va me falloir le reste de la journée pour tout trouver, expliqua-t-il. Je dois également passer chez Mme Croft et Mme Perch pour les persuader de venir travailler une heure ou deux. Quant à vous, Patience, reposez-vous pendant deux jours. Je viendrai vous chercher le matin suivant.

— Etes-vous marié, monsieur Van der Beek ? lui demanda tante Bessy sans préambule.

— Euh... Non, mademoiselle Martin.

— Un médecin, chirurgien de surcroît, doit avoir une épouse. Cela apporte de la stabilité dans sa vie, décréta-t-elle.

— Alors, jeune homme, il faut vous trouver une femme, renchérit tante Polly. Etes-vous bien installé dans votre maison ? Vous verrez, une fois que l'hiver sera passé, vous apprécierez le jardin. Et en été, les roses sont absolument magnifiques.

— Je n'en doute pas un instant, mais je serai reparti d'ici là, répondit-il avant de prendre congé.

Après son départ, Patience bavarda longuement avec ses tantes, leur racontant en détail comment s'était passé son séjour dans leur ancienne maison.

Julius obtint de Mme Croft la promesse qu'elle viendrait l'aider le lendemain, dans la mesure où il pourrait venir la chercher et la ramener chez elle. Mme Perch, pour sa part, devait rester au chevet de son plus jeune enfant qui souffrait d'une bronchite.

Il fit ensuite le tour des commerçants, dont le boucher, mais ne put rapporter qu'une partie des courses car ils n'avaient pas encore tous été livrés. Néanmoins, il revint avec du bacon, des œufs, du lait et du pain en quantité. Pour un homme plus habitué aux sorties en ville et aux mondanités qu'à la vie à la campagne, il s'était bien débrouillé, estima-t-il, content de lui.

Naturellement, Mlle Murch ne manquerait pas de lui reprocher d'avoir fait la vaisselle et remué le charbon, elle qui avait toujours veillé à ce qu'il n'ait pas à s'occuper de quoi que ce soit.

De retour dans la cuisine, il offrit un os à moelle à Basil et se dit que, décidément, il appréciait la vie qu'il menait ici.

Ce ne fut que beaucoup plus tard dans la soirée, après avoir achevé un chapitre de son livre, qu'il se rendit compte que Patience lui manquait.

Le jour suivant, un pâle soleil annonça la fonte de la neige et les tracteurs se risquèrent de nouveau sur les routes.

Mlle Murch avait repris son poste, mais la grippe l'avait laissée fatiguée et sans énergie.

— Y a-t-il une chance que nous retournions à Londres avant la fin de l'hiver ? s'enquit-elle avec espoir auprès de son employeur.

— Aucune, répondit gaiement celui-ci. Cet endroit est idéal pour mon travail. Mais lorsque nous repartirons, vous serez tranquille pendant quelque temps puisque j'envisage de me rendre en Hollande. Je dois y donner des conférences et serai absent plusieurs semaines.

La gouvernante dut se contenter de cette réponse. Dès le lendemain, elle eut moins de travail puisque Mme Croft était là pour l'aider, mais elle dut reconnaître que l'absence de Patience se faisait sentir ; il n'y avait personne pour répondre au téléphone qui fonctionnait de nouveau, ou pour remplir les lampes à huile, faire les lits et accomplir les mille et une petites tâches dont elle s'acquittait parfaitement.

Patience était fin prête lorsque M. Van der Beek vint la chercher. Ses deux jours de repos lui avaient fait du bien et elle en avait profité pour se rendre à la boutique du village et s'offrir quelques extra avec ses gages.

Dès que le temps s'améliorerait, elle demanderait un jour de congé à Mlle Murch et se rendrait à Norwich pour s'acheter de nouveaux vêtements et du maquillage.

En attendant, elle avait mis sa plus belle jupe en tweed gris, un chemisier blanc et un cardigan que ses tantes lui avaient offert pour Noël, malheureusement gris lui aussi. Ce qui ne l'empêcha pas de s'envelopper dans son éternel Burberry's car, dégel ou pas, il faisait encore très froid.

Dans le Land Rover, elle retrouva avec plaisir Mme Croft et à leur arrivée, lorsqu'elle retira son manteau, elle surprit le regard de M. Van der Beek sur elle.

Julius avait rapidement détaillé sa tenue grise et la trouvait vraiment déprimante. Il l'aurait mieux vue porter du bleu ou du vert et des matières douces, comme par exemple du velours.

Devant son expression, elle ne dit rien et se dirigea rapidement vers la cuisine.

La maison retrouva son rythme normal. Les routes étant

redevenues praticables, de même que les petits chemins, tous les employés reprirent leurs horaires habituels, marchant de nouveau sur la pointe des pieds.

Patience veillait à décrocher le téléphone dès la première sonnerie et voyait à peine M. Van der Beek. Les appels étaient cependant moins fréquents et émanaient la plupart du temps d'hôpitaux, le Dr Untel demandant à s'entretenir avec le chirurgien en personne.

Un matin, une voix de femme autoritaire insista pour lui parler de toute urgence, précisant qu'elle devait le voir sans attendre. La tête pleine de soucis domestiques, Patience transféra l'appel sans se poser trop de questions.

Quelques secondes plus tard, M. Van der Beek, l'air furieux, sortit en trombe de son bureau.

— N'avez-vous pas pour consigne de ne me passer que les appels urgents ? dit-il d'un ton glacial. Etes-vous capable de comprendre ce que veut dire le mot « urgent » ? Il me semble que vous avez été engagée pour m'éviter de perdre mon temps ! Et ne devez-vous pas…

— Un instant, je vous prie, l'interrompit Patience avec fermeté. Il n'y a aucune raison de vous emporter de cette façon. Si vous parvenez à m'expliquer comment faire la différence entre « urgent » et « urgent », je ne vous passerai plus les appels indésirables. Cette dame m'a affirmé qu'elle avait besoin de vous parler de toute urgence et qu'elle devait vous voir. Il pouvait s'agir de quelqu'un de votre famille, votre mère, votre nièce… ou votre petite amie.

Il resta quelques secondes sans répondre.

— Sachez que toute ma famille est en Hollande.

— Comment pouvais-je le deviner ?

Elle esquissa un sourire indulgent.

— Quoi qu'il en soit, je redoublerai de vigilance à l'avenir. Et… vous n'avez pas de petite amie ? ne put-elle s'empêcher de demander.

Patience se mordit aussitôt la lèvre, mais il était trop tard. Son employeur la dévisagea un long moment.

— Vous êtes une jeune femme impertinente, dit-il enfin, avant d'éclater d'un rire bref.

Puis il tourna les talons et regagna son bureau.

Patience ne le revit pas de toute la journée et rentra chez elle avec la certitude qu'elle serait bientôt avisée que l'on n'avait plus besoin de ses services.

4.

A son arrivée, Patience apprit de la bouche de la gouvernante que M. Van der Beek était parti à Londres pour la journée et ne rentrerait que le lendemain.

— Il est très demandé, commenta Mlle Murch d'un air important. Vous devrez trier son courrier et lui téléphoner s'il y a quoi que ce soit d'urgent. Il a laissé le numéro sur son bureau. Ce sera pour vous une bonne occasion de nettoyer la pièce. Surtout, prenez soin de ne pas déranger ses papiers.

Elle commença à s'éloigner, puis revint sur ses pas.

— Profitez-en pour bien nettoyer la cheminée. Je ne comprends décidément pas ce qui a pris à M. Van der Beek de vouloir allumer son feu lui-même chaque matin ! J'ai vraiment hâte de retourner à Londres…, soupira-t-elle.

En début d'après-midi, Patience commença par s'occuper du courrier du chirurgien. Quelques lettres mentionnaient son prénom : Julius. Il le portait bien, estima-t-elle. Elle n'ouvrit pas les enveloppes annotées « Confidentiel ». S'agissait-il de sa petite amie ? Peut-être se trouvait-il avec elle à cet instant.

Tout en triant les factures, Patience laissa vagabonder

son imagination. Elle devait être grande et mince, terriblement séduisante, avec des yeux ensorcelants et de longs cheveux noirs.

Lorsqu'elle eut fini de nettoyer, la pièce était impeccable. Patience alla couper quelques branches du forsythia, qui avait réussi à fleurir depuis que la neige avait cessé.

Elle ne put s'empêcher de jeter un coup d'œil sur les papiers entassés sur le bureau, avec une pensée compatissante pour la malheureuse secrétaire qui devrait déchiffrer son épouvantable écriture. Elle se retint de tout mettre en ordre en se disant que, sans doute, il devait s'y retrouver dans tout ce fouillis.

Finalement, elle s'assit à son bureau en s'interrogeant sur son employeur. Elle savait qu'il avait une maison à Londres, mais comment était sa famille ? Avait-il de vrais amis ? Comment était son cabinet de consultation ? Luxueux, probablement. Ou alors parcourait-il les salles des hôpitaux au pas de charge, entouré d'une nuée d'internes à l'affût de ses moindres paroles, comme dans les séries télévisées ?

Le bruit de la porte qui s'ouvrait tira Patience de ses pensées.

Elle bondit sur ses pieds en voyant entrer M. Van der Beek.

— Puis-je savoir ce que vous faites, assise à mon bureau ? demanda-t-il d'une voix anormalement douce qui ne présageait rien de bon. Je suppose que vous étiez en train de fouiller dans mes papiers ?

Le cœur battant à tout rompre, Patience réussit à se ressaisir et lui fit face d'un air calme.

— J'ai tout nettoyé et n'ai touché à rien, assura-t-elle.

Je m'étais juste assise un moment pour reprendre mon souffle.

Dans un sursaut d'honnêteté, elle ajouta :

— J'ai jeté un coup d'œil à quelques papiers, mais je n'ai pas compris un traître mot. Si vous étiez revenu demain, comme prévu, vous auriez retrouvé tout exactement comme vous l'avez laissé.

Il parut se détendre.

— Où est Mlle Murch ?

— Elle est partie tout à l'heure au village, en taxi. Vous savez, les routes ne sont pas encore sèches. Elle en a profité pour ramener Mme Perch et Mme Croft. Je dois rester jusqu'à son retour.

— Qui est prévu pour quand ?

— A vrai dire, elle ne l'a pas précisé. Elle m'a simplement demandé si cela ne me dérangeait pas de rentrer un peu plus tard.

— Eh bien, il est 16 h 30. Vous pouvez retourner chez vous, je serai là à son retour.

— Je vais vous faire du thé avant de partir.

Patience rangea les chiffons et l'aspirateur avant de mettre la bouilloire à chauffer. Quand elle déposa le plateau sur le bureau, elle trouva la pièce vide.

Au moment où elle sortait de la maison, la Bentley s'arrêta devant elle.

M. Van der Beek ouvrit la portière avant.

— Montez, ordonna-t-il.

— Votre thé…

— Si vous montez dans cette voiture, je serai de retour dans moins de cinq minutes.

Elle obtempéra. Il la déposa devant chez elle et lui dit

bonsoir d'une voix grave avant de repartir. Ses tantes lui reprochèrent de ne pas l'avoir invité à entrer.

Deux semaines s'écoulèrent. Janvier céda le pas à février. Il ne neigeait plus, mais le vent et la pluie s'en donnaient à cœur joie.

Patience avait des journées bien remplies et, grâce au sens de l'organisation de Mlle Murch, la maison fonctionnait comme une machine bien huilée.

M. Van der Beek avait exigé un calme total et elle s'efforçait de le satisfaire. Elle l'apercevait parfois, quand il partait faire sa promenade avec Basil, ou quand il traversait le couloir. Mais à part un bref bonjour, il lui parlait rarement.

Elle s'occupait de son courrier, répondant à la plupart des lettres, lui laissait des listes des appels téléphoniques et remplissait les vases de roses de Noël et de chrysanthèmes.

Le vieux Ned faisait pousser des jonquilles et des tulipes, qui seraient bientôt en fleurs. Au cours de ses promenades, Patience cueillit les premières primevères et des perce-neige, qu'elle arrangea dans de petites coupelles et déposa dans toutes les pièces, y compris le bureau quand elle le trouva vide.

Le chirurgien n'y fut pas insensible, puisqu'il ajouta quelques mots sur une note contenant ses instructions : « J'aime les primevères. Merci d'en remettre régulièrement. »

Une semaine plus tard, il ouvrit la porte au moment où elle traversait le couloir.

— S'il vous plaît, Patience, venez m'aider à ranger ce

désordre, lui dit-il en désignant son bureau. J'ai ouvert la fenêtre et tout s'est envolé.

— Ça ne doit pas être aussi terrible qu'il y paraît, répondit-elle d'un ton rassurant. Vos pages sont-elles numérotées ?

— Oui, bien sûr. Mais cela va prendre au moins une journée...

— Deux heures, tout au plus. Vous devriez faire taper tout cela à la machine.

— Et avoir encore une personne de plus ici ? Moi qui voulais la paix et la tranquillité...

— Vous les avez, monsieur Van der Beek, protesta-t-elle. On ne vous dérange jamais. Quand je pense que toute la journée, nous marchons sur la pointe des pieds... Nous osons à peine éternuer.

Il étouffa un petit rire.

— Donc, il faut que je prenne une dactylo... Vous, peut-être ? ajouta-t-il sur le ton de la plaisanterie. Est-ce que vous savez aussi taper, par hasard ?

— Justement, oui.

— Ne me dites pas que vous prenez également en sténo...

— En fait, grâce à mes tantes, j'ai pu faire une école de secrétariat.

— Parfait. Je suppose que je vais bien réussir à trouver un ordinateur au village. Vous tenterez de déchiffrer mon écriture et d'en faire quelque chose que mon éditeur pourra comprendre.

— C'est que... Je ne suis pas certaine de pouvoir vous lire...

— Vous ne le saurez que lorsque vous aurez essayé.

Ce serait inespéré si vous y parveniez. Dans ce cas, vous deviendrez mon assistante personnelle.

— Mais… Qui ferait mon travail dans la maison ?

Il balaya la question d'un revers de main insouciant.

— Nous trouverons bien une autre aide au village. Quant à vous, vous continuerez à répondre au téléphone et à traiter avec les fournisseurs. Naturellement, vous serez payée en conséquence. Disons…

En entendant la somme qu'il énonça, Patience resta bouche bée.

— C'est beaucoup trop…

— Je ne crois pas. Vous êtes polyvalente, et c'est très précieux.

Elle réfléchit quelques secondes.

— J'aimerais bien essayer mais, s'il vous plaît, au cas où je ne conviendrais pas, je voudrais que vous me le disiez tout de suite.

Le chirurgien le lui promit et lui assura qu'ils reparleraient de tout cela très bientôt.

Patience passa les deux jours suivants sans le voir. Au matin du troisième, il l'appela dans son bureau dès qu'elle arriva.

Sur la table, il y avait un ordinateur prêt à fonctionner.

— C'est M. Bennett qui me l'a procuré, dit-il en lui tendant une liasse de feuillets. Prenez ce premier chapitre et voyez ce que vous pouvez en tirer.

Elle hocha la tête.

— Si vous n'y voyez pas d'inconvénient, j'aimerais travailler dans la salle à manger. Il y a le téléphone et je pourrai facilement ouvrir aux fournisseurs sans vous déranger.

Le transfert s'effectua rapidement.

A plusieurs reprises, durant les heures qui suivirent, Patience se sentit au bord du désespoir et faillit abandonner. Non seulement l'écriture du chirurgien était illisible, mais le texte était truffé de mots qu'elle ne connaissait pas.

Elle fit de son mieux et, prête à affronter ses critiques, lui soumit le résultat de ses efforts dans l'après-midi.

Il parcourut son travail en silence, puis releva la tête.

— C'est tout à fait satisfaisant, commenta-t-il posément. Demain matin, vous commencerez par trier le courrier, puis vous pourrez continuer à taper. Avez-vous tout ce qu'il vous faut ?

— Oui, merci.

— Bonne soirée, Patience.

Voyant qu'il replongeait le nez dans ses papiers, elle s'éclipsa discrètement.

Julius ne l'entendit pas partir. Au bout d'un moment, il s'aperçut qu'elle n'était plus là et se sentit contrarié.

C'était une fille de la campagne, à la langue bien pendue et dotée d'un goût abominable pour s'habiller. Aucune raison pour qu'il fasse attention à elle, se dit-il avant de se remettre à écrire.

De retour chez elle, Patience annonça la nouvelle à ses tantes, qui approuvèrent de la tête.

— Voilà un travail qui te convient, commenta Bessy. D'autant plus qu'il est mieux payé.

C'était tout à fait l'avis de Patience. Elle avait remarqué à plusieurs reprises la façon dont M. Van der Beek détaillait sa tenue — un mélange d'exaspération et de commisération — et avait eu du mal à supporter son regard. Elle n'était peut-être pas un top model, mais elle savait qu'elle était bien faite et avait de jolies jambes. D'ailleurs, ne les avait-il pas lui-même remarquées ?

Ce soir-là, avant de s'endormir, elle rêva aux nouveaux vêtements qu'elle s'achèterait et qui la mettraient mieux en valeur.

Pendant les semaines qui suivirent, Patience travailla dur, reprenant au fur et à mesure les erreurs inévitables qu'elle avait commises, répondant au téléphone et servant d'intermédiaire entre Mlle Murch et les commerçants des environs. Celle-ci avait le chic pour les prendre à rebrousse-poil, sans se rendre compte qu'à leurs yeux, c'était elle, l'étrangère.

Au bout de trois semaines à ce nouveau rythme, Patience se risqua à demander un jour de congé.

M. Van der Beek ne leva même pas le nez du gros volume dans lequel il était plongé.

— Pourquoi ?

Plusieurs réponses lui vinrent à l'esprit, mais elle préféra les retenir.

— Eh bien… Je n'en ai pas encore pris un seul, dit-elle calmement. Et j'aimerais me rendre à Norwich… pour acheter des vêtements.

Cette fois, il la regarda et détailla sa tenue : comme toujours, elle portait une jupe en tweed et un chemisier sous un cardigan.

— Je vous en prie, faites. Avez-vous assez d'argent ?

« Une femme n'a jamais assez d'argent pour ce genre de choses », faillit-elle répondre.

— Oui, merci. Quand pourrai-je y aller ?

— Lorsque vous aurez terminé de retaper le chapitre que je suis en train de corriger. Vous faites preuve d'une grande imagination pour transcrire les termes médicaux, mais la plupart sont incorrects.

— S'ils étaient plus lisibles, je n'aurais pas de problèmes, ne put-elle s'empêcher de répliquer. J'espère que vous n'opérez pas comme vous écrivez.

Il la foudroya du regard.

— Vous avez la langue un peu trop acérée, mademoiselle Martin. Avec le temps, vous finirez par vous transformer en mégère et ferez de la vie de votre mari un enfer.

D'un geste brusque, il lui tendit une liasse de feuilles.

— Redonnez-moi un peu de sens à tout ça, s'il vous plaît.

Il reprit son stylo et ne lui accorda plus un regard.

Patience n'avait nullement l'intention de s'excuser, mais elle prit soin, cette fois, de corriger toutes ses fautes.

Quelques jours plus tard, malgré Mlle Murch qui ne cacha pas sa désapprobation, elle partit pour Norwich après avoir confié ses tantes aux bons soins de Mme Dodge. Le printemps s'annonçait pour de bon, elle s'en aperçut aux vitrines colorées des boutiques de vêtements. Comme elle ne disposait pas d'un énorme budget, elle évita les rues très chics et se rendit chez Marks and Spencers et dans quelques magasins pratiquant des prix raisonnables.

Elle porta son choix sur une jupe évasée dans des tons fuchsia et bleu, un chemisier fuchsia assorti fait d'un tissu qui ressemblait à de la soie, un haut en coton bleu tricoté et une veste courte d'un bleu plus soutenu. Au rayon des affaires, elle trouva une jolie robe crème et beige, très bien coupée dans une belle matière. Enfin, elle acheta des escarpins bleu marine à petits talons, plutôt bon marché.

Après avoir mangé un sandwich accompagné d'un café, elle choisit deux foulards pour ses tantes et rentra chez elle en bus.

Par chance, il faisait soleil le lendemain et Patience put étrenner ses nouveaux vêtements et ses escarpins. Dès son arrivée, elle ôta sa veste et s'assit devant son ordinateur.

Mlle Murch la salua du bout des lèvres, notant d'un ton acerbe qu'à l'évidence, elle avait dépensé son argent. Elle ignora la remarque et commença à travailler en espérant que M. Van der Beek remarquerait lui aussi son changement d'apparence.

En milieu de matinée, il ouvrit la porte de son bureau et l'appela. Lorsqu'elle entra avec les dernières feuilles qu'elle avait tapées, il lui lança un coup d'œil indifférent.

— Je pars ce soir à Londres pour quelques jours, annonça-t-il. Avancez-vous autant que possible dans votre travail. Dans la journée, vous pourrez passer prendre les nouvelles feuilles qu'il y aura sur mon bureau.

Il la balaya d'un regard froid avant d'ajouter :

— Merci.

De retour devant l'ordinateur, Patience eut du mal à se convaincre qu'elle se moquait bien qu'il n'ait rien remarqué. Après tout, elle avait acheté ces vêtements pour se faire plaisir, point final.

Elle s'apprêtait à rentrer chez elle à l'heure habituelle quand M. Van der Beek la rejoignit dans la salle à manger.

— S'il vous reste du temps pendant mon absence, vous devriez commencer l'index.

En repartant, il lança par-dessus son épaule :

— J'aime beaucoup vos nouveaux vêtements, Patience. Vous pensiez que je n'avais rien remarqué ? ajouta-t-il avec un sourire en coin.

— A vrai dire… oui, avoua-t-elle. Non que cela m'ait affectée… J'ai choisi ces vêtements parce qu'ils me plaisaient et que j'avais envie d'être jolie.

— Vous êtes très jolie, assura-t-il gravement avant de s'en aller.

Le lendemain matin, Patience entra dans le bureau du chirurgien et profita de son absence pour le nettoyer de fond en comble. Il lui avait laissé beaucoup de travail : des pages entières couvertes de sa terrible écriture qu'il n'avait pas eu le temps de numéroter, et un grand nombre de notes.

Dans une enveloppe, elle trouva son salaire de la semaine en cours, ce qui signifiait qu'il n'avait probablement pas l'intention de rentrer avant la semaine suivante. Elle avait aussi des factures à régler à l'aide de la petite liasse de chèques qui y était jointe.

Patience retourna à son ordinateur en souhaitant en son for intérieur que M. Van der Beek ne reste pas absent trop longtemps. Sans lui, la maison paraissait curieusement vide.

Il mit plus d'une semaine à revenir. Très vite, elle dut reconnaître qu'il lui manquait, avec ses yeux froids, sa réserve polie, ses soudains accès de gentillesse, et même son indifférence.

*
* *

Une demi-heure avant d'opérer un patient qui avait un urgent besoin d'une nouvelle valve cardiaque, Julius attendait non loin du bloc en sifflotant gaiement, songeant à Patience. D'ailleurs, il finissait par se moquer de lui-même car cela lui arrivait souvent.

Qu'avait-elle donc pour monopoliser ainsi ses pensées ? se demanda-t-il.

C'était un petit bout de femme somme toute assez ordinaire, à part ses jolis yeux, aussi clairs et confiants que ceux d'un enfant. Elle lui avait cependant réservé quelques surprises : c'était une personne équilibrée et pleine de bon sens, capable de cuisiner pratiquement sans ingrédients. Tout le monde au village semblait l'aimer, et elle avait également du courage. Il en fallait, pour s'occuper aussi bien de ses deux vieilles tantes dans cette maison exiguë, avec des moyens limités.

Elle méritait mieux de la vie. Quant à ses vêtements, il avait des idées assez arrêtées sur ce qu'il lui conviendrait de porter. Pour commencer, il éliminerait de sa maigre garde-robe tout ce qui était gris ou marron…

L'arrivée de l'infirmière du bloc opératoire qui, sous des apparences de dragon en jupons dissimulait un cœur d'or, lui rappela qu'il avait un malade à opérer. L'intervention dura longtemps et Julius ne quitta pas l'hôpital avant de s'être assuré que son patient récupérait normalement aux soins intensifs.

Quand il retourna chez lui, il faisait presque nuit. Sa maison se trouvait à Chiswick, face à la Tamise, au bout d'une rangée d'autres très belles demeures anciennes. Comme elle était la dernière, elle avait l'avantage de posséder un garage double, où il alla directement ranger sa voiture.

Dans l'entrée, un homme chauve d'une cinquantaine d'années, au visage rond et débonnaire, vint l'accueillir.

— Vous avez un bon feu qui vous attend dans le salon, annonça-t-il avec la réserve amicale qui trahissait un employé de maison de longue date. Le dîner sera prêt dans une demi-heure, si cela vous convient.

— Merci, Dobbs, répondit Julius en prenant son courrier sur le guéridon.

— A propos… Mlle Murch a téléphoné, monsieur. Elle voulait s'assurer que tout allait bien.

Sachant que le majordome était un fervent admirateur de sa gouvernante, Julius lui adressa un petit sourire et gagna le salon pour ouvrir tranquillement son courrier.

A la première lettre, il se surprit à se demander quelle serait la réaction de Patience en la lisant. Puis il fronça les sourcils ; décidément, ses pensées l'entraînaient beaucoup trop souvent vers cette fille.

La sonnerie du téléphone le ramena à des problèmes plus sérieux. Le chef du service de soins intensifs n'était pas satisfait de l'évolution du patient qu'ils avaient opéré plus tôt. Après l'avoir écouté attentivement, Julius réprima un soupir et prévint Dobbs qu'il devait repartir.

Celui-ci, qui s'apprêtait à servir le dîner, secoua la tête en silence. Son employeur avait toujours fait passer son travail avant tout le reste.

— Appelez Mlle Murch, voulez-vous, Dobbs ? Dites-lui que j'ai l'intention d'aller à Norfolk dans deux jours ; qu'elle s'assure que tout est en ordre.

Il était 22 heures quand il revint, l'état du patient s'étant de nouveau amélioré. Après avoir dîné rapidement, il se coucha en se demandant si Patience dormait déjà…

*
* *

Patience était effectivement au lit, mais ne dormait pas, trop occupée à additionner des sommes au dos d'une enveloppe. Même après avoir déduit toutes ses dépenses, il lui restait encore un peu d'argent, de quoi continuer à améliorer sa garde-robe. Elle pourrait s'acheter une robe mi-saison qu'elle porterait une bonne partie de l'année, et offrir des chapeaux à ses tantes qui aimaient être élégantes pour aller à l'église le dimanche.

Il lui faudrait attendre quelque temps avant de demander un autre jour de congé. Peut-être pourrait-elle suggérer d'échanger le dimanche contre un autre jour... Mlle Murch désapprouverait, mais de toute façon elle n'approuvait pas grand-chose.

Patience se demanda ce que faisait M. Van der Beek à cet instant, et l'imagina en smoking, en train d'escorter une somptueuse jeune femme dans un night-club de Londres.

Avec un soupir, elle posa son enveloppe et son crayon sur la table de chevet puis se blottit dans son lit. Décidément, cet homme lui plaisait, même sous ses aspects parfois sévères.

Une fois ses consultations extérieures ainsi que ses visites à ses patients privés terminées, et voyant que les cas qu'il avait opérés évoluaient favorablement, Julius décida de retourner à Themelswick plus tôt que prévu et ce, sans prévenir personne. Patience serait déjà partie, mais il pourrait vérifier le travail qu'elle avait fait avant de se remettre à l'écriture.

Il fut étonné de ne trouver qu'une seule fenêtre éclairée en arrivant, celle de la salle à manger. Il était plus de 18 heures et Patience n'avait aucune raison d'être encore là.

Lorsqu'il fut dans le hall, il entendit le bruit des touches du clavier et poussa brusquement la porte qui était restée entrouverte.

Surprise, Patience fit un bond sur sa chaise.

— Comment osez-vous me faire une peur pareille ? s'exclama-t-elle avec indignation.

— Désolé si je vous ai effrayée. Où est Mlle Murch ?

— A la kermesse paroissiale du village. Elle ne devrait plus tarder, ajouta Patience en consultant sa montre.

— Vous êtes seule dans la maison ?

— Oui.

— Savez-vous que la porte donnant sur le jardin est ouverte ?

— Bien sûr. Mlle Murch a l'intention de rentrer par là. En revanche, celle de devant est fermée à clé.

— Et cela ne vous inquiète pas de rester ainsi ?

— Vous savez, cette maison a été la mienne pendant des années…

— J'oubliais…

Il remarqua qu'elle portait sa nouvelle jupe et une jolie blouse fuchsia. Ainsi vêtue, et avec les cheveux moins serrés que d'habitude, il la trouva jolie.

— Comment avance votre travail ?

— Très bien, je l'espère. J'ai terminé ce que vous m'avez laissé et commencé l'index.

— Vos tantes ne vont-elles pas s'inquiéter de ne pas vous voir rentrer ?

— J'ai demandé à Mme Perch de les prévenir que je serai un peu en retard.

— Parfait. Dans ce cas, si nous prenions un thé en regardant ce que vous avez fait ? Comme je suppose qu'il n'y a pas de feu dans le bureau, je vais m'installer ici avec vous.

Lorsque Patience revint avec son plateau, il était assis de l'autre côté de la table et parcourait les feuilles qu'elle avait tapées.

— Vous avez abattu un gros travail, constata-t-il. Je regarderai cela en détail ce soir. Vous pouvez continuer avec l'index en attendant que je vous donne autre chose à taper.

C'était l'occasion à ne pas manquer.

— S'il n'y a pas trop de travail pendant quelque temps, pourrais-je avoir un autre jour de congé ? Je ne peux pas faire de shopping le dimanche, et j'aimerais acheter des chapeaux à mes tantes.

— Demain, si vous voulez, proposa Julius. Je pourrais même vous emmener à Norwich avec vos tantes car j'ai rendez-vous à l'hôpital avec un confrère, s'entendit-il ajouter. Par contre, je ne pourrais pas vous ramener parce qu'il est fort probable que je doive rester sur place jusqu'au lendemain.

Patience le remerciait lorsque Mlle Murch arriva, catastrophée de ne pas s'être trouvée là à temps pour accueillir son employeur.

— Ne vous inquiétez pas, répondit gaiement Julius. Patience s'en est chargée.

5.

Comme il ne pouvait plus revenir sur sa proposition, Julius passa le lendemain matin prendre Patience et ses tantes. Sa vie jusque-là bien ordonnée semblait se désintégrer jour après jour. Dès qu'il aurait terminé son livre, se dit-il, il retournerait à Londres et reprendrait le travail qu'il aimait, reverrait ses amis et peut-être même songerait sérieusement à se marier…

En attendant, il fit monter tante Bessy à l'avant de la voiture, puisqu'elle en avait exprimé le souhait, tandis que Patience et tante Polly s'installaient à l'arrière, Basil à leurs pieds.

Pendant le trajet, tante Bessy se concentra sur son voisin et s'efforça de lui tirer les vers du nez en l'interrogeant discrètement — du moins le croyait-elle — sur son travail, sa famille et sa vie en général, au grand dam de Patience. Celle-ci fut soulagée en se rendant compte que, tout en répondant très poliment, M. Van der Beek ne lui révélait rien du tout.

La vieille dame en fut pour ses frais.

Une fois à Norwich, il les déposa au centre-ville et leur indiqua l'endroit où prendre un bus qui les ramènerait directement au village. Les deux tantes le remercièrent avec effusion et Patience se mit à rougir sans raison en voyant qu'il la regardait en souriant.

Julius ne redémarra pas tout de suite et attendit qu'elles s'éloignent doucement — Patience leur tenant le bras, et les vieilles dames, frêles et dignes, de chaque côté.

L'après-midi fut fructueux. Au bout de multiples essais, Polly et Bessy trouvèrent le chapeau de leurs rêves. Après un rapide déjeuner, Patience les laissa dans un salon de thé, le temps de se trouver une robe à fleurs à manches longues faite d'un mélange de laine et coton, qu'elle pourrait porter une bonne partie de l'année. Il lui resta assez d'argent pour acheter des bas et un rouge à lèvres.

Dès le lendemain, M. Van der Beek se remit à écrire furieusement, comme s'il devenait impératif pour lui de terminer le plus vite possible.

A ce train-là, dans six semaines il serait reparti, calcula Patience avec inquiétude. Certes, il avait signé un bail de six mois, mais s'il partait plus tôt que prévu, payerait-il la location jusqu'au bout ?

Elle contacta M. Bennett et fut soulagée d'apprendre que le chirurgien avait réglé les six mois d'avance, ce qui ne l'empêcha pas de s'avouer que ce n'était pas son seul souci et qu'elle s'inquiétait aussi à l'idée de ne plus jamais le revoir.

Patience travaillait aussi dur que d'habitude, trouvant le temps de décorer la maison avec des bouquets de jonquilles et de tulipes, de donner un coup de main à Mlle Murch et d'aplanir les relations quelque peu tendues entre la gouvernante et les commerçants du village, qui ne l'aimaient pas beaucoup.

La gouvernante semblait avoir un don particulier pour prendre tout le monde à rebrousse-poil. Pourtant, Patience ne doutait pas que dans son élément, c'est-à-dire dans la « civilisation », elle devait être plutôt agréable.

Environ une semaine après la journée à Norwich, M. Van der Beek dut repartir d'urgence pour Londres. Il eut à peine le temps de lui laisser ses instructions habituelles : taper les pages laissées sur son bureau et continuer l'index.

— Est-ce que c'est grave ? se risqua-t-elle à lui demander.

— Une greffe du cœur, répondit-il en ajoutant qu'elle ne devait pas poser autant de questions, ce qu'elle jugea tout à fait injuste.

Elle le regarda s'éloigner par la fenêtre, mais il ne tourna pas la tête vers la maison. Patience aurait voulu l'accompagner, découvrir cette autre partie de sa vie dont elle ne savait pratiquement rien et qui devait compter bien plus pour lui que ce livre sur lequel il se concentrait juste pendant quelques semaines.

Où vivait-il ? Il n'était pas marié mais il avait des amis, peut-être une femme qu'il aimait… Cette idée l'attrista.

Une fois les pages tapées, elle reprit l'index, une tâche fastidieuse dont elle était presque venue à bout quand il rentra, trois jours plus tard.

Patience sut qu'il était de retour en entendant aboyer Basil, mais il ne vint dans la salle à manger que dans l'après-midi, alors qu'elle s'apprêtait à s'en aller. Il avait une liasse de feuilles à la main.

— Auriez-vous le temps de taper ces notes avant de

partir ? demanda-t-il d'un ton froid. J'en aurais besoin pour ce soir.

Cette fois, Patience n'osa pas lui demander si l'opération s'était bien passée.

Les jours suivants, la frappe du manuscrit qui s'étoffait prit de plus en plus de temps. Le matin, pendant la pause-café, Mlle Murch ne cessait de bougonner.

— Vivement que ce livre soit fini, que l'on puisse retourner à Londres ! répétait-elle régulièrement.

Patience ne répondait pas, car elle espérait exactement le contraire.

Lorsque, enfin, elle eut tapé le dernier chapitre, elle prit ses feuilles et alla frapper à la porte du bureau de M. Van der Beek. Il était au téléphone et la regarda, lui sembla-t-il, avec soulagement.

Il dit encore quelques mots avant de raccrocher, puis lui sourit.

— Croyez-vous que les prières puissent être exaucées, Patience ?

— Bien sûr, répondit-elle, intriguée.

— Alors nous sommes deux. Asseyez-vous, j'ai un service à vous demander.

Posant les feuilles sur le bureau, Patience s'exécuta et Basil vint appuyer sa tête sur ses genoux.

Comme M. Van der Beek gardait le silence, elle prit les devants.

— Avez-vous quelque chose de délicat à me dire ? Vous voulez peut-être que je m'en aille, maintenant que le livre est terminé ? Ne vous inquiétez pas, de toute façon je m'y attendais tôt ou tard.

Il s'appuya au dossier de sa chaise et la contempla d'un air amusé.

— Non, vous faites fausse route, dit-il enfin. Je n'ai nullement l'intention de vous donner votre congé, bien au contraire. En fait, je voudrais vous demander d'accepter un travail temporaire pour moi, ou plus exactement pour ma sœur.

— Votre sœur ?

— Cessez de répéter ce que je dis comme un perroquet et écoutez-moi.

— Et vous, cessez de me parler comme si j'étais une enfant, rétorqua-t-elle du tac au tac.

Julius haussa les sourcils, puis se mit à rire. Cela faisait longtemps que personne ne lui avait parlé de la sorte et cela lui plaisait.

— Je serai bref, commença-t-il. Ma sœur séjourne actuellement dans ma maison de Londres, avec son mari et leur petite fille. Ils avaient amené sa nounou avec eux, mais elle vient d'être hospitalisée pour une appendicite. Ma sœur m'a demandé de lui trouver quelqu'un pour la remplacer temporairement, car elle doit accoucher dans deux mois et a besoin d'aide. J'ai pensé que vous feriez très bien l'affaire.

— Vous voulez que j'aille à Londres pour m'occuper d'un enfant ? C'est très gentil à vous, monsieur Van der Beek, mais ce n'est pas mon métier et, de plus, que vais-je faire de mes tantes ?

— Patience, vous êtes une jeune femme sensée et je suis sûr que vous aimez les enfants. Pour ce qui est de vos tantes, consentiraient-elles à passer une semaine ou deux avec Mlle Murch, qui sera sans doute ravie d'avoir de la compagnie ?… En tant qu'invitées, naturellement.

— C'est très aimable à vous…

— Je ne suis ni aimable ni gentil, j'essaie d'arranger les affaires de ma sœur et les miennes ! Je pars demain après-midi pour Londres et j'espère que vous voudrez bien être du voyage.

— Pour combien de temps ?

— Deux semaines. Ma sœur retournera ensuite en Hollande, et Nanny devrait être sortie de l'hôpital entre-temps, mais probablement pas en état de faire grand-chose. Une fois chez eux, ils trouveront une solution sur place ; ce ne sera plus mon problème.

Il lui décocha un sourire si charmant que Patience sentit son cœur danser dans sa poitrine.

— Je vous en prie, venez, Patience.

— Bon, entendu. A condition que mes tantes n'y voient pas d'inconvénient. Mlle Murch est-elle au courant ?

— Pas encore. A vrai dire, l'idée m'est venue en vous voyant entrer. Vous devriez aller parler à vos tantes. Si elles sont d'accord, j'irai les chercher demain après le déjeuner, et vous aurez une demi-heure pour les aider à s'installer ici. Je sais, c'est un peu court, mais elles connaissent la maison. Je téléphonerai à un taxi pour qu'il se tienne à leur disposition si elles ont besoin de retourner chez elles prendre quelque chose, ou pour les amener à l'église. Quant à Mlle Murch, je m'en charge.

L'affaire fut rondement menée. D'abord un peu surprises, Polly et Bessy acceptèrent avec joie, tout en précisant que c'était pour rendre service à « cet adorable M. Van der Beek ». Patience les aida à préparer leurs affaires avant de s'occuper de ses propres bagages. Elle parvint à tout caser dans une vieille valise en cuir, qui avait appartenu à sa mère et était très classe, estima-t-elle.

Le lendemain, les deux vieilles dames furent reçues par une Mlle Murch très affable et aux petits soins. A l'évidence, M. Van der Beek avait donné des instructions très précises.

En un rien de temps, Patience se retrouva assise près de lui dans la Bentley bleu foncé et en route pour Londres. Elle portait sa robe écru et beige et il la trouva très jolie ; elle allait plaire à sa sœur.

Pendant le trajet, il bavarda gaiement de tout et de rien, et Patience lui répondit sur le même ton. Elle ne vit pas le temps passer et ils ne tardèrent pas à se retrouver dans les embouteillages de la capitale. Heureusement, son chauffeur connaissait des raccourcis et ils atteignirent assez vite le quartier calme de Chiswick.

Quand il l'aida à sortir de la voiture, Patience lui saisit le bras.

— Vous êtes tout près de l'eau ! s'exclama-t-elle. On ne se croirait pas du tout à Londres...

Puis elle se tourna vers la maison.

— C'est vraiment la vôtre ?

Julius lui jeta un coup d'œil amusé.

— Oui. Pourquoi ? Vous semblez surprise...

— A vrai dire... Je vous imaginais vivant dans un de ces immeubles modernes avec des balcons partout et un portier à l'entrée.

— Comme vous le voyez, ce n'est pas le cas. Cependant, je suis flatté que vous ayez parfois des pensées pour moi, Patience.

Elle rougit sans rien trouver de spirituel à répondre, mais il ne parut pas remarquer son embarras et l'invita à se diriger vers la porte d'entrée.

Dobbs les y accueillit avec un large sourire avant de s'incliner cérémonieusement devant Patience.

— Mme Katte vous attend dans le salon avec sa petite fille, monsieur, annonça-t-il en haussant la voix, car des cris d'enfant rendaient soudain toute conversation normale impossible.

Avec un soupir, M. Van der Beek se tourna vers Patience.

— Vous voyez combien il est nécessaire que vous soyez là pour rétablir un semblant de paix dans ma maison ?

Le majordome leur ouvrit la porte du salon et s'effaça pour les laisser entrer.

Dans un des confortables fauteuils était assise Marijke, la sœur du maître de maison, une jolie blonde aux yeux d'un bleu très clair. Ses cheveux bouclés coupés court étaient tout ébouriffés et une petite fille en pleurs, qui devait avoir moins de trois ans, se blottissait contre elle.

Elle poussa une exclamation en voyant son frère.

— Julius ! Enfin, tu es là !

Une fois les présentations faites, elle remercia Patience de bien vouloir se charger de sa petite Rosie.

— Où est Rinus ? demanda Julius.

— Parti faire une promenade à pied.

— Le lâche… Tu es fatiguée, Marijke. Il serait peut-être temps de mettre cette jeune demoiselle au lit et de discuter tranquillement de l'organisation des journées. Comment va Nanny ?

— Pas très bien. Elle a fait une seconde infection.

Pensez-vous pouvoir faire face à la situation pendant une semaine ou deux ? s'enquit Mme Katte en se tournant vers Patience, l'air soucieux.

— Bien sûr, assura celle-ci.

Elle avait déjà craqué pour la petite fille au visage barbouillé de larmes, qui se trouvait maintenant dans les bras de son oncle.

— Si elle veut bien, je peux emmener Rosie maintenant, lui donner son bain et la mettre au lit.

— Mais vous ne savez pas où se trouvent les choses…

— Je vais porter Rosie là-haut et j'expliquerai tout à Patience en même temps, proposa Julius. Tu n'as qu'à rester ici et nous préparer quelque chose à boire pour tout à l'heure. Je crois que nous en aurons besoin.

Suivi de Patience, il emmena sa nièce à l'étage jusqu'à sa chambre, dont la fenêtre donnait sur un grand jardin à l'arrière de la maison.

— Vous logerez juste à côté, dit-il à Patience. Dans la chambre de Nanny. Si vous lui préparez son bain maintenant, nous lui ferons faire trempette un moment avant de la mettre au lit.

— Je peux me débrouiller seule.

— Je n'en doute pas, mais un peu d'aide pourrait s'avérer utile. Rosie est une gentille enfant et peut se montrer adorable, à condition que vous lui plaisiez.

Patience eut de la chance. La fillette consentit à se laisser déshabiller, puis laver par elle. Une fois en pyjama, elle se glissa docilement dans son lit.

Son oncle l'embrassa et quitta la pièce en affirmant que

Rosie s'endormirait très vite. En fait, il faisait preuve d'un peu trop d'optimisme.

— Chante, demanda-t-elle en anglais à Patience.

Assise au bord du lit, Patience puisa dans ses souvenirs et se mit à entonner doucement les airs que ses parents lui chantaient quand elle-même était enfant.

Julius, qui était remonté pour voir comment évoluait la situation, s'immobilisa sur le palier pour écouter sa voix claire et sourit, attendri.

Puis ce fut le silence et il entra.

— Elle s'est endormie ? chuchota-t-il.

Patience hocha la tête et se leva précautionneusement.

— Vos bagages ont été montés dans votre chambre. Rejoignez-nous en bas dès que vous serez prête.

La chambre de Patience était charmante, avec ses tons pastel et ses abat-jour colorés. Elle se rafraîchit le visage, se coiffa et redescendit après avoir encore jeté un coup d'œil à Rosie.

Dobbs lui ouvrit la porte du salon. Rinus, le mari de Mme Katte, était arrivé. C'était un homme trapu, aux cheveux châtains et au visage ouvert.

Une fois les présentations faites, tout le monde prit un verre, puis on passa à la salle à manger qui était elle aussi décorée avec goût.

Affamée, Patience fit honneur au repas : tartelettes à l'oignon, poulet à l'estragon accompagné de légumes variés et de pommes de terre à la crème, fromages, compote de pommes parfumée à la cannelle.

Marijke parla presque tout le temps, s'excusant d'avoir parfois recours au néerlandais par commodité.

— Je ne suis pas très à l'aise en anglais, s'excusa-t-elle

auprès de Patience. Mais maintenant que vous êtes là, je vais pouvoir pratiquer avec vous, ajouta-t-elle avec un sourire amical. Rosie comprend quelques mots dans votre langue.

Après le dîner, les deux jeunes femmes se retrouvèrent dans le salon autour d'un café et Marijke expliqua le déroulement des journées.

— Vous savez, je n'ai pas été très bien ces derniers jours. Je me fatigue facilement, et ce n'est pas bon pour le bébé. Le matin, après le petit déjeuner, je prendrai donc ma fille avec moi pendant environ une heure, puis je sortirai avec mon mari, peut-être pour déjeuner ou faire des courses. Vous vous occuperez alors d'elle jusqu'au moment du thé. Nous la reprendrons encore une heure ensuite, avant de la mettre au lit. Est-ce que cela vous convient ? demanda-t-elle avec anxiété. Je crains que cela ne vous laisse pas beaucoup de temps pour vous…

— Je pense que cela vous fera du bien de sortir et de vous détendre un peu, répondit Patience avec un sourire rassurant. Ne vous inquiétez pas, je suis sûre que je m'entendrai bien avec Rosie. J'espère être une bonne nounou.

Jusque-là, les deux hommes s'étaient tenus un peu à l'écart. Julius vint souhaiter une bonne nuit à Patience avant de regagner son bureau.

— Demain, je pars tôt pour l'hôpital, annonça-t-il.

La journée avait été longue pour Patience, qui ne tarda pas à monter, s'assurant au passage que Rosie dormait bien.

Dans sa chambre, le lit avait été ouvert, les rideaux tirés. Elle trouva sa chemise de nuit bien pliée sur l'oreiller et un petit plateau portant une bouteille d'eau minérale et un verre sur sa table de nuit. L'accueil était parfait. Patience prit un bain pour se détendre et se coucha sans tarder, consciente que les jeunes enfants se réveillaient souvent tôt.

Rosie ne fit pas exception à la règle. A son réveil, Patience la trouva assise à côté d'elle, en train de lui tapoter doucement le bras. Aucune ne parlait vraiment la langue de l'autre, mais elles arrivèrent très vite à se comprendre.

Lorsque toutes deux furent prêtes, elles se rendirent dans le jardin en passant par la cuisine. Il faisait frais, mais la journée s'annonçait très belle. Elles se mirent à faire des cabrioles sur la pelouse, derrière les massifs de fleurs.

Julius, qui s'apprêtait à emmener Basil en promenade avant le petit déjeuner, resta un long moment à la fenêtre. Il ne se montra toutefois pas, d'une part parce qu'il ne disposait pas de beaucoup de temps avant de partir pour l'hôpital, et d'autre part parce qu'il s'était promis de voir Patience le moins souvent possible.

Cette fille était en train de devenir une obsession, et il n'y avait pas de place pour ce genre de distraction dans sa vie bien ordonnée.

Rosie et Patience prirent leur petit déjeuner, apporté sur un plateau par Jenny, l'employée de maison, dans la pièce qui servait de nursery à la fillette. Parmi d'autres jouets, la toute nouvelle nounou remarqua un magnifique cheval à bascule et une maison de poupées comme elle n'avait même pas osé en rêver étant enfant.

Bien installée dans sa chaise haute, Rosie mangea toute seule. C'était une charmante enfant, bien élevée et qui se tenait correctement la plupart du temps.

Quand elles eurent terminé, Patience lui nettoya le visage

et elles descendirent à la salle à manger, où les parents de la petite fille achevaient leur repas.

Mme Katte paraissait reposée.

— Tout s'est-il bien passé, Patience ? s'enquit-elle. Nous allons jouer avec Rosie pendant que vous prendrez votre heure. Pourriez-vous revenir à 10 h 30 ? Julius a suggéré que vous alliez prendre l'air le long du fleuve.

« Excellente idée », se dit Patience en enfilant sa veste.

Elle trouva l'atmosphère étrangement calme au bord de l'eau ; les rues animées se situaient de l'autre côté de la maison. Ici, tout était très différent de Themelswick. Rien d'étonnant à ce que Mlle Murch ait tant de mal à s'adapter.

Patience ne comprenait pas pourquoi M. Van der Beek avait éprouvé le besoin de quitter un endroit aussi agréable et paisible pour écrire. Peut-être avait-il de nombreux amis et une vie sociale très active en temps normal, ce qui rendait l'éloignement nécessaire. Elle songea qu'elle en apprendrait sans doute davantage pendant son séjour chez lui.

Lorsqu'elle fut de retour à la maison, Rosie parut heureuse de la retrouver. Dobbs lui indiqua un petit jardin public non loin de là, où la nounou hollandaise emmenait souvent la fillette jouer à la balle le matin.

— Vous pourriez déjeuner vers midi, et ensuite vous aurez un peu de temps pour vous pendant que Rosie fera sa sieste, poursuivit le majordome.

La journée se déroula agréablement. La petite fille avait adopté Patience et babillait dans sa langue maternelle, paraissant même comprendre sa nounou lorsque celle-ci lui répondait en anglais.

Après avoir couché Rosie pour sa sieste, Patience resta un moment sur le palier, regardant par la fenêtre qui donnait sur le jardin, appréciant l'espace qui s'offrait tant à l'intérieur qu'à l'extérieur de la maison.

— Il doit avoir beaucoup d'argent, commenta-t-elle à voix haute, persuadée d'être seule. C'est un heureux homme…

— En effet, il l'est, répondit la voix grave de M. Van der Beek si près d'elle que, en se retournant d'un bond, elle se retrouva le nez contre sa veste.

— Il faut que vous arrêtiez de faire ça ! protesta-t-elle, pâle de frayeur. J'aurais pu pousser un hurlement et réveiller Rosie.

— Une fois qu'elle est endormie, même l'orchestre de la marine royale ne lui ferait pas remuer une oreille.

Il sourit.

— Vous sentez-vous seule ?

— Non, pas du tout. Comment être seule avec Rosie ? C'est juste un peu… étrange pour moi de me trouver ici.

Si Julius n'avait pas prévu de rentrer avant le soir, il était à présent content de l'avoir fait. Malgré ses dénégations, Patience semblait un peu perdue dans cette grande maison…

Mais après tout, qu'est-ce que cela pouvait bien lui faire ?

6.

Julius ne tenait pas à creuser trop profond dans ses sentiments. Il décida qu'il s'intéressait à Patience parce qu'il l'avait arrachée un peu brutalement à son tranquille petit village et qu'il tenait à ce qu'elle se sente bien dans sa famille.

— Comme je suis libre samedi, je vais emmener Marijke, Rinus et ma nièce déjeuner chez des amis, lui dit-il. Nous ne serons pas de retour avant 16 heures. Vous devriez prendre votre matinée dès que Rosie aura eu son petit déjeuner, et en profiter pour faire du shopping. Je pourrais dire à Dobbs de tenir votre déjeuner prêt pour 13 heures, qu'en pensez-vous ?

— Ce serait parfait, merci, répondit Patience, les yeux brillants.

Marks and Spencer et Selfridges n'avaient qu'à bien se tenir... Elle essaierait de se trouver une ou deux robes d'été correspondant à son budget.

L'observant à la dérobée, Julius se promit de ne pas oublier de déposer son salaire hebdomadaire sur la table du petit déjeuner.

Il dut aussi se faire violence pour ne pas l'entraîner dans

l'une ou l'autre des ravissantes boutiques qui se trouvaient non loin de là, et qui dépassaient largement les possibilités financières de la jeune femme.

— Donc, c'est entendu, conclut-il d'un ton neutre avant de s'éclipser.

Patience ne le revit pas avant la fin de la semaine, à part le soir, au moment du dîner. A table, il se montrait distant avec elle, se contentant de l'inclure parfois dans la conversation.

Elle y réfléchit longuement, dans le calme de sa chambre. Etait-ce à cause de la présence de sa sœur et de son beau-frère qu'il adoptait une telle attitude ? Quoi qu'il en soit, on lui avait demandé de remplacer la nounou de Rosie, et elle ferait de son mieux pour se montrer discrète.

Discrète, elle ne l'était pas encore assez au goût de Julius, qui avait constamment conscience de sa présence, comme de celle d'une petite souris qui serait cachée dans un coin mais que l'on savait là.

Le samedi matin, son salaire de la semaine en sécurité dans sa poche, Patience regarda avec plaisir toute la famille partir. Elle aimait beaucoup s'occuper de Rosie, mais elle appréciait d'avoir une journée rien que pour elle.

En fait, l'unique nuage à l'horizon était l'attitude de M. Van der Beek envers elle. Il se montrait exagérément poli, presque froid, au point qu'elle n'osait plus lui parler et l'évitait autant que possible, ce qui n'était pas difficile.

Munie de la liste des numéros de bus à prendre — information fournie par l'aimable Dobbs — elle se retrouva dans Oxford Street, où elle fit l'achat d'une robe en jersey de coton rose vif, d'une jupe à fleurs et de plusieurs hauts assortis. Il lui resta assez d'argent pour acheter des dessous, et une petite veste courte en matière imperméable. Après avoir pris un café, elle retourna à Chiswick chargée de paquets.

Dobbs lui jeta un coup d'œil paternel.

— On dirait que la matinée vous a été profitable, mademoiselle. Votre déjeuner est prêt, à l'arrière de la maison.

Il lui servit un petit bol de soupe à l'oignon, une omelette aux champignons qui fondait dans la bouche, une salade d'endives aux pommes et une crème brûlée en guise de dessert.

— M. Van der Beek a suggéré que vous téléphoniez à vos tantes pendant que la maison est tranquille, lui dit Dobbs en servant le café. Il y a un appareil dans le hall, et un autre dans le salon.

Il se retira discrètement et Patience s'installa dans le salon pour appeler ses tantes.

Celles-ci n'avaient jamais aimé le téléphone et la conversation fut brève, mais Patience sentit qu'elles étaient heureuses et que l'on s'occupait bien d'elles.

Ensuite, elle passa un après-midi paisible dans la même pièce, à lire les journaux que Dobbs lui avait préparés, à se reposer et à se régaler des petits sandwichs au concombre et des minicakes qu'il lui apporta. Même le thé lui parut meilleur, servi dans une petite théière en argent.

Les Katte revinrent vers 17 heures.

Visiblement fatiguée, Marijke était pâle et Patience s'occupa aussitôt de sa fille tandis que Rinus accompagnait sa femme dans sa chambre.

Rosie fut contente de la revoir. Elle s'assit sur ses genoux et se mit à babiller dans un jargon incompréhensible. Aucune importance : cela ne les empêcha pas de mener une conversation animée, ponctuée de rires.

Aucune des deux n'entendit arriver Julius. Il s'immobilisa près de la porte et les observa un long moment, un léger sourire aux lèvres. Vêtue de sa robe à fleurs, Patience écoutait la petite fille avec une grande attention, hochant la tête et commentant parfois son récit d'un joyeux : « C'est super ! »

Il jugea qu'elle était tout à fait à sa place, là, dans son salon, et songea à l'élégante jeune femme qu'il avait vue chez ses amis un moment plus tôt, et qui avait fait tout son possible pour attirer son attention. Elle était très jolie, habillée avec un goût exquis, et s'était montrée brillante et spirituelle. Cependant, elle avait à peine gratifié Rosie d'un bonjour distrait.

Patience, quant à elle, avait sa petite robe bon marché toute chiffonnée par Rosie et ne semblait pas s'en soucier, alors qu'elle ne pouvait sans doute pas se permettre de l'abîmer.

Il fronça les sourcils. Décidément, il passait beaucoup trop de temps à penser à cette fille.

— Bonsoir, Patience, dit-il avec la politesse froide qui lui était devenue coutumière.

Patience fut heureuse de le revoir, même si elle lui répondit sur le même ton.

— Je m'apprêtais à emmener votre nièce à l'étage pour lui donner son bain et la faire manger. Il est l'heure et elle est fatiguée. Dis bonne nuit à ton oncle, Rosie.

Habitué à voir les femmes s'empresser autour de lui, Julius fut intrigué par l'attitude de Patience. Manifestement, elle l'évitait. Perplexe, il alla s'asseoir dans son bureau tandis que Basil se couchait à ses pieds. Il serait intéressant de voir s'il pouvait changer cet état de chose…, songea-t-il.

— Venez près de moi, Patience, dit Mme Katte lorsque les adultes se retrouvèrent dans le salon avant de dîner, une fois Rosie endormie.

Elle semblait reposée et avait retrouvé son sourire habituel.

— Je suis tellement soulagée que Rosie s'entende bien avec vous ! soupira-t-elle. Aujourd'hui, elle s'est beaucoup amusée avec les enfants de nos amis. Cela nous a fait plaisir de les revoir. Ils n'ont pas changé, tu ne trouves pas, Julius ? Et que penses-tu de Sadie Beauchamp ? N'est-elle pas jolie et charmante ? Vous aviez l'air de bien vous entendre.

— En effet, répondit-il distraitement, les yeux fixés sur Patience qui demeurait immobile, les mains croisées sur ses genoux.

Ils passèrent à la salle à manger peu après et en étaient au milieu du repas quand Julius reçut un appel sur son portable. Il quitta la maison en prévenant qu'il ignorait à quelle heure il rentrerait.

Au milieu de la nuit, Patience fut réveillée par les pleurs de Rosie qui avait dû faire un cauchemar. Elle la prit dans ses bras et se mit à aller et venir dans sa chambre en la berçant.

— Chut, ma chérie, murmura-t-elle. Tu vas réveiller tout le monde. Maman, papa et oncle Julius…

— Oncle Julius n'est pas encore couché, dit une voix grave derrière elle.

Il lui prit la fillette des bras et s'assit avec elle sur le petit lit. L'étudiant du coin de l'œil, Patience remarqua qu'il avait les traits tirés.

Soudain, elle fut prise d'une envie irrépressible d'effacer toute trace de fatigue de son visage, de lui préparer une boisson chaude et de lui dire d'aller se coucher. Si elle avait été son épouse, c'est ce qu'elle aurait fait, songea-t-elle en se prenant à souhaiter de toutes ses forces être cette femme.

Abasourdie par sa découverte, elle resta à le regarder consoler sa nièce, les yeux arrondis de surprise.

— Elle a dû avoir trop d'excitation aujourd'hui, murmura-t-il. A présent, elle s'est calmée.

Patience lui reprit Rosie et la coucha.

— Chante..., dit la petite fille d'une voix ensommeillée.

Sa nuit agitée n'empêcha pas Rosie de se réveiller à l'heure habituelle le lendemain matin.

Après s'être préparée, Patience l'habilla et elles descendirent dans la cuisine. Il faisait un temps superbe et elle avait l'intention d'aller un moment au jardin.

Dans le hall, elle tomba sur Julius Van der Beek qui sortait de son bureau, élégant comme à son habitude, et arborant la mine de quelqu'un qui venait de passer une bonne nuit de sommeil.

— Vous n'allez jamais arriver à travailler en ayant dormi aussi peu ! s'exclama-t-elle. Prenez garde, vous êtes en train de brûler la chandelle par les deux bouts !

Il la regarda avec un étonnement amusé et elle se mit à rougir. Elle s'était laissé emporter par son amour... Certes, il avait besoin qu'une femme s'occupe de lui, mais elle était en train d'outrepasser ses attributions...

Julius ne répondit pas, mais il embrassa Rosie puis, délibérément, appliqua aussi un baiser appuyé sur la joue de Patience avant de s'éloigner sans prononcer un mot.

Patience passa le reste de la journée à chercher un moyen de l'éviter le soir, quand il rentrerait. Elle se creusa la cervelle pour rien, car il ne revint pas. Sa sœur lui expliqua pendant le dîner qu'il avait été appelé en urgence en Irlande du Nord pour opérer un soldat qui, pendant l'entraînement, avait reçu une balle à un millimètre du cœur.

Elle ne le revit que deux jours plus tard et on en était déjà presque à la deuxième semaine. La nounou hollandaise n'allait plus tarder à sortir de l'hôpital. Lorsqu'elle serait là, il ne resterait plus à Patience qu'à rentrer à Themelswick et à réinstaller ses tantes dans leur petite maison.

Heureusement, elle avait mis presque tout son salaire de côté et pourrait subvenir à leurs besoins durant les mois à venir.

Pendant que Patience promenait Rosie au parc dans sa poussette, les Katte se trouvaient à l'hôpital au chevet de leur nounou, en compagnie de Julius.

— J'ai bien réfléchi, dit celui-ci à son beau-frère dans leur langue d'origine. Je pense qu'il vaudrait mieux que tu accompagnes Nanny en voiture chez elle lorsqu'elle sortira. Elle devrait se reposer là-bas une semaine ou deux auprès de sa sœur, le temps qu'elle soit apte à reprendre son poste. Marijke restera ici, et bientôt, je ramènerai tout le monde en Hollande, y compris Patience, qui pourra séjourner chez vous en attendant le retour de Nanny.

— Cela me semble une bonne idée, mais qui te dit que Patience acceptera de venir ?

Julius hocha la tête en souriant avec confiance.

— Je crois qu'elle sera d'accord. Je vais l'emmener dîner quelque part pour tout lui expliquer. Elle sait que ses tantes sont en sécurité à Themelswick et elle a besoin d'argent. Quant à vous, Nanny, il faudra compter en tout trois semaines avant que vous puissiez de nouveau vous occuper de Rosie.

Tout le monde s'étant mis d'accord, il alla trouver l'interne pour discuter des modalités de sortie de la nounou. Puis il courut à son rendez-vous suivant en promettant d'être de retour dans l'après-midi.

Patience avait confié Rosie à sa mère et était en train de prendre son thé dans la nursery en dévorant les petits sandwichs de Dobbs, quand elle faillit s'étrangler au son de la voix de Julius.

— Pourquoi mangez-vous ici ? demanda-t-il d'un ton de reproche. Le thé est servi dans le salon. Vous n'êtes pas une domestique, Patience.

Elle réussit à reprendre son souffle.

— Oui, je sais. Mais votre sœur est dans le salon avec Rosie et elle a très gentiment suggéré que je prenne un peu de temps pour moi avant de mettre la petite au lit.

Il la regarda d'une manière si étrange qu'elle s'empressa d'ajouter :

— C'est très aimable à vous de vous inquiéter pour moi.

— Lorsque Rosie sera couchée, j'aimerais vous emmener quelque part, proposa-t-il.

Elle avait beau être amoureuse, Patience n'en avait pas perdu pour autant son sens pratique.

— Si c'est pour m'annoncer que vous n'avez plus besoin de moi, vous pouvez le faire ici. Nanny ne va pas tarder à être rétablie, à présent.

Julius réprima un sourire.

— Soyez gentille, acceptez simplement mon invitation. Nous partirons à 19 h 30. Et surtout, ne vous creusez pas trop la tête.

Restée seule, Patience termina son thé en se perdant en conjectures. Julius n'était nullement intéressé par elle, de cela elle ne doutait pas un instant. Mais au moins, elle passerait une heure ou deux en sa compagnie et conserverait d'agréables souvenirs pour plus tard.

Restait le problème de savoir comment s'habiller. Elle aurait pu porter un de ses nouveaux vêtements, mais tout le monde pouvait voir qu'ils ne venaient pas d'une grande boutique. Elle opta donc de nouveau pour la robe beige et crème, espérant ne pas embarrasser son cavalier en ayant fait le mauvais choix.

Julius avait réservé une table dans un petit restaurant très connu de Walton Street, Ma Cuisine, où il savait que la modeste garde-robe de Patience ne serait pas une gêne pour elle. En ce qui le concernait, elle aurait pu être vêtue d'un sac, cela lui était égal à présent, mais il avait observé que sa tenue vestimentaire était pour elle un sujet sensible. Or, la dernière chose qu'il voulait, c'était la rendre malheureuse.

En s'asseyant, Patience regarda discrètement autour d'elle et poussa un soupir de soulagement. Tout le monde était habillé de façon correcte, mais sans luxe ni ostentation. A commencer par son compagnon qui portait cependant un costume parfaitement coupé.

Patience sourit à Julius, qui l'observait à travers ses paupières mi-closes tout en faisant mine de s'intéresser au menu.

— C'est très agréable, ici, commenta-t-elle.

— On y est au calme et l'on y mange très bien. Si nous commencions par un apéritif ?

Le dîner fut effectivement succulent : mousseline de homard avec sauce au champagne, agneau de printemps accompagné d'une sauce très légèrement aillée, et nougat glacé aux framboises pour finir.

Pendant tout le repas, Julius maintint la conversation sur un mode léger et impersonnel, souriant aux vaines tentatives de Patience d'en savoir plus sur l'objet de son invitation.

C'est seulement pendant le café qu'il se décida.

— Vous avez été une aide précieuse pour Marijke, et elle… je veux dire nous, nous vous en sommes très reconnaissants, Patience. Mais nous avons encore une chose à vous demander. J'ai parlé au chirurgien de Nanny, qui m'a confirmé qu'elle pouvait retourner en Hollande, mais qu'elle ne serait pas complètement rétablie avant plusieurs semaines. Seriez-vous d'accord pour accompagner Rosie et ma sœur chez elles jusqu'à ce que Nanny revienne ? C'est l'affaire de trois semaines, tout au plus. Naturellement, vos tantes resteraient dans la maison de Themelswick avec Mlle Murch et Marijke vous paierait le même salaire que vous touchez ici.

Patience ouvrit la bouche pour répondre, mais il l'arrêta d'un geste.

— Ne dites rien pour le moment. Réfléchissez-y en rentrant, et si vous le souhaitez, appelez vos tantes demain matin pour voir si elles sont d'accord. Je ne voudrais surtout pas vous forcer la main.

En fait, Patience n'en avait nul besoin : cette proposition était la cerise sur le gâteau. Il y avait néanmoins une chose qu'elle tenait à savoir.

— Serez-vous en Hollande, vous aussi ?

— Oui, la plupart du temps. J'ai une ou deux choses prévues là-bas. Rinus partira le premier avec Nanny pour l'installer chez sa sœur, puis je vous emmènerai dès que je serai libre, avec Marijke et Rosie.

— Et Basil ? s'inquiéta-t-elle.

Il sourit.

— Mon chien restera avec Dobbs, qu'il aime beaucoup, car actuellement je suis plus souvent ici qu'en Hollande.

— Où irons-nous ?

— Rinus habite La Haye, c'est donc là que vous serez.

— Et vous ?

— Je vis à la campagne, mais la Hollande est un petit pays et ce n'est pas très loin.

Pas très loin… c'était plutôt vague. Apparemment, tout avait été prévu, constata-t-elle. Il semblait sûr qu'elle viendrait, et devait savoir qu'elle avait besoin d'argent. En tout cas, il avait su l'utiliser, songea Patience, un peu désabusée. D'intendante, elle était devenue secrétaire et maintenant, nounou.

Mais elle était tellement amoureuse de lui qu'elle se sentait prête à accepter tout ce qu'il lui proposait.

— Je pense que cela me conviendra, dit-elle. Mes tantes n'y verront pas d'objection lorsque je leur expliquerai de quoi il s'agit. De plus, ce n'est pas comme si vous étiez un étranger, conclut-elle avec son bon sens habituel.

Julius acquiesça avec gravité, dissimulant son amusement. Jamais encore il n'avait rencontré une femme comme elle. Sa mère l'aurait probablement trouvée un peu démodée, mais elle avait une personnalité affirmée et était farouchement indépendante. En même temps, c'était quelqu'un de sensible, quoique parfois très caustique.

— Je peux vous conduire à Themelswick après-demain, pendant que Rinus sera encore là pour s'occuper de Rosie. Nous partirons tôt, vers 8 heures.

— Parfait.

Comme le sujet du voyage en Hollande était temporairement clos, ils se mirent à parler des livres qu'ils avaient lus et découvrirent qu'ils avaient des goûts similaires. En fait, ils tombèrent d'accord sur beaucoup de choses, constata Patience. En d'autres circonstances, ils auraient pu devenir de très bons amis.

Soudain, il lui vint à l'esprit qu'il se montrait peut-être aussi peu contrariant pour être sûr qu'elle vienne en Hollande avec Rosie. Elle ne put s'empêcher de le lui dire.

— Vous savez, il était inutile de m'emmener dîner, conclut-elle. J'aurais de toute façon accepté de prendre la place de Nanny…

Instantanément, elle vit son visage changer et esquissa un

mouvement de recul. Il n'avait pas bougé d'un centimètre, mais ses yeux lançaient des éclairs.

— Si nous faisions comme si vous n'aviez rien dit ? suggéra-t-il d'une voix si calme qu'elle en était inquiétante.

Patience se força à le regarder.

— Je suis désolée… Je n'aurais pas dû parler ainsi. C'était plutôt maladroit de ma part, non ?

— Plutôt. Ne recommencez jamais, Patience.

— Je vous le promets. Je… J'espère que je n'ai pas gâché la soirée, car j'ai passé un moment très agréable, assura-t-elle.

Julius sourit de nouveau, son accès de colère étant passé comme par enchantement.

— Lorsque vous serez en Hollande, il faudra prendre le temps de découvrir le pays. Peut-être même pourrez-vous rester quelques jours après le retour de Nanny…

Il était tard quand ils rentrèrent, mais Dobbs les attendait, prêt à leur servir un café ou un verre. Patience remercia Julius pour le dîner puis monta l'escalier, après une caresse à Basil au passage.

En se retournant à mi-chemin, elle aperçut Julius qui sortait avec son chien pour une dernière promenade et sourit : il serait encore là demain matin.

Comme d'habitude, Rosie se réveilla tôt et elles retrouvèrent dans le hall un Dobbs toujours souriant, qui offrit un thé à Patience et un verre de lait à la fillette.

— M. Van der Beek est parti cette nuit à 4 heures pour une autre greffe du cœur, annonça-t-il. Il ne rentrera pas de la journée.

— Il travaille trop dur, remarqua Patience, aussitôt approuvée par le majordome.

— Si je peux me permettre, dit-il, il faudrait qu'il épouse une gentille jeune femme, qui lui rendrait la vie plus facile et saurait habilement le freiner un peu…

Il sembla à Patience qu'il la regardait de façon étrange, comme s'il pensait qu'elle pourrait être cette jeune femme…

Julius ne rentra pas de la journée, et il n'était toujours pas là après le dîner. Patience bavardait avec les Katte dans le salon lorsque le téléphone sonna. Rinus alla répondre et se mit à s'exprimer en néerlandais. Quand il revint, elle s'attendait à ce qu'il lui annonce qu'elle ne pourrait pas aller à Themelswick le lendemain.

— Mon beau-frère va rester encore un peu à l'hôpital pour surveiller son patient, dit-il à Patience. Il vous demande de vous tenir prête pour demain matin 8 h 30, comme convenu. Dobbs vous préparera votre petit déjeuner…

Secrètement soulagée, Patience retrouva dans le hall le majordome qui lui assura qu'elle n'avait à se préoccuper de rien : elle serait réveillée suffisamment tôt et il servirait le petit déjeuner dans la nursery.

C'était très agréable d'avoir quelqu'un qui prenait tout en main, songea-t-elle, alors que, d'habitude, c'était elle qui devait veiller à tout pour ses tantes.

Elle fut réveillée par Jenny qui lui apporta une tasse de thé et, pour une fois, elle eut le temps de se préparer — et de mettre de nouveau sa robe beige et crème — avant le réveil de Rosie. Elles venaient juste de finir leur petit déjeuner quand elle entendit la porte d'entrée se refermer et les joyeux aboiements de Basil.

Quelques minutes plus tard, Rinus vint chercher sa fille.

— Je vous souhaite une bonne journée, Patience. Cela vous fera du bien de revoir vos tantes avant de partir. Julius est rentré dans la nuit. Il a déjeuné avant d'aller faire un tour avec Basil.

Patience embrassa Rosie sur la joue.

— Bonne journée à vous aussi, dit-elle à Rinus. Avez-vous prévu quelque chose ?

— Comme Marijke se sent beaucoup mieux, nous pensons emmener Rosie à St James Park, nourrir les canards.

Quelques minutes plus tard, Patience prenait place dans la Bentley tandis que Basil sautait sur le siège arrière. Elle jeta un coup d'œil à Julius : il était toujours impeccable, mais paraissait fatigué.

Il démarra en silence et elle attendit qu'ils soient sur l'A12 pour risquer une question.

— L'opération s'est-elle bien déroulée ?

— Très bien. Il y a eu une légère complication dans la journée, mais tout va bien maintenant.

— Tant mieux. Avez-vous trouvé le temps de dormir ? Vous n'étiez pas rentré, lorsque je me suis couchée.

Elle ne le vit pas sourire.

— Oh oui, j'ai assez dormi pour être un conducteur sûr, affirma-t-il.

— Je ne pensais pas à ça ! protesta-t-elle. Vous travaillez trop, je vous l'ai déjà dit. Lorsque je tapais votre livre, je n'imaginais pas les choses ainsi. Je vous voyais dans une splendide salle de consultation sur Harley Street, trônant au milieu d'infirmières et de réceptionnistes qui couraient en tous sens pour vous satisfaire, tandis que vous, derrière votre bureau, écoutiez des gens se plaindre de maux plus ou moins imaginaires…

Julius éclata d'un rire moqueur.

— Quelle imagination débordante ! Bien qu'il m'arrive de consulter à Harley Street, je dois reconnaître que je n'ai qu'une infirmière et une réceptionniste. Quant à mes patients, je n'ai pas le temps de m'occuper des hypocondriaques… Je m'assure d'abord qu'ils n'ont rien de sérieux, et je les envoie à un collègue plus qualifié que moi pour traiter de leurs problèmes psychologiques.

Il ralentit en approchant de Chelmsford.

— Si nous nous arrêtions pour prendre un café ? Il y a un petit pub sympa, ici. Le White Hart.

Le café était brûlant et fort. Julius dirigea volontairement la conversation sur des sujets généraux et Patience entra dans le jeu, répondant à une banalité par une autre.

De retour dans la voiture, il continua sur le même mode en lui parlant de ses tantes et elle se dit que ce serait bien si l'on pouvait exprimer ce que l'on ressent vraiment, sans s'inquiéter des conséquences, comme le font les enfants.

Rosie pouvait nouer les bras autour du cou de son oncle et lui dire qu'elle l'aimait, cela lui plaisait manifestement. Mais si c'était elle, Patience, qui faisait la même chose, il reculerait d'un air horrifié…

Elle retrouva Themelswick égal à lui-même lorsqu'ils traversèrent le village pour s'arrêter devant la maison. Mlle Murch les reçut chaleureusement.

— Le café vous attend et je vous ai fait du pain d'épice. Ces dames sont dans le salon…

Julius invita Patience à s'y rendre et précisa qu'il la rejoindrait dès qu'il aurait parlé à Mlle Murch.

Les deux vieilles dames furent ravies de la revoir ainsi que son compagnon, qui ne fit qu'une brève apparition et goûta le pain d'épice avant de partir à Norwich en annonçant qu'il reviendrait vers 18 heures.

— Nous rentrerons directement, prévint-il. Je dois repasser à l'hôpital tard dans la soirée.

Patience bavarda agréablement pendant un moment avec ses tantes, puis leur parla de son voyage en Hollande.

— Comme c'est gentil à eux de t'avoir invitée ! commenta tante Polly, qui était un peu plus sourde que sa sœur.

Patience n'eut pas le courage de rectifier son erreur. Après tout, l'essentiel était que ses tantes soient heureuses. Depuis leur retour dans leur ancienne maison, elles paraissaient avoir rajeuni, peut-être parce qu'elles vivaient de nouveau sans soucis.

Il était visible que Mlle Murch prenait plaisir à s'occuper d'elles.

— Mes tantes ne vous donnent pas trop de travail ? s'inquiéta Patience.

— Certainement pas, assura la gouvernante. Ce sont des personnes éduquées à l'ancienne, et leur comportement est toujours exemplaire.

Elle étudia le visage de Patience.

— Vous avez bonne mine. J'imagine que vous ne devez pas manquer de travail, car cette petite Rosie n'est pas une enfant facile.

Après le déjeuner, Patience alla au village récupérer son passeport dans l'autre maison, ainsi que quelques affaires qu'elle souhaitait emporter.

A côté du luxe de la demeure de Chiswick, elle trouva les lieux plutôt déprimants. A n'en pas douter, ses tantes seraient malheureuses de devoir y retourner, même si elles ne se plaignaient jamais.

En refermant la porte, Patience s'efforça de ne pas penser au futur et de se contenter de vivre pleinement le présent.

Ce n'était pas trop difficile : dans peu de temps, elle serait de nouveau assise près de Julius, et cela suffit à lui faire oublier tout le reste.

7.

Après leur sieste, les tantes de Patience furent heureuses de pouvoir bavarder encore avec elle.

— Est-ce que tu reviendras ici à ton retour de Hollande ? lui demanda tante Bessy.

Cela aurait été trop cruel de leur apprendre dès maintenant qu'elles devraient retourner dans leur petite maison exiguë. Il serait bien temps de le faire après la Hollande. Patience marmonna donc une vague réponse et leur dit qu'elle avait rencontré Mme Dodge.

— Vous lui manquez beaucoup, toutes les deux, assura-t-elle.

Elles discutèrent des derniers potins du village, jusqu'à ce que M. Van der Beek arrive comme prévu, à 18 heures tapantes. Il s'attarda un moment avec ses tantes, qui lui assurèrent qu'elles ne pouvaient être plus heureuses et que l'on s'occupait très bien d'elles.

Patience en profita pour aller dire au revoir à Mlle Murch, qui lui confia plusieurs messages pour Dobbs puis, après les derniers adieux, elle se retrouva dans la Bentley, le souffle chaud de Basil dans la nuque.

Pendant le trajet, Julius Van der Beek garda un silence

amical que Patience hésita à rompre. Il roulait vite, sans doute parce qu'il était pressé d'aller à l'hôpital. Peu lui importait. Elle était contente d'être là, juste assise près de lui ; pas parfaitement heureuse, bien sûr, mais c'était mieux que rien, se dit-elle.

Lorsqu'ils arrivèrent dans la banlieue de Londres, elle lui proposa de se rendre directement à l'hôpital.

— Je peux prendre un bus jusqu'à Chiswick, cela vous fera gagner du temps.

— Il est vrai que j'ai hâte de rejoindre l'hôpital, répondit-il. Comme je n'en aurai pas pour très longtemps, je vous propose de m'y accompagner et de m'attendre sur place. Cela ne vous ennuie pas ?

— Pas le moins du monde.

L'hôpital se trouvait au cœur de la ville. Il entra dans la cour, se gara sur le parking des consultants et l'invita à descendre.

— Et Basil ?

Nullement inquiet, le chien s'était déjà roulé en boule à la place du conducteur.

Le hall d'entrée était impressionnant mais Patience n'eut guère le temps de regarder autour d'elle. Son employeur l'entraîna au pas de charge à travers les couloirs et les étages. Lorsque, enfin, ils eurent passé une porte battante, ils virent trois personnes qui attendaient : deux jeunes hommes en blouse blanche et une infirmière d'âge mûr.

Il fit rapidement les présentations et proposa à Patience de l'attendre dans le bureau des infirmières, lui assurant qu'il ne serait pas long…

Un instant plus tard, elle le vit repasser en blouse blanche, ses confrères sur les talons, puis plus rien.

Au bout d'une heure, Patience décida d'aller s'installer dans le hall, où il y avait une grande fenêtre. Elle resta là, assise sur une chaise, à observer les allées et venues dans la cour et à regarder le jour tomber peu à peu, en espérant que Dobbs leur avait gardé quelque chose à manger.

De toute façon, s'il l'avait fallu, elle aurait passé la nuit là, à l'attendre, puisqu'elle était folle amoureuse de lui.

— Ah, vous voilà ! entendit-elle soudain.

Il était là, devant elle, l'air un peu fatigué. A l'intonation de sa voix, on aurait pu croire que c'était lui qui l'avait attendue. Elle ne lui en voulut toutefois pas car, à l'évidence, il avait été très occupé au cours des dernières heures.

De retour à la voiture, ils retrouvèrent Basil, qui leur fit fête avant de se rendormir sur le siège arrière.

Une demi-heure plus tard, Dobbs vint leur ouvrir la porte de la maison et leur annonça que M. et Mme Katte finissaient de dîner. Leur repas était prêt, au moment qui leur conviendrait.

— Dans dix minutes, Patience ? suggéra le maître de maison.

Elle en profita pour aller se rafraîchir et vérifier que Rosie dormait d'un sommeil paisible après quoi elle alla rejoindre les parents de la fillette qui venaient de s'installer dans le salon.

Rinus Katte lui proposa un sherry et sa femme la fit asseoir près d'elle pour lui raconter leur journée. Rosie avait été un ange — du moins, presque tout le temps — et son mari était retourné voir la nounou hollandaise. Il avait été convenu qu'il irait la chercher le lendemain après-midi et la conduirait directement au ferry.

— Quant à Julius, il ne nous a pas encore dit quand il nous ramènerait chez nous, conclut-elle.

Patience dîna en tête à tête avec Julius Van der Beek. Le repas fut à la hauteur de ses espérances et la conversation, aussi agréable que la nourriture.

Apparemment satisfait de l'état de ses patients, le chirurgien était détendu et ils discutèrent plaisamment, passant d'un sujet à l'autre.

Après le sherry généreusement servi par Rinus Katte, Patience apprécia un excellent chablis avec le poulet, et le maître de maison insista pour qu'elle goûte au sauternes avec le dessert. Se sentant comme sur un nuage, elle avait le rose aux joues et les yeux brillants, ce qui n'échappa pas à son hôte qui l'observait à la dérobée, et la trouva plus jolie que jamais.

— Si nous prenions le café dans le salon ? suggéra-t-il.

Ils y retrouvèrent le couple Katte. Lorsque les deux hommes commencèrent à discuter du départ, prévu dans deux ou trois jours, Patience préféra les laisser entre eux et leur souhaita bonne nuit, après avoir remercié M. Van der Beek pour la sortie.

Tout en se préparant à se coucher, elle se demanda si elle le verrait souvent une fois en Hollande. Comme il aimait beaucoup sa sœur, il viendrait sans doute lui rendre visite de temps en temps, espéra-t-elle. Sur cette agréable pensée, elle s'endormit profondément.

Rosie passa une bonne partie de la matinée suivante avec ses parents, et Patience en profita pour rassembler les vêtements de la petite fille et commencer à faire les bagages pour toutes les deux.

Dans l'après-midi, après le départ de Rinus, elle s'attaqua à une tâche d'une tout autre ampleur : faire les valises de son épouse.

Comme celle-ci avait profité de son séjour à Londres pour dévaliser les boutiques de mode, Patience dut faire appel à Dobbs afin qu'il trouve des cartons supplémentaires. Heureusement qu'elle-même n'avait qu'une valise, sinon le coffre de la voiture aurait débordé.

M. Van der Beek rentra pour le dîner et annonça qu'ils partiraient le surlendemain et suivraient la route côtière à partir de Douvres.

— Nous prendrons le ferry en milieu de matinée.

A partir de là, tout alla très vite. Le jour suivant suffit tout juste à Patience pour terminer les préparatifs, car elle dut aussi emmener Rosie, qui était très excitée à l'idée de retourner chez elle, faire une longue promenade.

Le voyage se déroula on ne peut mieux et la petite fille somnola presque tout le temps. Sur le ferry, M. Van der Beek fut très présent, s'occupant beaucoup de sa nièce quand elle ne dormait pas.

Patience éprouva néanmoins de la tristesse : une fois en Hollande, elle ne le verrait plus que rarement. Son livre se trouvait entre les mains de l'éditeur, et lorsque la nounou de Rosie serait de retour, on n'aurait plus besoin d'elle.

Que deviendrait-elle ensuite ? Ce serait dur pour elle de retourner dans la petite maison de Themelswick pour y reprendre sa vie ordinaire, et encore plus pour ses tantes qui avaient retrouvé leur confort passé…

Ils traversèrent la Belgique, puis une partie de la Hollande.

Enfin, M. Van der Beek s'engagea sur une avenue bordée d'arbres et s'arrêta devant une grande maison entourée d'un jardin. Il aida sa sœur à descendre de voiture, tandis qu'une femme entre deux âges sortait de la maison et venait à leur rencontre.

« La gouvernante », se dit Patience. Elle lui trouva le même air sévère que Mlle Murch, pourtant la femme les salua avec un large sourire et prit Rosie dans ses bras.

Tout en sortant les bagages, M. Van der Beek fit les présentations.

— Voici Mlle Witte. Souhaitez-vous qu'elle vous appelle Mlle Martin ou Patience ?

— Patience, s'il vous plaît.

Avant d'aller retrouver son mari à l'intérieur, Mme Katte se tourna vers Patience.

— Demain, Mlle Witte s'occupera de Rosie et je vous ferai découvrir La Haye, promit-elle.

Une fois dans la maison, Patience dut encore faire la connaissance de Bep, la femme de chambre, après avoir revu Rinus Katte qui la salua gaiement.

— Bep va vous montrer votre chambre, qui se trouve à côté de la nursery, lui dit-il en embrassant sa petite fille. Une fois que vous vous serez installée, redescendez un moment avec Rosie. Quand elle sera couchée, nous pourrons prendre un verre tranquillement avant de manger. En Hollande, on dîne très tôt.

La nursery et la chambre de Patience se trouvaient au deuxième étage, à l'arrière de la maison. Les pièces étaient claires et joliment meublées.

Elle emmena Rosie dans sa propre chambre pendant

qu'elle se rafraîchissait et fut ravie de constater que Bep avait déjà suspendu ses vêtements dans l'armoire.

Quand elles redescendirent, la petite fille, visiblement fatiguée, ne mangea pas beaucoup. Patience entra ensuite avec elle dans le vaste salon où se tenaient le couple Katte et M. Van der Beek. Elle resta seulement le temps que Rosie dise bonsoir à tout le monde.

— Venez nous rejoindre dès qu'elle sera endormie, lui demanda Mme Katte en souriant. Vous avez été très précieuse, aujourd'hui. Demain, nous irons nous détendre un peu.

Quand Patience lui eut donné son bain et bordée dans son lit, Rosie s'endormit presque instantanément. Finir la journée en passant une ou deux heures en compagnie de M. Van der Beek était tout ce que souhaitait maintenant Patience.

Hélas ! il n'était pas là.

— Julius est rentré chez lui, expliqua Mme Katte. Il doit se trouver tôt demain matin à l'hôpital d'Amsterdam. Et puis, il a beaucoup d'amis ici, qui insistent pour le voir quand il est en Hollande.

Ainsi, il était fort probable qu'il retourne en Angleterre avant elle, songea Patience. Qu'allait-il advenir de ses tantes, si elle n'était plus son employée ? A n'en pas douter, Mlle Murch regagnerait Chiswick sans le moindre regret et la maison serait fermée. Au moins, elles pourraient encore bénéficier du montant du loyer puisqu'il était payé pour six mois, en attendant que la maison soit remise sur le marché.

— M. Van der Beek doit être ravi de revoir ses amis, observa-t-elle poliment.

— Et aussi, il adore sa maison, répondit Mme Katte. Nous y avons grandi et y retournons régulièrement. Il y a un couple qui s'en occupe quand il n'est pas là. Parfois, j'ai l'impression qu'il aimerait y vivre en permanence. Ce serait pour lui une maison parfaite, s'il se mariait. Il pourrait facilement faire des allers et retours en Angleterre.

La seule chose que Patience retint, ce fut la question du mariage. Marijke voulait-elle dire qu'il projetait de se marier, ou simplement parlait-elle en général ?

En tout cas, le lendemain matin, elle fut fidèle à sa parole et passa à la nursery au moment où Patience finissait de faire prendre son petit déjeuner à Rosie.

— Mlle Witte va s'occuper d'elle pendant une heure ou deux, le temps que nous fassions un tour en ville, dit-elle. C'est Domus, notre jardinier, qui nous y conduira.

Elles ne perdirent pas leur temps dans les boutiques, Marijke faisant justement remarquer qu'il était facile de s'y rendre en tram.

Patience aperçut le Kurhaus et son immense zone commerciale et de loisirs, les hôtels et la grande plage donnant sur la mer, les petits ports de pêche avec leurs bateaux amarrés le long de la digue, et le terminal des ferries.

Puis, elles allèrent à Wassenaar et s'arrêtèrent prendre un café à l'Auberge de Kieviet qui, sous son abord rustique, lui parut plutôt luxueuse. Au retour, elles passèrent à Scheveningen et Mme Katte annonça alors avec regret qu'il était temps de rentrer car Rinus, qui travaillait au centre-ville, revenait déjeuner à midi.

L'après-midi, Patience emmena Rosie dans l'un des parcs proches de la maison et le reste de la journée passa rapidement. Le soir, elle préféra dîner dans la nursery malgré l'invitation de Marijke, car après tout, elle n'était qu'une nounou étrangère et voulait laisser un peu d'espace à la famille.

Trois jours s'écoulèrent ainsi et la routine s'installa rapidement, si semblable à celle de Chiswick que Patience oubliait parfois qu'elle se trouvait en Hollande.

Elle avait peu de temps pour elle, mais elle aimait être avec Rosie. Lorsqu'elle disposait d'un moment libre, elle se contentait de faire du lèche-vitrines car elle préférait ne pas trop dépenser.

Le quatrième jour, Patience et Rosie descendirent, prêtes à faire leur promenade matinale, au moment où Mme Katte sortait du salon avec son frère.

— Julius va vous emmener toutes les deux faire un tour, annonça-t-elle. Qu'en dites-vous ?

Rosie, courut vers son oncle en poussant des cris de joie et Patience demeura immobile sur la dernière marche de l'escalier, priant pour que son propre plaisir ne soit pas trop manifeste.

— Bonjour, monsieur Van der Beek, dit-elle calmement.

— Bonjour, Patience. Puisque vous n'êtes plus mon employée, ne serait-il pas préférable que vous m'appeliez Julius ? suggéra-t-il d'un ton léger.

— Oh… euh… oui, bien sûr, balbutia-t-elle en rougissant. Très bien, Julius.

— Voilà qui est mieux. Si nous y allions ?

Ils quittèrent rapidement la ville et prirent une route de campagne. Assise à l'arrière avec la petite fille, Patience s'absorba dans le paysage, très « hollandais » : une profusion de petits canaux, des vaches frisonnes ruminant dans des prés, la haute flèche d'une église et, au loin, la silhouette d'un moulin à vent.

Puis ils arrivèrent dans un endroit plus boisé et la route longea un petit lac bordé de bouquets d'arbres, au bout duquel se trouvait un joli village composé de maisons aux murs blancs et aux toits rouges, avec une petite église et un magasin en son centre.

— Rijinsten, annonça Julius en traversant la place, non sans une pointe de fierté.

Il longea un haut mur de brique et passa un portail en fer forgé grand ouvert avant de s'engager dans une allée de peupliers.

Au bout trônait une grande maison carrée aux nombreuses fenêtres et au toit à pignons recouvert d'ardoise bleutée. On aurait dit qu'elle était là depuis toujours.

— A qui appartient cette maison ? s'enquit Patience.

— Elle est à moi. Du moins, tant que je vivrai. Ensuite elle ira à mon fils, et au fils de celui-ci. C'est notre maison de famille.

Julius descendit de voiture et vint leur ouvrir la portière. Il prit sa nièce dans ses bras et tendit une main à Patience. Elle était large et ferme et, à son contact, elle se retint de trembler. Il ne la lâcha pas tout de suite. Au contraire, il la tint fermement pendant quelques secondes avec un regard scrutateur.

— Est-ce que quelque chose ne va pas ? demanda-t-elle, troublée.

— Au contraire, tout va très bien. Entrez prendre le café ; tout le monde doit attendre avec impatience l'arrivée de Rosie.

Ils montèrent les marches du perron et un homme apparut sur le seuil.

— Voici Dobbs, dit Julius, s'amusant de la surprise de Patience qui le fixait, bouche bée. C'est le frère de l'autre. Quand j'aurai le temps, je vous expliquerai. Dobbs, voici Mlle Martin.

Le majordome sourit, du même sourire que son frère, et enleva Rosie des bras de son oncle.

— Nous sommes heureux de revoir la petite princesse, déclara-t-il.

— Pouvez-vous l'emmener dire bonjour à Mme Dobbs ? Nous prendrons le café dans le salon.

Dans le hall, deux grands chiens à poil long accoururent vers eux, venant du jardin.

— Josh et Lulabelle, dit Julius. Ce sont des bouviers, la mère et le fils.

Patience les trouva impressionnants, mais ils la poussèrent amicalement du museau et elle leur caressa la tête avec précaution.

— Ils ne sont pas du tout comme Basil, observa-t-elle, pas très rassurée.

Julius se mit à rire.

— En effet. N'ayez crainte, ils ne vous feront jamais de mal, mais sont prêts à se faire tuer pour défendre leurs maîtres. Et lorsque Basil viendra vivre ici, je sais qu'ils l'accepteront. Allons prendre le café dans le salon.

Patience passa une double porte en acajou et se trouva dans une magnifique pièce aux meubles anciens et aux chaises doublées de brocart rouge assorti aux doubles-rideaux. De nombreuses peintures décoraient les murs recouverts de papier blanc aux reflets irisés.

Elle sentit que Julius l'observait attentivement.

— Alors ? demanda-t-il.

— C'est très beau. J'aimais déjà votre propriété de Chiswick, mais celle-ci… Je comprends que ce soit votre maison de famille. Vous avez dit que Basil viendrait vivre ici, ajouta-t-elle après une seconde d'hésitation. Envisagez-vous de vous y installer définitivement ?

Il la regarda un instant servir le café que Dobbs avait apporté.

— En effet. Au lieu de passer la plus grande partie de l'année à Chiswick, je compte vivre ici et aller en Angleterre seulement une ou deux fois par mois. Naturellement, je garderai l'autre maison, où Mlle Murch et Dobbs — je veux dire, l'autre Dobbs — resteraient en permanence.

Patience mourait d'envie de lui demander pourquoi il voulait vivre à Rijinsten, mais elle se doutait de la réponse : il avait l'intention de se marier, et d'avoir un enfant à qui il pourrait transmettre son patrimoine.

Elle n'avait jamais osé espérer qu'il puisse tomber amoureux d'elle, mais elle sentit la tristesse l'envahir à la pensée qu'il allait se marier. Il épouserait sûrement une femme superbe, avec qui il formerait un très beau couple, et qui deviendrait l'hôtesse de cette charmante vieille demeure…

— Je suppose que vous avez beaucoup de patients en Hollande, dit-elle simplement.

— C'est exact. J'ai des lits dans les hôpitaux de La Haye, Amsterdam et Rotterdam et je vais de temps en temps à Utrecht et Groningen.

Il se fit resservir du café.

— Voulez-vous que je vous fasse visiter la maison ? Rosie

sera très bien en compagnie des Dobbs jusqu'au déjeuner. Je vous ramènerai chez ses parents à temps pour le dîner.

Cela voulait dire qu'elle allait passer toute la journée en compagnie de Julius... Peu importait l'avenir, se dit Patience. Tout ce qui l'intéressait, pour le moment, c'était de profiter de chaque instant qui s'offrait à elle.

Tout, dans cette maison, était conçu pour le bonheur de vivre. En plus des pièces traditionnelles — salon, salle à manger — il y avait une magnifique bibliothèque, prolongée par une salle de billard. L'arrière de la maison ouvrait sur une cour pavée bordée de bâtiments annexes, au bout de laquelle un large portillon donnait sur les jardins.

Si elle avait aimé la maison, Patience fut enchantée par ces jardins. Elle était en train d'admirer ce qui deviendrait dans quelques semaines une splendide roseraie, quand ils entendirent des pas pressés derrière eux et se retournèrent.

Une très belle femme aux longs cheveux noirs s'avançait rapidement vers eux, mais Patience eut le temps de remarquer ses vêtements, d'une simplicité très « haute couture ».

— Julius ! s'exclama-t-elle.

Ignorant Patience, elle se précipita au cou du chirurgien, tout en le noyant sous un flot de paroles incompréhensibles en néerlandais. Une chose était sûre : elle connaissait bien Julius.

Le visage impénétrable, celui-ci détacha ses bras.

— Bonjour, Sylvia, dit-il calmement. Quelle surprise ! Patience, voici Mme Van Teule. Patience Martin.

La femme la salua négligemment, puis l'ignora de nouveau.

— Julius, pourquoi ne pas m'avoir prévenue que tu

venais ? Mais puisque tu es là, si nous dînions ensemble ce soir ?

— Je crains que ce soit impossible, car je ne reste que très peu de temps et j'ai beaucoup de travail.

Mme Van Teule jeta à Patience un regard peu amène.

— Dans ce cas, que fait-elle ici ? demanda-t-elle, en anglais cette fois.

Il lui répondit avec une politesse froide.

— Patience a eu la gentillesse de venir d'Angleterre pour aider Marijke à s'occuper de Rosie pendant que sa nounou est malade.

— Oh, je vois. C'est une… comment appelle-t-on ça ?

— Une nurse ? suggéra Patience.

Un son sourd s'échappa des lèvres de Julius, mais il ne se départit pas de son calme.

— Il faudrait retourner à la maison, Rosie va avoir faim, se contenta-t-il de dire.

— Dans ce cas, je m'invite à déjeuner, dit Mme Van Teule en lui décochant un sourire enjôleur.

— Nous en serons ravis, mais je dois t'avertir que Rosie est une grande bavarde et que tu auras du mal à placer un mot.

— Tu veux dire qu'elle ne mange pas à part avec sa nurse ?

— Non. Nous déjeunons en famille, avec Patience.

La jolie brune haussa les épaules.

— Cette Marijke, avec ses idées modernes… Pour ma part, j'estime qu'un enfant doit rester à la nursery jusqu'à ce qu'il soit assez grand pour se tenir correctement.

Sans répondre, Julius conduisit ses invitées dans le salon

et leur offrit un sherry tout en bavardant, jusqu'à ce que Dobbs vienne annoncer que le déjeuner était servi.

— Rosie est déjà dans sa chaise haute, précisa-t-il.

— Parfait. Voulez-vous ajouter un couvert pour Mme Van Teule ?

Une jeune fille portant un tablier blanc se tenait près de Rosie.

— Ah, Patience, voici Ans, une des aides de Mme Dobbs.

Il lui parla en néerlandais et la jeune fille inclina la tête en souriant.

Patience s'assit à côté de Rosie, qui la submergea aussitôt d'un flot de paroles. Sans y comprendre grand-chose, elle se contenta de hocher la tête tandis que Julius et son invitée, qui se trouvait en face de Patience, tenaient une conversation décousue.

Déçue, Patience réprima un soupir. Ce déjeuner, dont elle se faisait une fête, ne se déroulait pas du tout comme elle l'avait espéré.

8.

Julius Van der Beek se comporta en hôte accompli. Tout en écoutant avec un apparent intérêt ce que Mme Van Teule lui racontait, il réussissait à glisser quelques commentaires dans le quasi-monologue tenu par Rosie, que Patience écoutait attentivement.

Mme Van Teule, après un rapide bonjour à la petite fille, s'était empressée de l'ignorer. Quant aux chiens, c'était comme s'ils n'avaient pas existé. D'ailleurs, ils le lui rendaient bien car ils n'avaient pas fait le moindre mouvement vers elle et restaient couchés à l'autre bout de la pièce, non loin de Patience.

Celle-ci parla peu. Inutile de tenter de rivaliser avec l'autre femme. Elle se contenta de répondre de façon laconique lorsque Julius s'adressait à elle et de continuer son dialogue — fait de signes et de mots décousus, mais qui fonctionnait parfaitement — avec Rosie.

La petite fille, en revanche, ne ratait pas une occasion de lancer des regards furieux à Mme Van Teule, tout en continuant de bavarder entre deux bouchées.

— Cette enfant ne s'arrête donc jamais de parler ? finit

par s'exclamer la Hollandaise, manifestement dépitée de ne pas parvenir à monopoliser l'attention de Julius.

— Vous savez…, tenta d'expliquer Patience. C'est encore une toute petite fille et elle est en train de découvrir le plaisir de manier les mots. Rosie est une enfant intelligente et heureuse de vivre…

Sylvia haussa les épaules avec dédain.

— Quand on gagne sa vie en s'occupant d'enfants, je suppose que l'on finit par les aimer, lâcha-t-elle avec un petit rire condescendant.

— En effet, répondit Patience d'un ton glacial. De même que vous finissez par aimer vos propres enfants… si vous les voyez assez souvent, ajouta-t-elle avec un charmant sourire.

Réprimant un petit rire, Julius Van der Beek souleva sa nièce, l'installa sur ses genoux et prit un bonbon dans une coupelle en argent pour le lui offrir.

Tandis que Mme Van Teule esquissait un geste d'impatience, Patience fixa un instant son regard sur Julius. S'il pensait épouser cette femme, il devait être très amoureux d'elle. Peut-être qu'avec le temps, son caractère s'améliorerait, songea-t-elle sans y croire.

Après le repas, elle se dit, la mort dans l'âme, qu'il était peut-être temps de s'éclipser pour les laisser seuls. Sans doute n'attendaient-ils que cela — tout au moins, Mme Van Teule.

— A cette heure-ci, Rosie a l'habitude de se reposer, dit-elle. Où puis-je l'emmener ? Je resterai près d'elle.

Julius ne semblait pas pressé de se retrouver en tête à tête avec son amie.

— Elle pourra se coucher plus tôt ce soir, répondit-il

calmement. En attendant, j'ai une surprise pour elle, qui se trouve dans la maisonnette au fond du jardin. Un âne, sur lequel elle pourra bientôt monter. Parfait, vous êtes bien équipée, ajouta-t-il en jetant un coup d'œil aux chaussures de Patience. Le terrain est assez boueux, là-bas. J'ai aussi une vieille veste que vous pourrez mettre.

Comme la fillette demandait à aller aux toilettes, il se tourna vers Mme Van Teule.

— Tu voudras bien nous pardonner, Sylvia, mais c'est le seul moment dont je dispose car je dois retourner à Amsterdam dès ce soir.

La tête penchée de côté, celle-ci esquissa une moue adorable.

— Oh, Julius… J'avais espéré que nous pourrions passer un peu de temps ensemble. Quand repars-tu en Angleterre ?

— Cela dépendra de mes patients. Ans va vous montrer où emmener ma nièce, ajouta-t-il à l'intention de Patience. Je vous rejoins.

Patience prit congé de Mme Van Teule et partit avec Rosie qui non seulement refusa de dire au revoir à l'amie de son oncle, mais lui tira la langue. Par chance, celle-ci ne parut pas le voir.

Lorsqu'elles redescendirent, Julius les attendait dans le hall.

— En fait, les petites filles qui tirent la langue aux invités ne méritent pas de cadeaux, dit-il en anglais.

Rosie se mit à rire et lui envoya un baiser avec la main.

— Oh, j'espérais que personne ne l'avait vue…, se désola

Patience. J'aurais voulu lui faire comprendre que c'est très impoli, mais je ne connais pas assez votre langue.

— Je m'en charge.

S'accroupissant pour être à la hauteur de sa nièce, il l'entoura de ses bras et chuchota à son oreille. Quoi qu'il lui ait dit, cela ne devait pas être bien sévère car elle l'embrassa sur la joue.

Aucun signe de Mme Van Teule. Patience se demanda de quoi ils avaient parlé avant son départ. En tout cas, Julius souriait et semblait de fort bonne humeur. Peut-être avaient-ils pris rendez-vous…

Ils se retrouvèrent dans les jardins et traversèrent un potager aux nettes rangées de légumes, d'où ne dépassait pas la moindre mauvaise herbe. Il y avait aussi des arbres fruitiers : pommiers, poiriers et pruniers. Patience aurait aimé s'y attarder un peu, mais Julius les entraîna vers un autre portillon. Il ouvrait sur une cabane et un enclos, dans lequel se trouvaient deux chevaux et un petit âne.

Tous trois s'arrêtèrent pour les regarder.

— Est-ce que vous montez ? demanda-t-il.

— Pas depuis que mes parents sont morts, répondit Patience. Comment s'appellent-ils ?

— Jess et Caesar. Jess est une gentille petite jument que monte Marijke quand elle séjourne ici. Caesar est pour moi, et j'ai pensé que Rosie pourrait elle-même trouver un nom pour son ânesse, que j'ai sauvée de l'abattoir.

— Oh, la pauvre bête… Maintenant, elle sera heureuse pour le reste de ses jours, murmura-t-elle en le regardant, les yeux brillants.

Sans répondre, il sortit de sa poche quelques morceaux

de sucre pour les chevaux et une carotte que Rosie, en sécurité dans les bras de son oncle, offrit à l'ânesse.

— Pretty, pretty, pretty ! dit la fillette, ravie.

— C'est vrai qu'elle est jolie, cette petite ânesse. Alors qu'il en soit ainsi : nous l'appellerons Pretty.

Jon, le jardinier, arriva avec une selle. Docile, l'animal se laissa faire lorsqu'on installa Rosie sur son dos et se mit à déambuler lentement à l'intérieur de l'enclos, Julius d'un côté, Patience de l'autre.

Julius conseilla au jardinier de seller Pretty un peu tous les jours afin qu'elle s'habitue à avoir un poids sur le dos, puis annonça la fin de la balade.

— Quel dommage que je doive retourner en Angleterre demain ! soupira-t-il.

Patience se tourna vivement vers lui.

— Demain ? Mais je croyais que vous deviez rester au moins une semaine…

Le regard de Julius plongea dans le sien.

— Est-ce que cela vous ennuie que je doive partir, Patience ?

— Non, bien sûr que non, répondit-elle en détournant les yeux. Ne deviez-vous pas me parler de Dobbs et de son frère ?

Il accepta de bonne grâce de changer de sujet.

— C'est tout simple, en fait. J'avais une grand-mère anglaise qui m'a légué la maison de Chiswick. Dobbs avait été son chauffeur pendant des années et je l'ai donc gardé. Mlle Murch a répondu à une annonce que j'avais passée dans le journal et tous deux s'entendent très bien. Le majordome de mon père est mort peu de temps après et comme Dobbs avait un frère qui cherchait du travail, je l'ai amené ici, et il est tombé amoureux de ma cuisinière. Excellent concours de circonstances, non ?

— Que deviendra Dobbs si vous venez vivre ici ? s'inquiéta Patience.

— J'espère qu'il épousera Mlle Murch. Leur romance évolue depuis maintenant plusieurs années. Naturellement, ils continueront à garder la maison de Londres, car j'aurai toujours des allées et venues à faire et j'ai des amis là-bas.

Tandis qu'ils retournaient à la maison à pas lents, Patience se rendit compte qu'elle ignorait pratiquement tout de lui. Certes, elle savait où il habitait et ce qu'il faisait, mais elle ne le connaissait pas en tant que personne. A quoi pensait-il ? Qu'attendait-il de la vie ? Quels étaient ses goûts en dehors des livres, et ses habitudes ? Il ne devait pas être quelqu'un de très stable, avec sa manie de changer ses plans à la dernière minute...

De toute façon, tout cela ne la regardait pas. Elle songea avec mélancolie que c'était sans doute la dernière fois qu'elle le voyait. Il ne reviendrait pas à Themelswick puisque le livre était terminé, et bientôt Rosie n'aurait plus besoin d'elle. Il ne lui resterait plus alors qu'à retourner auprès de ses tantes.

— Vous semblez absorbée dans vos pensées, observa Julius lorsqu'ils atteignirent la maison. Une bonne tasse de thé vous fera du bien. Nous nous retrouverons dans un moment, dans le salon.

Patience emmena Rosie dans la salle de bains, lui lava le visage et les mains, puis se rafraîchit à son tour et rejeta soigneusement ses cheveux en arrière, tout en se disant avec amertume que peu importait à quoi elle ressemblait.

Depuis qu'elle avait vu Mme Van Teule, elle se trouvait plus insipide que jamais. Plus tôt elle arrêterait de soupirer après Julius Van der Beek mieux cela vaudrait, décida-t-elle.

Elle mit sa résolution en application pendant le thé, et demeura froide et distante. Si bien que Julius, qui s'apprêtait à évoquer avec elle son avenir sur lequel il avait quelques idées estima, en la voyant aussi fermée, que ce n'était pas le bon moment.

Pendant qu'il emmenait Rosie dire au revoir à Mme Dobbs, Patience eut tout le loisir de regarder autour d'elle et constata une fois encore que, décidément, Julius Van der Beek était un homme qui possédait une grosse fortune. Raison de plus pour l'oublier le plus vite possible.

Durant le trajet de retour, Rosie se blottit contre elle à l'arrière de la Bentley et s'endormit presque aussitôt. Les deux adultes demeurèrent silencieux et, une fois arrivé chez les Katte, Julius ne traîna pas. Après avoir échangé quelques mots avec sa sœur et son beau-frère dans le salon, il rejoignit Patience et sa nièce dans le hall.

— Ce fut une charmante journée, murmura-t-il en se penchant pour embrasser Rosie.

Dans un même élan, il déposa un baiser léger sur les lèvres de Patience.

Ce fut pour elle comme un choc électrique. Les magnifiques créatures telles que Sylvia Van Teule avaient sans doute l'habitude de recevoir ce genre de baiser avec grâce mais Patience, qui n'avait pas été embrassée depuis longtemps, ne sut que rester là à le fixer, la bouche légèrement entrouverte.

Si au moins il avait accompagné son baiser d'une

remarque drôle ou désinvolte, cela l'aurait aidée à savoir quelle attitude adopter, se dit-elle avec irritation. Au lieu de cela, il la regarda un long moment sans parler, puis quitta la maison. Il ne lui avait même pas dit au revoir.

Un peu plus tard, elle monta mettre Rosie au lit une fois qu'elle eut dîné et embrassé ses parents.

— Chante, demanda la petite fille.

Avec effort, Patience réussit à ânonner une ou deux comptines d'une voix tremblotante, car elle avait surtout envie de pleurer un bon coup.

— Dommage que Julius ait dû repartir aussi vite, dit Marijke pendant le dîner. Avez-vous passé une bonne journée, Patience ? Il paraît qu'il y a un petit âne pour Rosie. Est-ce qu'elle a été contente ?

— Oh oui ! Elle l'a appelé Pretty. Mme Van Teule a déjeuné avec nous.

— Ah, Sylvia. Elle a… comment dire ?… jeté son dévolu sur Julius. C'est une veuve qui ne pense qu'à se remarier. Rosie ne l'aime pas du tout. Elle n'a pas été impolie, au moins ?

— Euh… non.

— Sylvia n'aime pas les enfants, mais il faut reconnaître qu'elle est très belle et très élégante.

Patience acquiesça poliment, tout en souhaitant en son for intérieur — de façon fort peu charitable, certes — que cette femme se retrouve couverte de boutons ou affectée d'un fort strabisme. Mais cela n'aurait rien changé : Julius était parti et son avenir ne présentait plus aucun intérêt.

Il ne fut pas question de lui durant les jours qui suivirent. Résolue à le chasser de son esprit, Patience concentra tous ses efforts sur son rôle de nounou. Elle s'était beaucoup attachée à Rosie et appréciait aussi énormément le couple Katte.

Ses journées étaient bien remplies, mais elle eut droit à un jour entier de congé lorsqu'ils emmenèrent Rosie à Utrecht, chez les parents de Rinus.

Patience avait de l'argent et il faisait beau. Elle prit le tramway et put enfin faire les boutiques. C'était l'occasion ou jamais d'acheter des cadeaux. Elle alla chez Bijenkorf et choisit des foulards pour ses tantes, un petit moulin à vent en faïence pour Mme Dodge, qui aimait orner sa cheminée de ce genre d'objets et, après réflexion, prit un flacon d'eau de Cologne pour Mlle Murch.

Elle était en train d'admirer les vitrines d'une des boutiques chic dans lesquelles elle n'osait même pas mettre les pieds, lorsque Mme Van Teule en sortit. En la voyant, elle s'arrêta et lui sourit.

— Oh, la petite nurse ! dit-elle gaiement. Vous avez un jour de congé ?

Son regard s'abaissa sur ses paquets que portait Patience et son sourire devint dédaigneux.

— Vous avez fait des achats ? De petits cadeaux à remporter chez vous, peut-être ? Bijenkorf est parfait, quand on n'a pas de gros moyens.

La belle brune consulta sa montre.

— Si vous avez un peu de temps devant vous, nous pourrions prendre un café ensemble. Je sors d'un essayage qui m'a épuisée et j'ai besoin de me détendre un peu. Il y a un salon de thé tout près d'ici.

Difficile de refuser sans se montrer grossière. Patience la suivit dans un endroit très chic et Mme Van Teule commanda deux cafés.

— Voulez-vous aussi un gâteau ? Pour ma part, je n'ose pas à cause de ma ligne, ajouta-t-elle avec un coup d'œil sur les formes généreuses de Patience. Mais vous n'avez rien à craindre.

— Je n'ai pas besoin de régime, mais non merci, répondit Patience, qui s'estimait plutôt bien faite.

Elle arrosa son café de crème liquide et ne lésina pas sur le sucre, tandis que sa compagne sirotait son café noir en soupirant.

— Comment avez-vous fait la connaissance de M. Van der Beek ? Par l'intermédiaire de sa sœur, qui vous emploie ?

— Non. Je travaillais pour lui en Angleterre.

Mme Van Teule ouvrit de grands yeux.

— Vraiment ? Il ne m'en a rien dit. Vous vous occupiez de son intendance ?

— Oui.

— Je vois. C'est donc grâce à lui que vous avez été employée par Marijke. Je saurai ce qu'il pense de vous à son retour. Vous savez, il n'aime pas rester éloigné de moi trop longtemps. Ce sera plus facile pour nous deux quand il reviendra vivre en Hollande… Je déteste faire le voyage en Angleterre et je n'aime guère Londres, bien que l'on y trouve quelques belles boutiques de vêtements. Et Harrods est un magnifique magasin. Mais j'imagine que vous n'achetez pas là-bas ?

— En effet, répondit Patience avec calme, tout en se demandant comment fausser habilement compagnie à son interlocutrice. Mon Dieu ! C'est vraiment l'heure ? s'exclama-t-elle en regardant ostensiblement la pendule ancienne du salon de thé. J'ai promis à la gouvernante d'être de retour pour le déjeuner. Il faut que je me dépêche d'attraper le tram ! Merci pour le café, il était délicieux.

— Dépêchez-vous, alors, dit Mme Van Teule d'un ton condescendant qui fit grincer les dents de Patience. Cela a été un plaisir de discuter avec vous. Il faudra que j'en parle à Julius…

Patience courut dans la direction du tramway, qu'elle n'avait nullement l'intention de prendre. Une fois à distance raisonnable du salon de thé, elle reprit une allure tranquille et passa une heure au musée de Mauritshuis, à contempler les œuvres de Rembrandt, Vermeer et d'autres grands peintres hollandais.

Etait-il exact que Julius ne pouvait supporter d'être longtemps séparé de cette femme ? se demanda-t-elle, incrédule, pendant le trajet du retour. Elle n'aurait pu en jurer, d'après son attitude à Rijinsten. Il est vrai que, sous ses dehors affables, elle avait toujours trouvé difficile de savoir ce qu'il pensait.

Heureusement, les Katte et Rosie rentrèrent peu après elle, car Patience n'était pas loin d'avoir le cafard.

Plusieurs jours s'écoulèrent. Un matin, Mme Katte sortit du salon au moment où Patience s'apprêtait à monter avec Rosie après leur promenade matinale.

— Pouvez-vous laisser Rosie un moment avec Mlle Witte ? demanda-t-elle. Je voudrais vous parler.

« La nounou hollandaise va revenir », se dit Patience en s'asseyant à côté d'elle sur le canapé.

— Voilà, commença Marijke, visiblement embarrassée. Rinus a vu la nounou de Rosie à l'hôpital et parlé aux médecins. Un check-up complet a été effectué et elle est tout à fait rétablie. Elle devrait être de retour, voyons…

Nous sommes aujourd'hui mardi… Vendredi prochain. Est-ce que cela vous conviendrait de retourner en Angleterre samedi ? Rinus s'occupera de vos billets.

— Rosie va être ravie de revoir sa nounou, réussit à répondre Patience, impassible. Mais ne vaudrait-il pas mieux que je parte vendredi, avant qu'elle ne revienne ? J'aimerais beaucoup faire sa connaissance, mais pour Rosie, cela risque d'être un peu difficile de nous voir échanger nos places. Si je m'en vais plus tôt, sa nounou pourra lui expliquer pourquoi je suis partie et la consoler. De toute façon, elle ne me connaît pas depuis longtemps et elle m'oubliera vite. Voulez-vous bien que je lui annonce moi-même que sa nounou revient ?

— Croyez-vous qu'elle comprendra ?

— Oh oui. Nous nous comprenons très bien, à notre manière.

Patience sourit à Mme Katte, qui paraissait toujours mal à l'aise.

— J'ai beaucoup aimé m'occuper de Rosie, mais j'ai toujours su que ce serait temporaire.

— Vous ne vous sentez pas… rejetée ?

— Certainement pas. Le moment est venu de rentrer chez moi et de retrouver mes tantes.

Elle lut le soulagement sur le visage de Marijke.

— Nous avons été enchantés de vous avoir parmi nous, Patience. Et nous vous sommes très reconnaissants de vous être aussi bien occupée de Rosie. Il est vrai qu'elle vous aime beaucoup et, en effet, il vaut peut-être mieux pour elle que vous nous quittiez un peu avant le retour de sa nounou. Que comptez-vous faire lorsque vous serez en

Angleterre ? Allez-vous reprendre tout de suite un autre travail ? s'enquit-elle.

— Pas tout de suite. J'habite avec mes grands-tantes et je m'occupe d'elles et de leur maison. Je ne pourrai sans doute pas rechercher immédiatement un emploi.

— Mais vos tantes ne sont-elles pas dans la maison que Julius a louée ?

— A mon retour, elles en repartiront. Mlle Murch retournera à Chiswick et la maison sera remise sur le marché dès que les six mois du bail seront écoulés.

— Tout est donc pour le mieux, conclut Mme Katte, manifestement heureuse que la question soit réglée. Je ne vous retiendrai pas plus longtemps, c'est l'heure du dîner de Rosie. J'ai hâte que le bébé soit là et que je me sente mieux, pour pouvoir reprendre mes activités. Je ne suis pas ainsi, d'habitude.

— Ce n'est plus qu'une question de semaines, dit Patience d'un ton encourageant. Je crois que ce sera un garçon ?

— En effet. Naturellement, nous sommes enchantés. Surtout, si vous revenez en Hollande, il faudra passer nous voir, Patience.

— Bien sûr, répondit-elle avec une gaieté forcée, tout en sachant que les chances que cela se produise étaient plutôt minces.

Le soir, une fois Rosie dans son lit, Patience retourna dans sa chambre pour réfléchir.

Il ne lui restait plus qu'à prévenir ses tantes, et à demander à Mlle Murch si cela ne la dérangeait pas qu'elles restent une nuit de plus, le temps d'aérer la petite maison et de faire des courses…

Le vendredi arriva très vite. M. Katte avait estimé qu'il serait plus commode pour elle de prendre l'avion et lui avait réservé un vol en fin de matinée. Ainsi, elle pourrait être chez elle dans l'après-midi. Lui-même la conduirait en voiture à l'aéroport.

Avant de partir, Patience reçut une enveloppe de sa part et un petit paquet de celle de sa femme.

Dans l'enveloppe de Rinus, il y avait son billet, ainsi que de l'argent pour payer le trajet de l'aéroport jusqu'à Londres et le train jusqu'à Norfolk.

— Je n'aime pas que vous voyagiez seule, commenta-t-il. Alors, promettez-moi que vous prendrez un taxi à l'aéroport et que vous nous téléphonerez dès votre arrivée.

Elle fut touchée de sa délicatesse.

Dans le paquet de Marijke, il y avait une chaîne en or avec, en médaillon, la photo de Rosie.

Cette fois, Patience fut sur le point de craquer, mais elle n'en avait pas le temps. La gorge serrée, elle remercia tout le monde.

Quand elle redescendit avec ses dernières affaires, tout le monde était rassemblé pour la voir partir. Elle s'efforça de sourire en disant au revoir, et serra Rosie contre elle une dernière fois.

Inconsciente de ce qui se passait, la fillette l'embrassa dans une cascade de petits rires.

— Oh, il faut que vous reveniez, Patience, insista Marijke en l'embrassant à son tour.

— Peut-être un jour, répondit-elle vaguement.

Ensuite, ce fut le trajet pour l'aéroport, et un dernier au

revoir à Rinus Katte. Elle passa la douane sans regarder en arrière, car cela n'aurait servi à rien.

A bord, elle ne jeta même pas un coup d'œil par le hublot. Elle savait qu'elle ne reviendrait pas en Hollande et que, puisque Julius allait vivre là, elle ne le reverrait plus jamais. Une page de sa vie venait de se tourner.

Sa valise fut l'une des premières à arriver sur le tapis roulant. Patience déboucha dans le grand hall de l'aéroport et là, la première personne qu'elle vit fut Julius Van der Beek.

Contrairement à elle, il ne montra aucune surprise. Prenant sa valise d'une main et son bras de l'autre, il l'entraîna dehors en direction de la Bentley.

— Un instant ! objecta Patience, une fois remise de son choc. Je dois rentrer chez moi, ce n'est pas la peine de…

— Montez, dit-il simplement. J'avais l'intention de venir vous chercher en Hollande, mais j'ai dû opérer un patient d'urgence. Rinus m'a indiqué votre numéro de vol. C'est moi qui vais vous emmener à Themelswick.

Il ne lui restait plus qu'à s'exécuter, mais elle continua à protester.

— Je ne suis attendue que cet après-midi, il est inutile de…

Julius s'installa au volant.

— Vous l'avez déjà dit. Je dois me rendre moi-même là-bas pour faire le point avec Mlle Murch. Attachez votre ceinture, Patience.

Un peu dépassée par les événements, elle obtempéra en silence, partagée entre la joie de le retrouver et l'agacement de voir la situation lui échapper complètement.

Une demi-heure plus tard, après avoir quitté l'autoroute,

il s'arrêta pour déjeuner dans une petite auberge, avec la promesse de tout lui expliquer pendant le repas.

Ils firent tous deux honneur au menu, simple mais délicieux, constitué de rosbif et pommes de terre sautées, le tout arrosé d'une bouteille de Perrier et d'un café. Julius bavarda gaiement de mille choses, sans aborder le sujet principal.

Obstinée, Patience le lui rappela lorsqu'ils furent de retour dans la voiture.

— Vous avez dit que vous m'expliqueriez…

— Ah, oui, dit-il en démarrant. Mais pour les choses dont je veux vous parler, il vaut mieux que je ne sois pas en train de conduire. Je veux pouvoir voir votre visage.

Elle tourna la tête et étudia son beau profil. Les yeux fixés sur la route, il avait l'air sérieux ; mieux valait ne pas l'ennuyer pendant qu'il était absorbé par la conduite. A l'allure où il roulait, ils seraient arrivés à Themelswick dans moins d'une heure.

Alors qu'elle regardait le paysage, l'image de Sylvia Van Teule s'imposa soudain à Patience, et son plaisir d'être avec Julius s'évanouit.

A l'évidence, il n'était pas venu exprès à Heathrow pour la chercher, d'ailleurs il avait bien dit qu'il devait se rendre à Themelswick. Il avait dû avoir Rinus au téléphone et, dans la conversation, celui-ci avait mentionné l'heure de son arrivée. Il s'était sans doute dit qu'il pourrait en profiter pour la ramener, car c'était quelqu'un de gentil et de serviable malgré sa réserve naturelle.

Quand il arrêta la voiture devant la maison, Patience fut surprise du changement qui s'était opéré au jardin : les massifs de fleurs étaient magnifiques et la pelouse parfaitement entretenue.

Julius fit rapidement le tour de la voiture pour lui ouvrir la portière.

— Allez voir vos tantes, je vous rejoins.

Pendant qu'il prenait sa valise dans le coffre, Patience entra dans le hall, où Mlle Murch l'accueillit avec une grande amabilité, lui trouvant bonne mine.

— Vos tantes vous attendent dans le salon, je vous apporte le thé dans quelques minutes.

— Comment allez-vous, mademoiselle Murch ?

— Très bien, merci. Je suis ravie à l'idée de retourner enfin à Chiswick !

Il y avait au moins une personne heureuse, se dit Patience avec amertume en entrant dans le salon. A présent qu'elle connaissait la relation qui existait entre Dobbs et la gouvernante, elle comprenait mieux sa hâte de retrouver la maison de Londres.

Ses tantes lui firent fête.

— On dirait que ce séjour en Hollande t'a réussi, observa tante Bessy. Tu as l'air en pleine forme et tu as pris quelques rondeurs. Oh, monsieur Van der Beek ! Je suis contente de vous revoir.

Julius, qui venait de les rejoindre, les salua aimablement avant de s'asseoir pour bavarder un moment avec elles.

— Allez-vous rester quelque temps ? s'enquit tante Polly.

— Malheureusement non, je repars en Hollande ce soir.

— Pour toujours ? demanda Patience avec une apparente indifférence.

— Non, ce n'est que pour une courte visite. Une affaire personnelle.

— Je comprends. Il y a quelques jours, j'ai rencontré Mme Van Teule à La Haye et elle m'a dit que vous alliez rentrer dès que possible. Ce doit être pénible, pour vous deux, d'être séparés. Dommage qu'elle n'aime pas l'Angleterre, mais puisque vous allez vivre là-bas, cela importe peu, n'est-ce pas ?

Il la considéra un long moment en silence, et elle crut percevoir une lueur amusée dans son regard.

— En effet, cela importe peu. Il faut que je m'en aille, dit-il en se levant. Pouvez-vous m'accompagner jusqu'à la porte, Patience ? ajouta-t-il après avoir pris congé de ses tantes.

Une fois sur le perron, il se tourna vers elle, l'air de nouveau sérieux.

— Je n'ai pas le temps d'éclaircir la confusion dans laquelle vous êtes, mais je vais revenir.

— C'est inutile, répliqua-t-elle crânement. Maintenant que mon travail est terminé, nous n'avons plus besoin de nous revoir.

De nouveau, il étudia son visage. Elle soutint son regard avec défi, tout en serrant les poings pour se retenir de lui confier toute la tristesse de son cœur meurtri.

A son grand étonnement, il se mit à rire et, deux minutes plus tard, sa voiture avait disparu.

Patience referma lentement la porte. Avec ce simple geste, il lui sembla que c'était Julius Van der Beek qu'elle excluait définitivement de sa vie.

9.

Patience alla remercier Mlle Murch pour le thé et lui annonça qu'elle se rendait au village.

— Je dois préparer la maison pour mes tantes et faire les lits pour ce soir.

Occupée à trier des groseilles dans la cuisine, la gouvernante ne voulut rien entendre.

— Votre chambre est déjà prête ici. Allez-y demain matin si vous y tenez, mais cette nuit, vous dormirez confortablement sous ce toit, après avoir fait un bon dîner. Et imaginez ce que penseraient vos tantes, les pauvres, si vous repartiez à peine arrivée !

Se rendant à ses arguments, Patience rejoignit ses tantes dans le salon et écouta distraitement les derniers potins du village. Cela dura jusqu'au dîner, et ce n'est que bien après le repas, quand les deux vieilles dames furent couchées et qu'elle eut aidé Mlle Murch à faire la vaisselle, que Patience put se retirer dans sa chambre et se remémorer les récents événements.

La journée avait été longue et elle se sentait terriblement lasse. Par-dessus le marché, elle n'aimait pas la façon dont

Julius et elle s'étaient quittés. Si seulement elle avait pu tenir sa langue, au lieu de parler de Sylvia Van Teule...

Il lui fallut longtemps pour s'endormir, et elle n'y parvint qu'après avoir versé un torrent de larmes, ce qui n'était pas dans ses habitudes.

Le lendemain, après le petit déjeuner, Patience installa ses tantes dans le salon et elle allait partir quand M. Bennet arriva.

— Ah, chère mademoiselle, commença-t-il. Puis-je vous parler un instant ? J'ai une bonne nouvelle à vous annoncer.

— Voulez-vous aussi voir mes tantes ? J'étais justement sur le point d'aller préparer la maison pour leur retour.

Il secoua la tête en souriant.

— Inutile, ma chère. En tout cas, pour l'instant. La maison a été achetée, à partir du jour où le bail de M. Van der Beek sera arrivé à expiration. D'ici là, il a exprimé le souhait que vos tantes ne s'en aillent pas.

— Mais cela fait encore plusieurs semaines...

— Exactement. Quant au nouveau propriétaire, il ne tardera pas à vous contacter.

— Et Mlle Murch ?

— Elle va repartir à Londres. M. Van der Beek a demandé à Mme Dodge de bien vouloir la remplacer. Bien que vous ne me posiez pas la question, je tiens à préciser que cette maison a été vendue un très bon prix. Le montant, judicieusement placé, devrait permettre à vos tantes de vivre plus confortablement. C'est un aspect important, ne trouvez-vous pas ?

Patience se sentit coupable.

— Oh oui, bien sûr. Je suis contente qu'elles n'aient

plus de soucis financiers. Merci beaucoup d'être venu nous annoncer cette bonne nouvelle, monsieur Bennett.

Elle insista pour qu'il prenne le café avec ses tantes et en profite pour leur annoncer la nouvelle, puis alla retrouver la gouvernante dans la cuisine.

— Saviez-vous que cette maison a été vendue et que mes tantes pouvaient y rester encore quelque temps, mademoiselle Murch ? demanda-t-elle.

— Oui, reconnut celle-ci. Je sais aussi que Mme Dodge doit me remplacer. A vous deux, nul doute que vous vous débrouillerez très bien.

— Quand partez-vous ?

— Demain.

Pour la première fois depuis son arrivée à Themelswick, le visage de la gouvernante s'éclaira d'un vrai sourire.

— C'est M. Dobbs qui va être content, observa Patience.

Mlle Murch prit un air espiègle.

— Nous verrons, nous verrons…

Après le café, Patience raccompagna M. Bennett à la porte.

— Je suppose qu'il y aura des documents à signer ? C'est tante Bessy qui s'en chargera, en tant qu'actuel propriétaire de la maison. J'espère que le nouveau ne tardera pas à se manifester.

Patience passa le reste de la journée à aider Mlle Murch à faire ses bagages, tout en l'écoutant patiemment lui prodiguer des conseils sur la façon de faire tourner la maison. Pour sa part, elle ne se faisait aucun souci. Mme Dodge n'était peut-être pas un cordon-bleu et n'avait jamais travaillé dans une grande demeure londonienne, mais elle serait parfaite pour l'occasion.

Si seulement le nouveau propriétaire pouvait la garder… D'ailleurs, elle lui en toucherait deux mots quand elle le verrait. La vie n'avait pas toujours été facile pour elle ; veuve depuis plusieurs années, elle habitait une petite maison encore plus délabrée que celle de ses tantes.

Elle s'aperçut qu'elle avait oublié de demander à M. Bennett si le nouveau propriétaire avait une famille qui s'installerait avec lui. C'était probablement le cas, car la maison était conçue pour cela, même si Julius l'avait habitée presque seul.

Tout en sortant les robes sombres de Mlle Murch de son placard, Patience se rappela qu'elle devait cesser de penser à cet homme. N'avait-elle pas refermé la porte sur lui ? Alors, pourquoi ne parvenait-elle pas à lui fermer aussi son esprit ?

Le matin suivant, elle descendit au village. Lorsqu'elle entra dans la petite maison, elle fut saisie par l'humidité et l'odeur de renfermé qui y régnaient. Elle l'aéra quelque temps avant de retourner dire au revoir à Mlle Murch.

— Rappelez-moi au bon souvenir de M. Dobbs, insista-t-elle quand elles se serrèrent la main. Il a été très aimable avec moi pendant mon séjour à Chiswick.

Elle regarda le taxi s'éloigner et agita la main en signe d'adieu jusqu'à ce qu'il disparaisse de sa vue. Puis elle alla préparer le repas du soir pendant que ses tantes tricotaient tranquillement dans le salon.

C'était agréable d'être de retour dans sa vieille maison,

mais elle ne se sentait pas complètement à l'aise. Plus tôt elle rencontrerait le nouveau propriétaire, mieux cela vaudrait.

Mme Dodge arriva le lendemain, ravie d'avoir un travail, même pour peu de temps. Elle avait été suffisamment bien payée pour pouvoir mettre un peu d'argent de côté, confia-t-elle à Patience. Toutes deux établirent un budget pour la maison.

Lorsque ce fut fait, Patience, vêtue d'une robe qui avait connu des jours meilleurs et munie d'une longue liste de courses à faire à l'épicerie sur le chemin du retour, prit le chemin de la petite maison.

Ravie d'avoir quelque chose à faire pour s'occuper l'esprit et déterminée à rendre les lieux aussi accueillants que possible, elle ouvrit les fenêtres, nettoya, passa l'aspirateur et lava les rideaux.

Chaque jour, pendant le reste de la semaine, elle retourna dans la petite maison, qui finit par avoir l'air presque agréable à vivre. Il ne restait plus qu'un endroit dont elle ne s'était pas occupée : le grenier, auquel on accédait par une trappe située au-dessus du palier.

Il contenait tous les petits trésors de ses tantes, de vieux souvenirs qu'elles avaient soigneusement enfermés dans des malles. Patience savait que tante Bessy avait très envie de récupérer plusieurs albums de photos qu'elle y avait placés.

Lorsqu'elle était partie au village, il faisait beau. Cependant, au moment de monter à l'étage pour ouvrir la trappe, elle constata que le ciel s'était brusquement assombri. Comme il n'y avait pas d'électricité au grenier, elle alla chercher une bougie. Alors qu'elle l'allumait, le tonnerre se mit à gronder et sa main trembla. Patience n'était pas une peureuse, mais elle détestait les orages.

Dans le grenier, elle repéra rapidement les malles et eut de la chance : la première qu'elle ouvrit fut la bonne. Elle trouva trois albums sur une pile de vieux rideaux. Les roulements de tonnerre se rapprochant, elle se hâta de redescendre.

Au moment où elle s'approchait de la trappe, un bruit en provenance de l'escalier la fit s'immobiliser. Quelqu'un était entré dans la maison ! Elle avait bien fermé la porte de devant à clé, mais pas celle de derrière. N'importe quelle personne un peu agile pouvait enjamber le portail.

Comment n'y avait-elle pas pensé ? Cela faisait des semaines que la maison était inhabitée, et quelqu'un de mal intentionné pouvait très bien l'avoir remarqué. Même si elle y avait fait quelques allées et venues, elle n'y était jamais restée aussi tard et l'intrus avait sans doute cru que la voie était libre.

Elle jeta prudemment un coup d'œil par l'ouverture et tressaillit, le cœur battant la chamade. Cet intrus n'était pas n'importe qui : Julius se tenait debout au milieu du palier, la tête levée vers elle.

En voyant son visage pâle de frayeur et ses cheveux ébouriffés dans lesquels traînaient quelques toiles d'araignées, il sentit son cœur fondre de tendresse pour elle.

— Il ne faut pas laisser les portes ouvertes, Patience, dit-il sentencieusement.

— Comment osez-vous me parler ! s'exclama-t-elle, à la fois soulagée et furieuse. Vous m'avez fait la peur de ma vie.

— Voulez-vous bien descendre, maintenant ? ajouta-t-il

d'un ton calme qui ne laissait rien paraître de ses sentiments. Que faites-vous là-haut ?

— Je cherchais…

Il y eut un éclair, suivi d'un coup de tonnerre et elle rentra la tête dans les épaules.

— Je… je n'aime pas l'orage, dit-elle d'une toute petite voix, la bougie vacillant dans sa main. Je suis allée chercher des albums de photos pour tante Bessy.

Pendant qu'elle parlait, Julius avait grimpé sur l'échelle. Son visage se trouvait maintenant à quelques centimètres du sien. La tentation fut grande pour lui de l'embrasser, même avec ses toiles d'araignées, mais il se retint. Pas tout de suite.

— Donnez-les-moi, et par la même occasion, confiez-moi votre bougie avant de mettre le feu à la maison, murmura-t-il du ton apaisant qu'il employait avec ses patients lorsqu'ils étaient nerveux.

Elle s'exécuta, puis son visage disparut pour laisser la place à un pied prudent.

— Jolies jambes, décidément, commenta Julius tout en redescendant.

— Voulez-vous bien vous taire !

Sa voix fut en partie couverte par un autre coup de tonnerre et elle poussa un cri étouffé.

La seconde jambe apparut, mais avant que Prudence ait eu le temps d'amorcer sa descente, Julius l'avait déjà prise dans ses bras et déposée par terre.

Bien qu'ayant le sang chaud, Julius possédait des nerfs d'acier. Aussi se contenta-t-il de retirer du bout des doigts quelques toiles d'araignées et autres duvets de sa chevelure en bataille.

Après avoir refermé la trappe, il lui proposa d'aller dans la cuisine et lui tendit son mouchoir immaculé. Elle aperçut alors son reflet dans le petit miroir du couloir et poussa une exclamation d'horreur.

— Mais je suis toute sale !

Il lui jeta un bref regard.

— Aucune importance. Il n'y a personne pour vous voir et en ce qui me concerne, cela ne fait aucune différence.

Patience se nettoya de son mieux, tout en songeant tristement qu'en effet, cela ne devait faire aucune différence pour lui.

Pourquoi en serait-il autrement ? Pendant quelques secondes, elle ne put s'empêcher d'avoir des pensées peu charitables pour Mme Van Teule, l'incarnation de la perfection physique.

Quant à Julius, il s'était assis à la table de la cuisine et semblait parfaitement à l'aise.

— Je croyais que vous étiez en Hollande, lui dit-elle. Je ne pensais pas que vous reviendriez un jour, puisque M. Bennett m'a appris que la maison a été vendue. C'est vraiment gentil à vous de nous avoir laissées rester le temps que je prépare cet endroit pour mes tantes. Mme Dodge nous rend bien service, et Mlle Murch est retournée à Chiswick.

Elle fit une pause, avant d'ajouter :

— Alors, pourquoi êtes-vous ici ?

Tout occupé à la regarder, Julius ne répondit pas et Patience crut un instant qu'elle allait se perdre dans ses yeux.

— Vous savez, mes tantes n'ont plus besoin de rester chez vous, poursuivit-elle, troublée. Je n'ai plus qu'à emballer leurs affaires. Je pourrais les ramener demain ou après-demain…

— Elles peuvent très bien rester là où elles sont, assura-t-il sans la lâcher du regard.

Patience détourna les yeux.

— Je crois que vous ne comprenez pas. Le nouveau propriétaire va vouloir prendre possession des lieux. D'ailleurs, j'aimerais bien savoir quand il a l'intention d'arriver.

— C'est moi, le nouveau propriétaire, dit simplement Julius.

— Vous êtes le…

Elle se tut pendant quelques secondes, puis secoua la tête.

— Mais… Mais vous n'allez pas vivre ici… et Mlle Murch n'aura pas envie de revenir ; elle n'aime pas le boucher, s'entendit-elle ajouter, totalement déconcertée.

— Rassurez-vous, elle n'a aucun souci à se faire. Elle va rester à Chiswick et, sous peu, fera de Dobbs un homme heureux.

— Alors, pourquoi avez-vous acheté la maison ? insista Patience, irritée. Vous n'allez pas vous y installer ?

— Certainement pas ! Ce ne serait pas du tout pratique pour mon travail. Ce sont vos tantes qui vont y vivre — avec Mme Dodge, bien sûr.

— Et moi ? s'inquiéta-t-elle soudain. Et puis d'abord, pourquoi voulez-vous que mes tantes…

— Je vais me marier.

Ce fut comme si la foudre tombait à ses pieds. Patience avait toujours trouvé cette expression exagérée, mais à présent, elle comprenait exactement ce qu'elle signifiait.

« Il n'y a plus rien à faire, se dit-elle avec désespoir, si ce n'est arborer un visage souriant. »

— Merveilleux ! Mme Van Teule m'avait raconté combien vous détestiez être séparé d'elle. Je... je vous souhaite d'être très heureux.

— Avec elle, je serais très malheureux, répondit-il avec douceur. De toute manière, je n'ai pas — et n'ai jamais eu — l'intention d'épouser Mme Van Teule.

— Je ne comprends pas..., marmonna Patience. Pourquoi avoir acheté la maison, si vous n'avez pas l'intention d'y vivre ?

Il sourit en lui prenant les mains.

— A présent écoutez-moi, ma chérie. Bien que j'aime beaucoup vos tantes, je ne souhaiterais pas qu'elles s'installent avec nous. Mais si elles sont heureuses dans leur ancienne maison, avec quelqu'un pour prendre soin d'elles, seriez-vous prête à m'épouser et à vivre avec moi à Rijinsten ? Nous viendrions régulièrement en Angleterre afin que vous puissiez leur rendre visite.

— Vous épouser ? répéta faiblement Patience, dont les yeux s'étaient arrondis à mesure qu'il parlait.

— La vie m'est insupportable sans toi, mon amour, murmura-t-il. Tu occupes constamment mon esprit et mon cœur, et tu es encore sous mes paupières quand je m'endors. Je crois que je t'ai toujours aimée.

Les yeux de Patience se remplirent de larmes.

— Julius... Oh, Julius, je t'aime aussi, mais ne vois-tu pas que... Je n'ai rien qui puisse...

— Ma chérie, je te trouve belle et intelligente ; tu es pour moi la femme la plus attirante au monde, et tu es tout ce que mon cœur désire.

Elle plongea son regard dans le sien.

— Vraiment ? demanda-t-elle d'un ton presque suppliant.

— Vraiment.

Il l'embrassa, d'abord doucement, puis de plus en plus passionnément.

Les rêves pouvaient donc devenir réalité, songea Patience en s'abandonnant dans ses bras. Toutefois, même dans ses rêves les plus fous, elle n'aurait jamais imaginé qu'un baiser puisse la chavirer ainsi.

BestSellers

A paraître le 1er mars

Best-Sellers n°366 • roman

Blonde Geisha - Jina Bacarr

Selon les préceptes japonais les plus anciens, la sexualité et les fantasmes érotiques doivent rester des secrets bien gardés. Pourtant, à quinze ans à peine, la jeune Américaine Kathlene Mallory va entrer dans le monde sensuel des geishas quand son père, afin de la protéger de la menace qui pèse sur elle, la place dans une maison de thé. Commence pour elle une savante initiation à l'art de donner du plaisir aux hommes, qui la conduira à l'ultime rituel des apprenties geishas : la vente de sa virginité. Mais celui qui réclame le droit de payer pour un tel honneur, le cruel baron Tonda, n'est pas l'homme pour lequel la jeune fille brûle d'un désir secret. Pire, il est celui qui ruinera la maison de thé, et mettra la vie de Kathlene en danger, s'il n'obtient pas ce qu'il désire…

Best-Sellers n°367 • thriller

Disparue - Chris Jordan

Maman, j'ai besoin de toi. S'il te plaît, il faut que tu…

Brusquement, la communication est coupée. Pour Jane Hartley, mère célibataire à Long Island, le cauchemar commence : sa fille a disparu. Pourtant la police, qui retient la thèse de la fugue, refuse de lui apporter son aide. Désemparée et morte d'angoisse, Jane se tourne vers Randall Shane, un enquêteur privé spécialisé dans les disparitions d'enfants, pour retrouver sa fille. Car le temps presse, et le ravisseur, implacable, ne reculera devant rien pour voir ses exigences satisfaites…

Best-Sellers n°368 • thriller

Dors petit ange - Gwen Hunter

En Caroline du Sud, plusieurs fillettes ont disparu. Elles ont toutes été retrouvées enterrées, le corps positionné avec soin, comme si elles dormaient paisiblement…

Quelques mois plus tard, Ashlee Davenport, infirmière légiste, découvre un cadavre de fillette enseveli dans sa propriété de Chadwick Farms. Bouleversée, elle est prête à tout pour mettre un terme à cette folie meurtrière. Même à mettre sa propre vie en danger. Et sa détermination a éveillé l'intérêt de l'assassin…

Best-Sellers n°369 • thriller

Et la mort nous séparera - Gayle Wilson

Sur les marches du tribunal d'où l'assassin de son petit garçon sort en homme libre, Sarah Patterson s'apprête à tirer. Au moment où le regard de la jeune femme croise celui du serial killer, un policier l'empêche d'appuyer sur la détente. La rage au ventre, Sarah se jure d'exécuter sa vengeance, quoi qu'il lui en coûte. Même si le tueur, fasciné par cette femme prête à tout pour venger son enfant, rôde autour d'elle…

Best-Sellers n°370 • roman

La maison bleue - Sherryl Woods

Cadre dans les relations publiques, à New York, Hannah Matthews est une battante vers laquelle on se tourne en cas de crise. Et, bien qu'étrangère à toute idée de superstition, elle commence à s'interroger : n'y a-t-il pas un fond de vérité dans le vieil adage qui dit « Jamais deux sans trois » ? Car après avoir remporté une victoire contre la maladie, voilà qu'elle apprend que Jenny, sa mère âgée de 85 ans, refuse de vendre La maison bleue – vieille auberge délabrée sur une île de Floride, et que sa fille, Kelsey étudiante et âgée de 20 ans, est enceinte. Contrainte de se rendre de toute urgence en Floride, Hannah va reprendre – provisoirement —, la direction de La maison bleue. Et tenter d'aider sa fille… Mais elle ignore que Luke Stevens, l'homme dont elle était jadis amoureuse, est revenu lui aussi sur l'île pour réfléchir à son avenir…

Best-Sellers n°371 • historique

Le seigneur de Lochraven - Shannon Drake

Ecosse et Angleterre, 1561

Lady Gwenyth MacLeod, dame de compagnie favorite de la reine d'Ecosse Mary Stuart, est chargée par cette dernière d'une délicate mission : se rendre au palais de la reine Elisabeth d'Angleterre et convaincre la souveraine de ratifier son testament afin que Mary hérite de la couronne anglaise. Pour l'aider à mener à bien les négociations, Gwenyth se voit imposer la présence d'un chevalier proche de Mary : lord Rowan Graham, seigneur de Lochraven, un homme aussi mystérieux et indomptable que les Highlands sauvages dont il est natif. Un homme marié dont, d'emblée, la rude séduction envoûte et menace Gwenyth…

Best-Sellers n°372 • suspense

Le sang du silence - Christiane Heggan

1986. A New Hope, Pennsylvanie, une jeune fille du nom de Felicia est retrouvée assassiné. La police incarcère un simple d'esprit. Les rumeurs prennent fin dans la petite ville.

2006. Grace McKensy, conservateur de musée à Washington, apprend que son ancien petit ami, Steven, vient d'être assassiné à New Hope, où il tenait une galerie d'art. Grace va découvrir, avec l'aide de Matt, un agent du FBI originaire de la petite ville, qu'un silence suspect recouvre ces deux crimes… et qu'un terrible lien les unit, enfoui dans le passé de New Hope.

Best-Sellers n°373 • suspense

Le secret brisé - Jasmine Cresswell

Sa vie n'a donc été qu'un mensonge ? Lorsque Jessica Pazmary apprend qu'elle porte depuis toujours le nom d'une autre, elle est en état de choc. Elle n'était qu'une enfant lorsque ceux qu'elle prenait pour ses parents ont péri dans un accident de voiture. Et voilà qu'elle découvre, à trente ans, que ce couple n'a eu qu'une petite fille, morte en bas âge d'une leucémie… Jessica entame alors des recherches pour briser le secret de sa véritable identité. Même si elle doit déterrer des vérités destinées à rester enfouies à jamais…

Best-Sellers n°374 • roman

Le destin des Castelli - Jackie Collins

Quel lien y a-t-il entre Dani, danseuse à Las Vegas, Madison, brillante journaliste new-yorkaise et Vincent, businessman richissime et ambitieux ? Un homme : Michael Castellino, dit Castelli. Un homme, pris dans un engrenage de trahison et de vengeance, et au destin duquel est indissolublement lié celui des trois autres. Car seul le passé sulfureux de Michael explique pourquoi il n'a jamais épousé Dani, bien que fou amoureux d'elle et père de deux de ses enfants. Seule la découverte de ce père secret, à qui il ressemble tant, permet à Vincent de comprendre d'où il vient. Seules les erreurs et les troubles fréquentations de Michael sont cause du danger que court à présent Madison …

Composé et édité par les
éditions Harlequin
Achevé d'imprimer en janvier 2009

BUSSIÈRE
GROUPE CPI

à Saint-Amand-Montrond (Cher)
Dépôt légal : février 2009
N° d'imprimeur : 82039 — N° d'éditeur : 14099

Imprimé en France

Chère lectrice,

Déjà et avant tout, bonne Saint-Valentin !

L'amour est un sentiment magique dont il faut prendre soin. Alors avez-vous déjà réfléchi à cette soirée avec l'homme qui fait battre votre cœur, et qui doit être parfaite en tout point ?

Déjà, un romantique dîner aux chandelles s'impose, vous ne croyez pas ? Et, pour l'occasion, habillez-vous de rouge. Avec le blanc et le rose, c'est traditionnellement la couleur de l'amour. Mais le rouge symbolise davantage la passion, telle qu'on la rêve, telle qu'on veut la vivre.

Ensuite, vous mettrez un disque de musique douce pour accompagner un apéritif que vous baptiserez « cocktail folies », à base de champagne, bien sûr. Pour le reste des ingrédients, faites confiance à votre imagination.

Puis il s'agira de titiller les papilles de votre invité, de l'impressionner et de le séduire si ce n'est pas déjà fait : choisissez des huîtres, des artichauts (eh oui !), composez des plats à base d'épices comme le gingembre ou le paprika.

Le dessert enfin ne pourra que le faire chavirer : un moelleux au chocolat et gingembre !

Si, après cette apothéose, votre bien-aimé n'est pas fou d'amour, c'est à désespérer.

Une précision encore : s'il vous offre des fleurs, réjouissez-vous si ce sont des roses (« comme vous êtes belle, comme je vous aime »), du chèvrefeuille (« nous sommes l'un à l'autre ») ou même des coquelicots (« aimons-nous au plus tôt »). Attention en revanche s'il a choisi des capucines car il n'est peut-être pas aussi amoureux qu'il le prétend, ou des narcisses qui montrent qu'il s'intéresse davantage à lui qu'à vous, ou bien encore, idée plus saugrenue mais pourquoi pas, des nénuphars car si ses mains sont chaudes, son cœur est froid !

Mais je suis sûre que votre bien-aimé n'est pas de ceux-là, et il ne me reste plus qu'à vous souhaiter de vivre une histoire d'amour exceptionnelle, passionnée et pleine d'émotion. A l'instar de Montana, Hailey, Lauren et toutes vos autres héroïnes amoureuses que vous retrouverez en ce mois de février dans votre collection Blanche.

Bonne lecture,

La responsable de collection